애국지사 손정도 목사와
대한민국 해군의 아버지 손원일 제독의

거대한 뿌리

손준영 저

비씨스쿨

질곡의 시간과 거대한 뿌리

나는 아직도 앉는 법을 모른다
어쩌다 셋이서 술을 마신다 둘은 한 발을 무릎 위에 얹고
도사리지 않는다 나는 어느새 남쪽식으로
도사리고 앉았다 그럴 때는 이 둘은 반드시
이북친구들이기 때문에 나는 나의 앉음새를 고친다
팔일오 후에 김병욱이란 시인은 두 발을 뒤로 꼬고
언제나 일본여자처럼 앉아서 변론을 일삼았지만
그는 일본대학에 다니면서 사년동안을 제철회사에서
노동을 한 강자다

(중략)

전통은 아무리 더러운 전통이라도 좋다 나는 광화문
네거리에서 시구문의 진창을 연상하고 인환네
처갓집 옆의 지금은 매립한 개울에서 아낙네들이
양잿물 솥에 불을 지피며 빨래하던 시절을 생각하고

이 우울한 시대를 패러다이스처럼 생각한다
버드 비숍여사를 안 뒤부터는 썩어빠진 대한민국이
괴롭지 않다 오히려 황송하다 역사는 아무리
더러운 역사라도 좋다
진창은 아무리 더러운 진창이라도 좋다
나에게 놋주발보다도 더 쨍쨍 울리는 추억이
있는 한 인간은 영원하고 사랑도 그렇다
(하략)

-김수영의 시 "거대한 뿌리" 중에서

2018년은 대한민국 해군 창설 70주년을 맞는 해이다. 대한민국 해군이 창설할 수 있었던 것은 손원일 제독의 헌신적인 노력 덕분이다. 우리는 임진왜란 때 열세 척의 배로 왜군을 물리친 이순신 장군의 자랑스러운 해전사를 가진 민족이다. 그러나 역사를 이야기할 때마다 묘한 감정이 가슴속에 맴도는 이유는 무엇 때문일까?

오천 년이 넘는 우리 역사 한구석에는 수많은 외침의 상처가 똬리를 틀고 있다. 하지만 나라를 위해 목숨을 바치고도 그것이 불행이 되어 돌아오는 때가 있었기 때문이다. 그래서 언제부턴가 어느 개그맨이 쓴 "조금만 비겁하면 인생이 즐겁다"라는 책 제목처럼 이기심을 시험당하기도 한다. 이는 일제의 병탄을 벗어나고도 친일파를 청산하지 못한 과오와 이데올로기로 인한 민족 분단의 상처가 가슴 속에 자꾸만 되살아나기 때문은 아닐까 생각해 본다.

그러나 우리 민족은 최악의 상황에서도 살아남은 세계 역사에서 그 유래를 찾아볼 수 없는 민족이다. 그 거대한 역사의 이면에는 수많은 민초와 모든 것을 바친 애국자가 존재했기 때문이다. 이 글은 현대 해군을 창설한 손원일 제독과 독립운동가로 상해 임시 정부 수립에 기여한 그의 아버지 손정도 목사의 삶이 담겨 있다. 1919년 상해 임시 정부 수립에 기여한 손정도 목사의 애국심은 대한민국 해군 창설로 이어졌다. 이는 해방병단 초기 손원일을 비롯한 많은 이의 노력이 있었기에 가능했다.

　　특히 전문성이 요구되는 해군에 일본군 출신이 참여한 것은 어쩔 수 없는 시대적 상황이라 할 수 있다. 그러나 이승만 정부를 비롯해 쿠데타로 집권한 군사 정권이 항일 애국지사와 그 후손들을 사회주의자로 매도한 슬픈 역사는 우리가 꼭 되짚어야할 문제이다.

　　제2차 세계 대전이 끝난 뒤 "나치 전체주의에게 민족을 팔아먹은 반역자는 프랑스 말을 할 자격이 없는 외국인과 마찬가지"라며 반역자들을 처단한 드골의 행동이 부러운 것은 아직도 친일파를 해결하지 못한 역사의 아픔 때문일 것이다. 이 책을 쓰게 된 배경도 이런 아쉬움과 무관하지 않다.

　　우리에겐 수천 년 동안 나라를 위해 몸 바친 이들이 있다. 이들 가운데 대한민국 임시 정부 수립에 기여한 손정도 목사와 사재를 털어 대한민국 해군을 창설한 손원일 제독의 삶을 통해 진정한 애국자의 모습을 되새기고자 한다. 손정도 목사는 북한 애국열사 능에 안장될 만큼 남북에서 존경받는 인물이지만 너무 일찍 세상을 떠나 그 존재를 아는 이가 많지 않다. 그의 아들 손원일 제독은 일제 강점기 중국 원양 항해사로 일한 뒤 고난을 이겨내고 해군을 창설해 민족 비극인 6·25 전쟁에서 바다를 지켜냈다.

이 책을 쓰면서 가장 많이 고민했던 것은 손 목사와 손 제독을 사람들에게 알릴만한 인물인지 검증하는 일이었다. 사 년 가까이 여러 자료를 검토한 끝에 두 분의 삶을 알리는 것이 미래 세대에게 의미있는 일이란 확신을 갖게 되었다. 그러나 글을 쓴 뒤 아쉬웠던 점은 손정도 목사 곁에서 독립운동을 도운 박신일 여사와 대한민국 해군의 어머니로 얼마 전 세상을 떠나신 홍은혜 여사의 삶을 자세히 보여주지 못한 점이다. 그러나 책을 발간하는 올해가 해군 창건 70주년을 맞게 되어 한편으로 축하하는 자리가 되어 다행스럽게 생각한다. 아울러 부족한 글을 쓰기까지 바쁜 가운데 자료를 보내주신 손원일 제독의 맏아들이신 손명원 선생님과 해군 역사단에서 일하신 임성채, 소설가 이윤식, 공군 창군의 주역인 최용덕 장군의 외손녀로 멀리 스페인에서 응원해준 반춘래 님께 감사의 인사를 전합니다. 또한 이책을 독립을 위해 몸 바치신 애국지사와 조국의 바다를 지켜온 해군과 해병대에 바칩니다.

이문동에서

목차 ⚓

역사를 잊은 민족에게 미래는 없다
- 신채호

대한민국은 민주공화국이다. 대한민국의 주권은 국민에게 있고, 모든
권력은 국민으로부터 나온다.
-헌법 제1조 1, 2항

1부 뿌리 깊은 나무

혼돈의 시대

"아들이구나."

1872년 7월 26일 평안남도 강서군 증산면 오흥리에서 한 아이가 태어났다. 그는 부유한 유림 가문 손형준과 오신도 사이에서 태어난 손정도였다. 오흥리에서 대대로 벼슬을 해온 손형준의 맏아들로 태어난 그는 어려서부터 천성이 강직하고 머리가 영특했다. 소문난 가문의 맏이로 자란 그는 부모의 사랑과 기대를 받으며 자라났다. 엄격한 유학자 가풍 때문에 여섯 살 때부터 향리 사숙에서 한학을 공부한 그는 열세 살 때 두 살 위인 이웃 박용의 맏딸 박신일과 결혼해 가정을 꾸렸다. 두 살 연상인 박신일과 결혼한 그는 나이를 먹을수록 성격이 괄괄하고 호기심이 많았다. 키가 큰 편은 아니었지만 강서군 씨름 대회에 나가 소를 탈 만큼 힘이 장사였지만 가업을 잇기 위해 한학에 몰두했다.

옛부터 중국 문물이 들어오는 길목인 평안도는 남쪽 지역보다 사람들의 생각이 개방적이었다. 특히 대동강 유역의 드넓은 기름진 땅을 가진 강서군은 평양 길목에 자리잡은 곡창 지대여서 일찍부터 상업이 발달했다. 또한 1800년대 말부터 평양 근처인 기양에 외국인들이 광산을 개발하자 이에 맞선 민족 자본가들이 등장하였다. 일찍부터 청나라 문물을 접할 기회가 많았던 평안도 사람들은 상공업에 종사해 부자가 된 이도 있었다. 특히 한미 수호 조약이 체결되면서 평양에 온 선교사 마펫은 교회 설립 삼 년 만에 신도가 삼천 명이 될 정도로 키웠다. 이 모습을 본 선교사들이 평안도 곳곳에 학교를 세워 조선조 내내 정치에 소외된 서북 지역 사람들의 마음을 사로잡았다. 개항과 함께 조선에 온 선교사들은 평등을 외치며 정치에 소외되었던 평안도 사람들의 마음을 흔들어 놓았다. 청나라 접경 지대인 평안도, 황해도, 함경도는 조선 왕조 내내 정치에서 소외되었으나 이를 대신한 것은 종교였다. 이곳에 일찍 들어온 천주교가 박해로 숨어 지내는 동안 이를 대신한 천도교는 평안도와 함경도 산간 지역에서 세를 넓혔다. 이때 평양을 중심으로 서북 지역에서 세를 넓힌 선교사들은 모두가 하나님 자손임을 주장하며 평등을 강조해 사람들의 마음을 달랬다. 평양을 중심으로 교세를 확장한 선교사들은 교회와 학교를 세워 선교와 교육 사업을 전개했다. 그러나 유림 가문의 전통을 지켜야한다고 배워 온 손정도는 이런 변화를 받아들일 틈이 없었다.

1901년 평양에서 열리는 과거 시험 준비를 마친 손정도는 사랑채로 갔다. 손형준은 웃으며 아들을 맞았다.

"준비는 잘 했느냐?"

"예."

"최선을 다하고 오너라."

"알겠습니다."

인사를 마친 그는 들뜬 마음으로 평양을 향해 걷기 시작했다. 평양까지는 백 리 남짓이어서 천천히 걸어도 이틀이면 넉넉하게 닿을 거리였다. 하지만 추위가 가시지 않은 때 나선 원행이어서 발걸음은 더뎠다. 추위를 이겨내며 걷느라 저녁 무렵 어느 고갯마루에 오른 그는 산 아래 마을을 바라보았다. 어느새 해는 서쪽 하늘로 지고 있었다.

"아무래도 오늘은 저 동네에서 묵어야 할 모양이니 아범이 알아봐주시오."

"마을이 작아서 객주가 있을지 모르겠습니다."

마름과 함께 마을로 간 손정도는 초가지붕에 십자가가 세워진 집 앞에 걸음을 멈추었다.

"계십니까?"

"뉘십니까?"

손정도는 방문이 열고 나오는 중년 사내를 향해 허리를 굽혀 인사했다.

"평양으로 과거 시험을 보러 가는데 날이 저물어 찾아왔습니다. 혹시 근처에 주막이 있는지요?"

"여긴 마을이 작아서 한참을 더 가야 합니다."

주인 사내는 머뭇거리는 그를 바라보았다.

"누추하지만 교회당에 묵으셔도 괜찮다면 쉬어 가십시오."

십자가만 없으면 여느 여염집과 차이가 없을 교회당을 힐끗 쳐다본 그는 감사 인사를 한 뒤 집안에 들어섰다. 이때 방문이 열리면서 중년 여인과 아이 둘이 얼굴을 내밀었다.

"불쑥 찾아와서 죄송합니다."

갓을 쓴 말쑥한 차림으로 인사하는 그에게 주인 여자는 말없이 목례를 했다.

"교회당 아궁이에 불을 지필 동안 두 분을 안방으로 모시세요."

주인 여자가 아이들을 데리고 교회당으로 사라지자 주인 사내는 그를 안방으로 안내했다. 마침 저녁밥을 먹던 참인지 아랫목에는 먹다만 밥그릇이 놓여 있었다. 조, 옥수수가 섞인 보리밥에 짠지가 전부인 소박한 밥상이었다. 주인 사내는 그에게 아랫목을 내주고는 마주 앉았다.

"마침 저녁밥을 먹던 참이니 거칠어도 한술 뜨시지요."

주인 사내는 오랜만에 만난 친구를 대하듯 했다. 잠시 뒤 주인 여자가 가져온 밥을 먹던 손정도는 주인 남자를 바라보았다.

"주인장께선 무슨 일을 하십니까?"

"감리교 목사 조가라 합니다."

"아, 네?"

그는 묵묵히 밥을 먹은 뒤 조 목사를 따라 교회당으로 갔다. 흙벽돌로 지은 예배당 벽엔 나무로 만든 십자가와 작은 상 위엔 책 한 권이 놓여 있었다. 안채에서 가져온 화로를 사이에 두고 마주앉은 두 사람은 통성명을 하고 이런저런 이야기를 나누었다. 이 사이 마름은 먼 길을 온 것이 피곤했는지 벽에 기대 졸기 시작했다. 한참 이런저런 이야기를 나누던 조 목사는 손정도를 바라보았다.

"혹시, 예수교라고 들어보셨습니까?"

"귀동냥을 하긴 했습니다만 잘은 모릅니다. 하나님을 섬기면 사후에 천당에 간다는?"

"그렇습니다. 하나님을 섬기면 죽어서 천당에 갈 수 있습니다. 하나님께서는 그러기 위해서는 모든 이웃을 사랑하라고 가르치십니다."

하룻밤을 신세져야 하는 그는 조 목사의 설교를 묵묵히 듣기만 했다. 그런데 설교를 들으면 들을수록 마음속에서 뭔가 꿈틀거리는 것을 느꼈다. 인간 평등과 행복 운운하는 조 목사의 이야기를 들으면 들을 수록 관리가 되려는 자신의 행동이 부끄럽게 느껴졌다. 개항을 요구하는 서구 열강에 대책없이 당하면서도 당파 싸움과 매관매직으로 백성을 수탈하는 양반의 모습이 떠올랐기 때문이다. 그는 밤이 깊어 갈수록 가문을 지켜야한다는 부모님의 가르침보다 조 목사의 설교가 더 마음에 끌렸다. 또한 시간이 지나면서 아무 걱정없이 살아온 자신의 삶이 부끄럽기까지 했다. 조 목사가 돌아간 뒤 그는 알 수 없는 혼란과 싸우기 시작했다. 그것은 부귀영화를 꿈꾸던 이전의 자신과 가난한 이들 사이에서 방황하는 또 다른 자신과의 싸움이었다. 뜬 눈으로 밤을 지샌 그는 괴로움을 떨치기 위해 밖에 나갔다가 새벽 기도를 준비하는 조 목사와 마주쳤다.

"저 때문에 많이 피곤하시지요?"

"아닙니다. 좋은 얘기 많이 들었습니다."

인사를 마친 그는 조 목사에게 밤새 고민한 것을 털어놓았다.

"그래서 오늘부터 새 삶을 살기로 결심했습니다."

갑작스런 선언에 놀란 조 목사는 이내 표정을 바꿔 낮은 목소리로 말했다.

"하나님을 섬기려면 많은 고통이 따릅니다. 집안 어른들의 기대를 이겨낼 수 있겠습니까?"

"……!"

그는 말없이 고개를 끄덕였다. 그리고 간밤에 자신이 결정한 것이 어떤 결과를 가져올지 밤새 생각해 보았다. 불호령을 내릴 부모님과 친척은 물론 동네 사람들의 손가락질도 떠올렸다. 조 목사는 담담하게 말을 이었다.

"부와 명예는 자기만족이지만 이웃 사랑은 하나님의 뜻을 실천하는 길입니다.”

“목사님 말씀을 하나님 뜻으로 알고 열심히 실천하겠습니다.”

조 목사와 이야기를 나눈 그는 아침밥을 먹고 교회당을 나섰다. 조 목사는 교회를 떠나는 그를 걱정스런 얼굴로 바라보았다.

“제가 따라가도 되겠습니까?”

“그러면 고맙지요.”

세 사람이 오흥리에 도착한 것은 해질 무렵이었다. 손형준은 과거 시험을 포기하고 돌아온 아들을 보고 아무 내색도 하지 않았다.

“피곤할 테니 가서 쉬어라.”

자신의 방에 돌아온 손정도는 박신일에게 조 목사를 소개했다.

“부인, 감리교회 조 목사님이십니다.”

“……?”

박신일은 말없이 조 목사에게 목례를 했다. 그러나 과거 시험을 포기하고 돌아온 남편의 행동에 놀라 안절부절 못했다. 손정도는 그런 아내를 가만히 바라보았다.

“부인, 가위를 가져다주시오.”

박신일은 반짓고리에서 가위를 꺼내 건넸다. 가위를 건네받은 손정도는 상투를 푼 뒤 망설이지 않고 머리카락을 잘랐다. 박신일은 갑작스런 남편 행동에 놀라 옷깃을 잡았으나 머리카락은 이미 바닥에 떨어진 뒤였다. 박신일이 어쩔 줄 몰라 하는 사이 방을 나선 그는 뒤뜰에 있는 사당으로 달려가 안에 모셔진 위패를 모두 꺼내 마당에 쌓고 불을 질렀다.

“이러면 안 됩니다.”

박신일이 가로막았지만 위패는 속절없이 불꽃을 피워 올렸다. 갑작스런 그의 행동으로 집안은 발칵 뒤집히고 말았다. 뒤늦게 소식을 듣고 달려온 손형준은 두 눈을 부릅떴다.

"지금 무슨 짓을 하는 거냐?"

손형준의 외침에 그는 담담한 표정을 지었다.

"저는 이제부터 하나님을 섬기는 목회자로 살 것입니다. 그러니 이제 이런 것들은 모두 필요 없습니다."

"이놈이 미쳐도 단단히 미쳤구나. 지금까지 누구 덕에 호의호식했는데 조상을 섬길 필요가 없다고? 당장 이놈을 멍석에 말아 치도곤을 내라."

손형준은 온몸을 떨며 말을 잇지 못했다. 하인들은 그에게 달려들어 멍석에 눕힌 뒤 몽둥이를 휘두르기 시작했다.

"이게 무슨 마른하늘에 날벼락이냐! 응?"

뒤늦게 나타난 오신도는 박신일을 붙잡고 발을 동동 굴렀다. 손형준은 옆에서 안절부절못하는 조 목사를 가리켰다.

"정도를 이렇게 만든 저 예수쟁이 목사를 당장 치도곤을 내서 내쫓아라."

하인들은 조 목사에게 달려들어 멍석에 말아 몽둥이찜질을 한 뒤 밖으로 내쫓았다.

"정도를 헛간에 가두고 아무것도 주지마라."

멍석말이를 당한 그는 만신창이가 되어 헛간에 갇혔다.

늦은 밤 소식을 들은 문중 어른들이 손형준을 찾아왔다.

"예수교에 미쳐서 조상의 위패를 태운 놈을 가만둬선 안 됩니다."

"그렇습니다. 당장 호적에서 파낸 뒤 내쫓아야 합니다."

"옳습니다."

흥분한 문중 어른들이 손형준의 방을 나서자 오신도는 급히 손정도가 갇힌 헛간으로 달려갔다.

"정도야, 지금 문중 어른들이 오고 있으니 빨리 도망가거라. 그리고 다시는 돌아오지 마라."

비틀거리며 헛간을 나선 손정도는 뒷담을 넘어 눈 덮인 들판을 달리기 시작했다. 한참동안 들판을 달리던 그는 갑자기 걸음을 멈추고 하늘을 향해 기도를 올렸다. 어디선가 고난을 이겨내라는 소리가 들려왔기 때문이다. 그는 기도를 올린 뒤 다시 어둠속으로 사라졌다. 손정도가 떠난 오흥리에는 첫돌이 지나지 않은 딸 진실과 박신일이 남아 있었다. 아들이 도망간 것을 안 손형준은 박신일을 밖으로 끌어내게 했다.

"이제 정도와의 인연도 끝났으니 이제 너희는 가족이 아니다. 그러니 당장 집을 떠나라."

"아버님, 추운 날씨에 어린 진실이를 데리고 어디로 가겠습니까? 제발 나가라는 말씀만은 거두어 주십시오."

박신일은 눈물을 흘리며 빌었다. 손형준은 어두운 하늘을 바라보며 헛웃음을 지었다.

"좋다. 대신 행랑채에서 지내다 날이 풀리면 바로 떠나도록 해라."

"아니, 이게 무슨 날벼락이냐? 응!"

오신도는 박신일과 진실을 바라보며 한숨을 내쉬었다.

두 사람이 거처를 행랑채로 옮긴 뒤, 오신도는 맏며느리라며 예뻐하던 박신일을 식모처럼 부렸고 복을 가져다준 아이라며 귀여워하던 진실에게 액운을 불러온 아이라며 핀잔을 주었다. 집안 허드렛일을 하며 진실을 돌본 박신일은 기도를 했다.

"저희 가족이 어려움을 이겨낼 수 있도록 힘을 주십시오."

꿈꾸는 자의 고통

　오흥리에서 쫓겨난 조 목사는 이튿날 새벽 교회당에 도착했다. 그런데 해가 중천에 떴을 무렵 손정도가 예배당에 도착했다. 예배당 앞마당에 쓰러진 손정도를 발견한 조 목사 부부는 교회에 옮겨 정성껏 간호했다. 며칠 뒤 조 목사 부부의 헌신적인 간호로 건강을 되찾은 그는 교회 일을 도우며 생활했다. 이 사이 조 목사는 감리교 평양 선교부에 그의 사연을 알려 생활할 곳을 마련해 달라고 부탁했다. 감리교 선교부는 평양에서 선교 활동을 하는 문요한 목사에게 그를 돕도록 했다. 며칠 뒤 소식을 전해 들은 조목사는 이 사실을 손정도에게 알렸다.

　"감리교 평양 선교부에서 평양에 계신 문요한 목사님을 만나보라는 전갈을 보내왔습니다. 그러니 평양에 계신 문 목사님을 찾아가십시오."

　"알겠습니다. 목사님 은혜는 절대로 잊지 않겠습니다."

　조 목사와 헤어진 그는 평양에 있는 문요한 목사를 찾아갔다. 스물아홉 살로 미국 북감리회 선교사인 문요한은 1903년 정동 제일교회에서 목사 안수를 받은 뒤 평양에서 선교 사업을 하며 숭실학교 학생들을 가르쳤다.

　"조 목사님께 소식 들었습니다. 우선 목사관에서 생활하며 교회 일을 돕다가 숭실중학교에서 입학 허가가 나오는 대로 학교에 다니십시오."

　문 목사는 서툰 우리말로 앞으로 해야 할 일을 설명했다. 스물세 살에 새로운 삶을 시작한 손정도는 시간이 날 때마다 문 목사에게 우리말을 가르쳤다. 교회 허드렛일을 하며 숭실학교에 다니기 시작한 그는 시간이 지나면서 마음의 안정을 되찾았다.

1897년 미국 장로교 목사 베어드가 세운 숭실학교는 민족의식이 투철한 한국인 교사가 많아 학생들의 의식도 남달랐다. 손정도는 동급생 가운데 한 살 적은 조만식과 일곱 살 어린 선우혁과 가깝게 지냈다. 또한 민족의식이 투철한 선배 김형직을 통해 세상 돌아가는 일을 배우며 장차 자신이 나갈 길을 고민하기 시작했다. 선교사들이 평양 인근 교회에서 학교를 세운 것은 일본과 청나라 수입품이 시장을 독점해서 생긴 불만을 교육과 선교 사업으로 일깨우려는 선교사들의 계획에서 시작되었다.

그러나 이때 매국노를 등에 업은 세계열강이 대한제국을 유린하기 시작했다. 자국의 이익을 앞세운 미국, 일본, 러시아, 독일, 영국, 프랑스는 평안도와 함경도의 광산 개발에 열을 올렸다. 특히 일찍 근대화를 시작한 일본과 러시아는 호시탐탐 대한제국을 빼앗을 기회를 엿보았다. 이에 고종은 대한제국의 중립을 선언하고 삼국 간섭을 통해 연해주를 차지한 러시아 국력을 이용해 왕권을 지키기로 마음먹었다. 그러나 이를 눈치챈 일제는 해군 이천오백여 명을 인천에 상륙시키고 요동반도에 있는 여순항 주둔 러시아 극동 함대를 기습 공격했다. 일제의 기습 공격에 놀란 주한 러시아 공사 파블로프가 한성을 떠나자 주한 일본 공사 하야기는 대한제국의 영토 보전에 필요한 지역을 무제한 징발하는 한일 의정서 체결을 외부대신 서리 겸 육군 참장 이지용(대원군 형 이최응 손자)에게 요구했다.

러일 전쟁으로 세상이 어수선해진 가운데 봄은 어김없이 찾아왔다. 박신일은 시부모에게 분가 허락을 받고 무작정 평양으로 갔다. 그동안 박신일은 시부모의 구박을 이겨냈으나 어린 진실이까지 눈총을 받는 것이 안타까워 오홍리를 떠난 것이다. 무작정 평양에 도착한 그녀는 진실을 업고 거리를 돌아다니며 손정도가 있을만한 곳을 수소문하다 평양 감리교회 목사관에서 생활한다는 소식을 듣고 찾아갔다.

"어찌 알고 왔소? 자리가 잡히면 기별하려던 참인데."

"……!"

박신일은 오흥리를 떠나게 된 이유를 사실대로 말할 수 없었다. 하지만 오랜만에 만난 두 사람은 밤새도록 이야기꽃을 피웠다. 손정도는 과거 시험을 보러가다 조 목사를 만난 일과 집에서 쫓겨나 목사관에서 공부하게 된 과정을 들려주었다.

며칠 뒤 목사관에서 생활한 박신일은 문 목사 소개로 미 북감리교 선교 의사 윌리엄 제임스 홀이 만든 기홀병원에서 허드렛일을 시작했다. 부유한 집안에서 고생 모르고 자란 그녀는 병원 일이 힘들었지만 늦은 나이에 공부하는 남편을 위해 고통을 이겨냈다. 손정도는 박신일의 헌신적인 내조로 공부에만 매달렸다.

1905년 힘겹게 평양 생활을 시작한 두 사람은 둘째 딸 성실을 얻었다. 그러나 생계를 책임진 박신일은 산후 조리도 못한 채 성실을 등에 업고 병원에서 일하고 집에 돌아와 삯바느질을 했다. 박신일의 내조 속에 공부에 매달린 손정도는 문 목사에게 신학을 배우기 시작했다. 이때 손형준 내외는 아들이 사당을 없앤 것이 부끄러워 오흥리 생활을 정리하고 평양으로 이사했다. 시부모가 평양에 이사한 것을 안 박신일은 집을 찾아갔다가 문전박대를 당한 뒤 왕래하지 않았다. 숭실학교를 다닌 손정도는 평양 남산현교회 부목사로 일하며 이승훈이 만든 영창학교에서 아이들을 가르치기 시작했다.

이때 러일 전쟁에서 승리한 일제는 이완용(학부대신)·이지용(내부대신)·박제순(외부대신)·이근택(군부대신)·권중현(농상공부대신)과 대한제국 외교권을 갖는 을사늑약을 체결했다. 이 소식을 들은 이상설과 민종묵 등은 고종에게 을사오적 처벌 상소문을 올렸고 흥분한 사람들은 이완용 집에 불을 질렀다. 전국에서 의병이 봉기하고 나인영과 오기호는 을사오적을 처단하려다 실패한 사이 고종은 을사오적의 사직 상소를 반려하고 박제순을 의정대신에 임명했다. 이와 함께 미국에서 열릴 포츠머스 회담에 이승만을 밀사로 파견하는 한편 미국인 선교사 헐버트를 통해 루스벨트 대통령에게 친서를 보냈다. 또한 친러파 이용익을 통해 러시아 외무대신 람스도르프에게 대한제국 보호 요청 계자(국새가 찍힌 공문)를 전달하려다 일제의 방해로 실패했다. 포츠머스 회담은 일제의 만주 이권과 러시아 전쟁 배상금 문제 해결을 위해 루스벨트가 추진한 것이어서 대한제국의 독립엔 관심이 없었다. 더군다나 회담 전 미 육군 장관 윌리엄 테프트와 일본 총리 가쓰라 다로는 필리핀은 미국, 대한제국은 일본이 차지하기로 밀약을 맺은 상태였다.

1906년 3월 2일 이토 히로부미가 대한제국 초대 통감으로 부임하자 고종은 일본 자작 후지나미, 이노우에 육군 중장, 이완용에게 훈장을 수여하고 친일파 민영규를 의정대신에 임명했다. 그러나 고종을 믿지 않은 이완용은 하세가와 대한주차군사령관에게 황제 폐위를 건의했으나 여론 악화를 우려한 일제의 반대로 무산되었다. 일제에게 외교권을 빼앗긴 고종은 런던 트리뷴지 스토리 기자를 통해 영국에 오 년간 대한제국 보호 요청 국서를 보내려다 실패하자 제2차 헤이그 만국 평화 회의에 밀사를 파견해 해결하려 했다.

경운궁에 감금되어 조카 조남승·조남익 형제와 이규학(이회영 장남)을 통해 국내외 정세를 전해 들은 고종은 을사늑약에 반대하며 자결을 시도한 전 의정부 참찬 이상설을 밀사로 생각했다. 이때 이회영을 통해 헤이그 밀사 파견 소식을 전해 들은 상동교회 청년회가 이준을 추천하자 고종은 정사 이상설, 부사 이준, 이위종을 밀사에 임명한 뒤 수결과 국새가 찍힌 백지 위임장을 수여했다. 원래 고종은 제1차 만국 평화 회의를 제안해서 초청권을 가진 러시아 황제에게 대표 파견 요청을 받았으나 일제가 을사늑약을 내세워 초청 취소를 요구해 일 년간 회담이 연기되었다.

밀사에 임명된 이상설은 이동녕과 함께 용정에 도착했으나 회의가 연기되어 고종이 준 내탕금으로 교육 기관인 서전서숙을 만들어 운영하다 1907년 6월 이준, 이위종과 헤이그에 도착해 대한 독립을 주장했다. 그러나 헤이그 만국 평화 회의는 식민지 경쟁 과정에서 생길 수 있는 열강들의 충돌 방지 문제를 중재하기 위한 목적이어서 고종은 이토 히로부미에게 황제 양위 구실만 만들어 주었다.

이때 손정도는 박신일의 내조로 숭실학교를 졸업했고 진실과 성실도 건강하게 자랐다. 숭실학교를 졸업하고 숭실전문학교에 입학해 이학년이 된 손정도는 신학교 입학을 준비했다. 그가 신학교 입학을 결심한 것은 원산 부흥 성회를 통해 이름을 알린 감리교 의료 선교사 로버트 하디의 평양 성회를 보고 감화되었기 때문이다. 평양 부흥 성회에서 "아무리 수고해도 성령의 임재가 없으면 소용이 없다는 깨달음을 얻게 된다"는 하디 목사의 설교를 들은 그는 신학 공부를 결심하고 협성신학당에 입학 허가를 요청했다.

독립운동의 요람, 상동교회 부흥사 손정도

개항 이후 경운궁 근처에는 외국 공관과 미국 선교사가 모여들어 북감리회의 전진 기지가 되었다. 이때 이화 학당을 세운 메리 스크랜턴 아들인 선교 의사 윌리엄 스크랜턴은 사회 지도층을 선교하며 배재 학당 · 정동 제일교회를 세운 아펜젤러, 서양식 병원인 제중원을 설립한 알렌과 달리 '미국인 의사 병원'을 세웠다. 그러나 얼마 뒤 남대문 근처에서 죽어가는 한 여인을 치료하지 못한 것에 충격을 받아 흥인문(동대문)과 제물포에 '선한 사마리아인 병원'을 설립하려다 북감리회의 반대로 정동에 여성 전문 병원을 세웠다. 그러나 남녀유별이 심해 병원 운영이 어려워지자 북감리회에서 파견한 여자 선교 의사 하워드에게 맡긴 그는 숭례문 근처 복숭아밭에 빈민을 위한 병원과 상동교회를 설립했다.

1897년 9월 5일 세워진 상동교회엔 일찍 부모를 여의고 숙부 밑에서 숯장사를 하는 전덕기가 있었다. 그는 교회 설립 초기부터 깊은 신앙심을 지녀 스크랜턴 목사의 신임을 얻었다. 전덕기는 교회에 올 수 없는 가난한 남대문 시장 상인들을 위해 시장에서 예배를 집전했다. 이런 그의 헌신적인 모습을 본 스크랜턴은 교회에 청년회(엡윗청년회)를 만든 뒤 회장에 임명했다. 가난한 이들에게 헌신한 전덕기의 이야기가 널리 퍼져 청년회에는 이시영 · 이동녕 · 이준 · 노백린 · 이갑 등 지식인이 모여들었다. 상동 청년회에 모인 지식인들은 매주 민권과 국권 회복을 위한 강연회와 을사늑약 체결 반대 구국 기도회를 열었다. 이때 김구 등 청년회원이 대한문 앞에 도끼를 들고 나가 을사늑약 반대 상소를 올려 전국에 알려졌다. 그 뒤 하와이 이주 신도 강명천이 보낸 기부금을 바탕으로 공옥학교 · 공옥여학교 · 상동청년학원를 세운 청년회는 성경 전덕기, 한글 주시경, 역사 최남선, 체육 이필주(군인 출신), 남궁억과 스크랜턴 부인, 헐버트 목사가 영어를 가르쳤다. 상동 교회 청년회가 교육을 통한 애국 · 계몽 운동을 전개하자 반일 단체로 발전할 것을 우려한 통감부는 스크랜턴에게 학교와 청년회를 없앨 것을 요구했다. 이에 통감부 요구를 받아들이는 것이 선교에 도움이 된다고 판단한 스크랜턴은 학교와 청년회를 없앤 뒤 전덕기에게 목사 자리를 물려주고 물러났다.

청년회가 해산했지만 상동교 청년회원들은 새로운 독립 운동을 모색하기 시작했다. 이때 미국에서 귀국한 안창호가 상동교회를 찾으면서 청년회원들은 새로운 길을 준비했다. 상동파 인사들은 미국에서 대한인신민회를 조직하고 귀국한 안창호, 평안도에서 교육 사업에 나선 이승훈을 중심으로 독립 운동을 위한 비밀 결사 조직을 만들기로 한 것이다. 일반인은 물론 지식인들에게 존경을 받은 안창호는 전덕기 등 상동파와 신채호, 양기탁 등 서북 지역 인사를 중심으로 신민회를 조직했다. 평안도 강서군 출신인 안창호는 자신이 미국에 조직한 대한인신민회를 본뜬 비밀 결사 조직 신민회를 통해 애국 계몽 운동을 전개하려 했다.

이때 하디 목사의 평양 성회에 감화되어 협성신학당(감리교 신학대학)에 입학 허가를 받은 손정도는 박신일과 마주 앉았다. 그는 아내에게 모든 살림을 맡기고 떠나게 된 것이 마음에 걸렸다. 그러나 한가하게 감상에 젖을 시간은 없었다. 그는 평양을 떠나기 전날 밤 박신일에게 미안한 마음을 전했다.

"당신에게 아이들을 맡기고 떠나게 되어 마음이 무척 무겁소."

"아이들 걱정 마시고 열심히 공부해서 훌륭한 목회자가 되세요."

"고맙소. 그런데 이제 세상이 바뀌었으니 어렵더라도 공부를 시작했으면 좋겠소."

"알겠습니다. 야간 학교에 입학해서 공부해 볼게요."

이튿날 평양을 떠난 그는 한성에 있는 협성신학교에 입학해 신학 공부를 시작했다. 손정도가 평양을 떠난 뒤 얼마 지나지 않아 박신일은 숭의여학교 야간반에 입학해 공부를 시작했다. 문요한 목사 추천으로 협성신학당에 입학한 손정도는 공부에 매달렸다. 또한 그의 신앙심이 감리교 연회에 알려져 얼마 지나지 않아 상동교회 부흥사로 일하게 되었다. 평일에는 신학 공부를 하고 이외 시간엔 상동교회 부흥사로 활동한 그는 자연스럽게 상동파 인사들과 교류하기 시작했다. 그는 상동파 인사들이 개최한 시국 강연회에 참석해 열강의 각축장이 된 조국의 현실을 깨달으며 앞으로 해야 할 길을 준비하기 시작했다. 이때 그를 눈여겨본 이는 전덕기였다. 그는 문요한 목사에게 손정도 사연을 전해 듣고 직접 신앙 지도를 하기 시작했다. 또한 매사에 열성적으로 활동하는 그의 모습이 감리교 연회에도 널리 알려졌다.

전도사 손정도와 원일의 출생

1907년 7월 이토 히로부미는 이완용에게 헤이그 밀사 파견 책임을 물어 고종을 황위에서 쫓아내라고 요구했다. 그러나 이에 반발한 고종이 황태자의 대리청정을 선언했다. 하지만 이완용 내각이 일방적으로 양위를 발표해 고종은 사십사 년 통치를 마감했다. 갑작스런 양위에 놀란 백성들은 대한문에 나와 통곡했고 시위대(중앙군) 소속 일부 군인은 경무청과 국민신보사(일진회 기관지)를 공격했다. 또한 밀사로 헤이그에 갔다가 병을 얻어 그곳에서 망명 생활한 이준은 피를 토하며 쓰러졌다. 그러나 법무대신 조중응은 대한제국 치안권을 일제에 넘기는 제3차 한일협약을 체결했다. 제3차 한일 협약을 체결해 통감부가 추천한 일본인 대심원장(대법원장) · 검찰총장 · 형무소장을 임명할 수 있게 되었다. 또한 일본군이 황궁 경비를 대신한다는 이유로 대한제국 군대를 강제로 해산해 군인들이 의병을 조직해 저항하기 시작했다.

1909년 시시각각 변하는 국제 정세 속에서 원일이 태어났다. 원일을 낳은 박신일은 산후 조리도 제대로 못하고 병원에 나가 일할 정도로 고단한 생활을 했다. 이때 감리교 연회는 원일의 출산 소식을 듣고 손정도를 보름간 진남포 신흥리교회 전도사로 파송했다. 진남포에 도착한 그는 물 만난 고기 같았다. 열정적인 설교와 신도들의 어려움을 해결하는 그의 행동이 알려져서 많이 신도가 찾아왔다. 이 소식을 들은 감리교 연회는 그를 일 년 동안 신흥리교회 정식 전도사로 임명해 전도에 전념하게 했다.

　신흥리교회에서 열정적으로 전도한 손정도는 어려운 일을 겪는 이들을 보살펴서 일 년 뒤에는 신도가 두 배인 오백명으로 늘렸다. 또한 그는 진남포 지역 정신적 지주 역할을 하며 민족정신을 북돋운 임치정과 김지간 등 애국지사와 교류하며 민족의식에 눈 뜨기 시작했다. 이들과의 만남으로 새로운 민족의식을 자각한 그는 앞으로 자신이 해야 할 일을 정리하기 시작했다. 그는 진남포에서 유독 애국심이 투철한 신도들을 위해 일제 침략 규탄 설교로 뜨거운 호응을 얻었다. 전도사로서의 열정과 성실함 그리고 뛰어난 시대적 안목을 높이 평가한 평양 감리교 선교부는 그를 북만주 선교사로 파송하기로 결정했다. 그러나 그가 신흥리교회 목사가 되길 원했던 신도들은 파송 소식을 듣고 교회에 찾아와 이임 반대 농성을 벌이기 시작했다.

　"진남포를 떠나시면 안 됩니다."

　"당장 평양 선교부에 이임 반대 연판장을 보냅시다."

　"그럽시다."

　농성을 방치하면 더 큰 문제가 생긴다고 판단한 그는 자신의 생각을 밝혔다.

　"형제자매 여러분! 제가 북만주 선교사로 파송되는 것은 그곳의 가난한 동포들을 돌보라는 하나님의 뜻입니다. 저는 비록 진남포를 떠나지만 절대로 여러분을 잊지 않을 것입니다."

그의 간곡한 호소에 신도들은 눈물을 흘렸다.

"북만주에 가시더라도 저희를 꼭 기억해 주십시오."

"여러분의 사랑을 북만주 동포들에게 전하겠습니다."

평양으로 돌아온 그는 북만주에 갈 준비를 서둘렀다. 오랜만에 가족과 생활하게 된 그는 감리교 목사 안수를 받아 정식 목사가 되었다.

며칠 뒤 그는 평양 선교부의 명령으로 중국어 연수를 위해 북경으로 갔다. 감리교 평양 선교부에서 그를 중국어 연수까지 시킨 것은 중국 동북 지방 순회 선교사에게 필요한 것을 갖추게 하려는 목적이었다.

이때 대한제국을 병탄하려는 일제는 반일 감정을 가진 지식인을 제거하기 위해 곳곳에 밀정을 파견했다. 밀정을 통해 항일 애국지사 대부분이 평안도 출신 기독교도란 정보를 입수한 통감부는 진남포에서 사람들의 신임을 얻은 손 목사를 요주의 인물로 지목해 감시하기 시작했다. 손 목사가 정식 목사가 되었지만 그의 가족은 여전히 가난을 벗어나지 못했다. 박신일이 홀로 가족을 부양해 어린 원일은 여섯 살짜리 성실이 돌보았다.

그러던 어느 날 배가 고파 칭얼대는 원일을 달래던 성실은 할아버지 집을 찾아갔다. 오래 전 평양에 이사한 손형준은 손 목사 가족과 왕래하지 않았지만 진실과 성실은 박신일을 통해 할아버지 댁을 알고 있었다. 마침 점심때여서 손형준 내외는 손자, 손녀들과 마루에 앉아서 밥을 먹고 있었다. 대문을 열고 들어서다 밥상에 놓인 고기반찬을 본 성실은 슬금슬금 마루로 다가갔다.

"감히 여기가 어디라고 네놈들이 왔느냐? 빨리 나가지 못해!"

성실을 발견한 오신도는 얼굴을 붉히며 호통을 쳤다. 할머니의 호통에 놀라 발길을 돌리던 성실은 함지박에 놓여 있는 무를 발견하고 얼른 한 개를 집어 들었다.

"어디서 무에 손을 대? 썩 물러가지 못해!"

성실을 본 오신도는 맨발로 달려와 무를 빼앗았다. 할머니에게 무를 빼앗긴 성실은 울음을 터트렸다. 성실의 울음소리에 놀라 등에 업혀있던 원일마저 잠에서 깨어나 갑자기 눈물바다가 되었다. 성실은 동생을 달래며 대문을 나섰다.

"성실아?"

대문을 나서던 성실은 자신을 부르는 소리에 발걸음을 멈추고 뒤를 돌아보았다. 성실이 앞에는 손형준이 서 있었다.

"이거 가지고 얼른 동생과 집으로 가거라."

손형준은 성실의 손에 오 전짜리 동전을 쥐어 주고 집안으로 사라졌다. 집을 나선 성실은 할아버지가 준 돈을 들고 대문을 나섰다. 그러나 박신일이 홀로 번 돈으로 생활한 원일의 가족은 배불리 먹는 것조차 쉽지가 않았다.

안중근 거사와 105인 사건

1909년 일제는 대한제국을 병탄하기 위해 온 힘을 기울였다. 통감부는 대한제국 군대를 해산시킨 뒤 일본군에게 황궁 경비를 대신하게 했고 법원 등 사법 행정을 일본인을 대신해 식민지 상태로 만들었다. 이러한 침략에 대항하려는 애국지사들은 곳곳에서 항일 의지를 다졌다.

10월 26일 블라디보스토크에 간 안중근 · 우덕순 · 조도선 · 유동하 · 유승렬 · 김성화 · 탁공규 등 애국지사 열두 명은 왼쪽 무명지를 절단해 단지동맹을 조직하고 항일 투쟁을 결의했다. 이들 가운데 안중근은 대한제국 전 강화 진위대 참령(소령)이었던 이동휘와 연해주 애국지사 최재형의 도움을 받아 일본 총리를 네 번이나 연임한 뒤 초대 대한제국 통감이 된 이토 히로부미를 하얼빈에서 처단해 대한 독립 의지를 알렸다.

안중근을 도운 최재형은 함경도 경원의 노비 아들로 태어나 배고픔 때문에 가출했다가 어느 러시아 선장 부부 손에 자랐다. 그 뒤 시베리아 도로 건설에서 공을 세워 도헌(읍장)이 된 그는 러시아군에 군수품을 납품해 많은 돈을 모았다. 그는 을사늑약 이듬해 간도 관리사 이범윤이 의병들과 연해주로 이동하자 의형제를 맺고 사재를 털어 소총으로 무장시켜 러시아 국경 일본군 수비대 수십 명을 사살하게 했다. 이에 일제는 러시아 정부에 압력을 넣어 의병들의 무기를 회수한 뒤 러시아군에 강제로 입대시켰다. 그러나 최재형은 엄인섭 · 김서윤 · 이위종 등과 동의회를 조직해 대동공보(전 해조신문)를 발행해 독립 정신을 고취시키고 연해주 서른두 곳에 학교를 세워 교육 계몽 운동을 전개했다. 특히 그는 이토 히로부미 처단에 나선 단지동맹 회원들에게 숙식은 물론 자금과 무기를 제공하고 거사가 실패했을 때 러시아 법정에 세워 정당방위를 주장하게 하려고 러시아인 변호사 미하일로프를 선임했다.

1910년 3월 26일 안중근이 단독 범행임을 주장하며 뤼순 감옥에서 순국해 최재형은 무혐의로 풀려났다. 이때 북경에서 중국어 연수를 받은 손정도는 안중근의 거사 소식을 듣고 항일 의지를 가슴에 새겼다. 상동교회에서 조직된 신민회에 참가하지 않은 그는 북경에서 안창호를 만나 국제 정세를 듣고 자신이 도울 일을 계획했다. 고향이 안창호와 같은 평안도 강서여서 호형호제하는 사이가 된 그는 독립운동에 참여하기로 결심했다.

이때 북경에는 일제의 단속을 피해 독립운동을 모색하려는 신민회원들이 찾아왔다. 이들 대부분이 평안도 지역 기독교 인사여서 자연스럽게 교류한 그는 대한제국 시위대 참위(소위)를 하다 안중근 거사에 참여한 신민회원 조성환을 통해 안창호를 다시 만나 자신이 해야 할 일을 물었다.

"제가 나라를 위해 할 수 있는 일을 알려주십시오."

"아우는 목회자이니 곳곳을 돌아다니며 독립운동가들의 활동을 국내에 전하는 일을 해주게."

안창호와 의기투합한 그는 만주 지역 항일 애국지사들의 활동을 국내에 전하고 일제를 피해 만주를 떠도는 한인들이 정착할 곳을 찾아나섰다. 이는 일제의 억압을 피해 고향을 등진 한인의 생활 터전과 항일 독립군을 양성할 곳이 필요했기 때문이다.

그러나 1910년 8월 대한제국을 병탄한 일제는 항일 애국지사 체포 계획을 세우고 곳곳에 밀정을 풀어 감시하기 시작했다. 이때 북간도에 무관 학교를 세워 친일파 처단 계획을 세운 안명근(안중근 사촌동생)은 신민회원 배경진·박만준·한순직 등과 황해도 송화와 신천에서 구천 원을 모금한 뒤 발산에 사는 민병찬과 민영설에게 십만 원을 요구하다 경찰에 체포되었다.

안명근 일행을 남산 경무총감부로 이송해 칠십여 일 동안 고문한 일제는 신민회원 대부분이 서북 지역 기독교도란 사실을 확인했다. 그리고 안명근 사건을 데라우치(총독) 암살 사건으로 조작해 황해도 안악에서 활동한 김구 등 백 육십여 명을 체포했다. 궐석 재판에 넘겨진 이들은 안명근 무기 징역, 김구 징역 십오 년, 이외에는 십 년에서 오 년, 마흔 명은 유배형을 선고받았다. 이때 일제의 궐석 재판으로 사형 선고를 받아 블라디보스토크로 망명한 이상설을 만나 남만주에 무관 학교 설립하기로 결심한 이회영은 이를 형제들에게 알렸다. 그리고 전 대한제국 군무국 장교 출신 이관직·김형선·윤태훈에게 애국심 강한 군인을 망명시켜달라고 부탁했다.

이때 조선 총독부는 한일 병탄에 공을 세운 친일파에게 은사금과 작위 수여하고 일본 관광을 보내 주었다. 또한 지방 유지들의 환심을 사기 위해 은사금 천칠백만 원을 나눠주는 동안 이동녕·장유순·이관직과 남만주 무관 학교 부지를 돌아보고 귀국한 이회영은 형제들이 삼 개월 동안 재산을 처분해 만든 사십만 원(현재 가치 약 육백억 원)을 들고 얼어붙은 압록강을 건넜다. 급히 망명하느라 명동 인근 육천여 평(현재 시가로 약 2조원)을 팔지 못하고 남만주 삼원보 추가가에 도착한 이회영 일가는 신흥 강습소를 세웠다.

한일 병탄 이후 총독부가 중국 항일 애국지사들의 검거 계획을 세운 사이 중국어 연수를 마친 손정도는 하얼빈에 교회를 세우고 전도 사업을 시작했다. 하얼빈을 중심으로 북간도, 연해주 등을 돌아다니며 교회마다 청년회를 만든 그는 곳곳의 애국지사들과 교류하며 한인이 정착할 곳을 찾아다녔다. 그의 이런 행동은 밀정 눈에 금방 띄었다. 눈에 불을 켜고 그의 체포 기회를 노리던 일제는 전 일본 총리 가쓰라 다로가 블라디보스토크를 방문할 때 암살 음모 사건으로 조작해 체포하려 했다. 일제 밀정들에게 가쓰라 다로 암살 음모 사건을 전해 들은 연해주 경찰은 손 목사와 한인 삼십여 명을 체포했다. 아무런 이유 없이 체포된 이들은 연해주 일본 공사관 경찰서에 이송되어 삼 개월 동안 모진 고문을 당했다.

그러나 손 목사를 비롯한 한인들이 암살 음모 사건을 부인하자 일제는 한성에 있는 남산 경무총감부로 이송해 일 년 가까이 조사한 뒤

즉결 재판에 회부해 징역 오 년을 구형했다. 그러나 법원의 무죄 판결로 손 목사가 석방되자 만주 무관 학교 설립 자금 마련을 위한 금광 습격 모의 혐의로 다시 체포했다. 일제가 다시 체포한 것은 기독교도의 신망을 얻은 그가 무혐의로 풀려나면 가쓰라 암살 음모 사건이 들통날 것이라 생각했기 때문이다. 남산 경무총감부에 다시 끌려간 손 목사는 모진 고문과 협박을 받았다.

"우리는 네가 북간도에 간 이유를 알고 있다."

"내가 감리교 평양 선교부 파견 선교사인 것을 당신들도 잘 알지 않소."

"그런데 왜 한인이 정착할 땅을 찾아다녔나?"

"사람들이 이주하면 교회를 세울 계획이었기 때문이오."

"그럼, 수안 금광 얘기는 왜 했나? 금광을 습격해 무관 학교 설립 자금을 만들려 한 것을 알고 있으니 빨리 자백해라."

"금광 얘기는 사람들에게 들은 것을 얘기한 것뿐이오. 목사가 신자들에게 금광을 습격하라고 설교한다는 게 말이 된다고 생각합니까?"

모진 고문에도 그는 형사들의 허위 주장을 반박했다. 혐의 입증에 실패한 경찰은 다시 그를 기소했으나 법원은 무혐의 처분을 내렸다. 하지만 무혐의로 그를 석방시킬 수 없다고 생각한 경무총감부는 제령 위반(制令違反, 우리나라에서 적용할 수 없는 일본 법률을 조선 총독 명령으로 예외로 처리하는 조항)을 적용해 일 년 동안 거주를 제한하는 진도 유배형을 명령했다. 이때 고등 법원에서 열린 안악 사건(105인 사건) 재판에서 윤치호 등 여섯 명을 제외하고 모두 무혐의 처분을 받아 석방되었다.

제령 위반으로 거주 제한 일 년 처분을 받은 그는 진도에 도착해서도 계속 설교를 했다. 인근 사람들에게 독립운동을 하다 유배된 목사라는 소문이 퍼져 기독교인이 몰려들었기 때문이다. 진도는 워낙 외진 곳이어서 자유롭게 예배를 집전할 수 있었다. 그는 주말마다 예배를 집전하며 고문으로 망가진 몸을 회복했다. 이 사이 그의 열정적인 설교가 알려져서 인근 신도는 물론이고 일본인 순사까지 찾아왔다.

이듬해 유월 진도에서 일 년 유배 생활을 마치고 경성에 돌아온 그는 감리교 연회에서 최병헌 목사의 추천을 받아 동대문교회 담임 목사에 임명했다.

원일의 경성 생활

홍인지문(동대문) 옆 낙산 언덕에 세워진 동대문교회는 1891년 메리 스크랜턴이 우리나라 최초로 만든 여성 전문 병원인 동대문 부인진료소 옆에 있었다. 동대문교회에 부임한 손 목사는 박신일 혼자 가족을 돌보는 것이 안타까워 평양 가족을 목사관에 이사시켰다. 한여름에 경성으로 이사한 그의 가족은 동대문교회 목사관에서 웃음꽃을 피웠다. 경성 이사로 가장 신이 난 사람은 다섯 살이 된 원일이었다. 그는 매일 교회 근처를 혼자 돌아다녀 툭하면 진실과 성실이 찾아나서곤 했다. 오랜만에 가족과 생활하게 된 손 목사는 전도에 온 힘을 쏟았다.

"하나님께서 우리 민족에게 나타나게 하려면 각자 사정을 내려놓고 기도하는 사람이 되어야 합니다. 기도로 자신을 쳐서 하나님 앞에 복종시키면 반드시 당신께서 오실 것입니다."

손 목사는 신도들에게 신앙인의 자세뿐 아니라 독립을 위해 모두가 할 일을 역설했다. 이 모습을 본 원일은 친구들 앞에서 손 목사 모습을 흉내내 사람들에게 웃음을 주었다. 그러나 원일은 손 목사의 걸레 철학을 무척 싫어했다.

"비단 없이는 살아도 걸레 없이는 하루도 못삽니다. 우리 모두 나라를 위해 걸레가 되겠다는 마음으로 살면 남에게 의존하지 않는 세상을 만들 수 있을 것입니다. 자신을 더럽혀서 세상을 깨끗하게 만들고 사라지는 걸레야말로 하나님 사랑을 실천하는 자세입니다."

원일은 걸레 철학 설교를 들을 때면 코를 붙잡고 고개를 저었다. 하지만 손 목사는 설교뿐 아니라 어려운 일을 당한 신도들을 위해 발 벗고 나섰다. 신도들의 어려움을 해결해 준다는 소문이 퍼져 평일에도 많은 이가 찾아왔다. 그는 애국지사들을 돕는 일에도 발벗고 나섰다. 때때로 특별한 손님이 찾아오면 그는 형사들의 눈을 피하려고 목사관 문을 잠그고 이야기를 나누었다. 이때 호기심이 많은 원일은 궁금증을 참지 못하고 방에 들어가려다가 진실과 성실 손에 끌려 나오곤 했다.

팔월 어느 날 저녁, 일찍 일을 마친 손 목사는 성실의 도움으로 등목을 하고 있었다. 마침 밖에서 놀다 집에 온 원일은 등목을 하는 손 목사 곁에 다가갔다. 손 목사 등에는 이유를 알 수 없는 상처들이 있었기 때문이다. 부유한 유림 집안의 장손으로 고생 모르고 자랐을 그에게 전혀 어울리지 않는 상처였다. 성실은 가만히 손 목사 등에 난 상처를 어루만졌다.

"간지럽다."

"이것은 어찌 난 거예요?"

성실의 질문에 손 목사는 수건으로 몸을 닦은 뒤 평상에 걸터앉았다.

"남산 경무총감부에 끌려가서 생긴 거란다."

원일은 커다란 눈망울을 굴리며 옆에 앉았다.

"죄 없는 사람을 왜 끌고 가요?"

"독립운동을 못하게 하려고 벌인 짓이란다."

"그래서 어떡했어요?"

"어떡하긴, 없는 죄를 말할 수는 없지. 설령 안다고 해도 절대로 말해서도 안 되고."

"밤마다 앓는 소리가 이것 때문이었구나!"

"내가 앓는 소리를 했니?"

"그럼요. 밤마다 들었어요."

원일은 아버지가 밤마다 앓는 소리를 한 것을 이제야 이해하겠다는 듯 고개를 끄덕였다. 손 목사는 가쓰라 암살 음모 사건 때 당한 고문으로 성한 곳이 없었다. 그가 칠십여 일 동안 고문을 버티자 형사들조차 놀랄 정도였다. 그때 당한 고문 후유증 때문에 그는 궂은 날이면 앓는 소리를 했다.

손 목사가 동대문교회에 부임한 뒤 신자가 빠르게 늘어났다. 이들 중에는 일찍 아버지를 여의고 열세 살 때부터 철공장에서 일한 스물다섯 살의 김상옥이 있었다. 가난 속에서도 배움을 뜻이 강했던 그는 공장 직공 이지호에게 한문을 배우고 교회에 만든 신군야학에서 공부했다. 스무 살 때는 자신이 직접 만든 '동흥야학'에서 공부한 그는 YMCA 영어학교를 졸업한 뒤 기독교 청년회 청년부장으로 일하면서 손 목사를 찾았다.

"우리가 독립하려면 어찌 해야 합니까?"

"우리 스스로 찾아야 합니다."

"그러려면 무엇을 해야 합니까?"

"우선 교육을 통해 민족의식을 일깨우고 국산품을 애용해 경제력을 키울 수 있도록 사람들의 생활을 안정시켜야 합니다. 그래서 일제에 협력하는 친일파가 발붙이지 못하게 만들어야 합니다."

얼마 뒤 김상옥은 직접 철물 공장을 차려 공인 조합과 동업자 조합을 조직한 뒤 이익 분배 운동을 시작했다. 이때 유럽에서 제1차 세계 대전이 일어나자 식민 통치를 강화하려는 일제는 역사 말살 정책과 황국 신민화에 매달렸다. 1910년 11월부터 일 년 동안 전국에 있는 역사서 등 이십여 만 권을 수거해 불태우고 전기, 족보, 만세력, 인문 지리, 풍습에 관한 책은 물론 독립 정신과 민족혼을 배우지 못하게 하려고 민주주의나 사회주의 사상, 외국 독립 운동사, 역사서, 무궁화, 태극기에 관한 책의 출판과 유통을 금지시켰다. 1915년에는 이완용, 권중현 등 친일파가 장악한 중추원 산하에 '조선반도사편찬위원회'를 만들어 민족혼을 말살하는 왜곡 역사서 편찬도 시작했다.

정동 제일교회 목사 손정도

일제가 황국 신민화에 매달리는 동안 동대문교회는 전도사 여섯 명, 신도 천여 명, 주일 학교 학생 칠백여 명을 거느린 대형 교회로 발전했다. 이 년 만에 동대문교회를 대형 교회로 발전시킨 것을 본 감리교 연회는 그를 정동 제일교회 담임 목사에 임명했다. 손 목사가 정동 제일교회로 파송된다는 소식이 알려지자 신도들이 몰려와 농성을 벌이기 시작했다. 신도들은 평소 모든 일을 몸소 실천한 그가 계속 남아 시무하길 원했다.

"목사님을 절대로 보낼 수 없습니다."

"연판장을 돌려서라도 목사님의 파송을 막아야 합니다."

손 목사의 파송 소식에 놀란 곳은 또 있었다. 천여 명이 넘는 동대문교회에서 무슨 일이 생기면 감당할 수 없다고 생각한 총독부는 형사들을 늘려 감시하기 시작했다. 신도 천 명이 넘는 교회에서 시위를 벌이면 경찰 진압이 불가능하다고 판단한 경무총감부는 형사들을 파견해 혹시 모를 불상사를 막으려고 감시에 열렸다. 그러나 시간이 지날수록 파송에 반대하는 신도가 계속 늘어나자 경찰은 시위로 발전할 것을 우려했다. 이런 상황을 알고 있었던 손 목사는 농성을 방치하면 더 큰 문제가 생긴다고 판단해 신도들을 설득했다.

"제가 정동 제일교회에 파송되는 것은 더 많은 일을 하라는 하나님의 뜻입니다. 그러니 형제자매 여러분께서는 널리 이해해 주십시오."

"그럴 수 없습니다."

"목사님, 저희 곁을 떠나시면 절대로 안 됩니다."

신도들은 눈물을 흘리며 손 목사를 붙잡았다. 그렇다고 감리교 연회에서 결정한 일을 마음대로 바꿀 수는 없었다.

"형제자매님들이 베풀어 주신 사랑을 세상 곳곳에 전할 수 있도록 도와주십시오."

손 목사의 간절한 호소에 신도들은 눈물을 흘리며 해산했다. 우여곡절 끝에 정동 제일교회에 부임한 손 목사는 신도를 모으는데 주력했다. 일제는 고종을 감시하기 위해 교회 주변의 민가를 모두 없애 일반인이 많지 않았다. 그래서 그는 배재 학당과 이화 학당 학생을 중심으로 청년회를 만든 뒤 사회 문제를 토론하게 했다. 학생들이 중심이 된 청년회에는 그의 큰딸 손진실과 유관순이 참여해 열심히 활동했다.

손 목사가 정동 제일교회에 부임해 가장 신이 난 사람은 일곱 살이 된 원일이었다. 그는 틈만 나면 교회 근처를 혼자 돌아다니다 이화 학당에 다닌 진실과 성실을 매일 마중해서 학생들의 귀여움을 독차지했다. 이들 가운데 목사관을 자주 찾은 이화전문학교 학생들이 동생처럼 대했다. 장난이 심하고 지는 것을 싫어한 원일은 술래잡기를 하다 붙잡히면 울음을 터뜨려서 진실과 성실에게 놀림을 당했다.

일제에 의해 경운궁에 유폐된 고종은 정동 제일교회 목사들과 가깝게 지냈다. 전임 목사 현순을 통해 손 목사를 소개받은 고종은 형사들의 눈을 피해 국제 정세를 토론했다. 고종을 감시하기 위해 경운궁 근처 민가들을 모두 없앤 일제는 선교사들의 반발 때문에 제일교회 목사관은 철거하지 못했다. 그래서 정동 제일교회 전임 목사들은 일제의 눈을 피해 고종에게 세상 돌아가는 이야기를 들려주었다.

1880년대 중반부터 정동에 모여든 미국 선교사들은 배재 학당, 이화 학당은 물론 우리나라 최초의 근대식 여성병원인 보구여관 등을 세워 미 북감리회의 선교 기지로 만들었다. 이런 분위기 때문에 대중 강연회와 음악회가 자주 열려 신문화의 중심지가 된 정동 제일교회는 언더우드가 세운 새문안교회와 더불어 우리나라 개신교 양대 교회로 발전할 수 있었다. 독립협회 설립 이듬해인 1896년 정동 제일교회에 생긴 엡윗청년회와 배재 학당 협성회가 주도한 정치 개혁에 전임 목사인 아펜젤러, 노병선, 최병헌 등이 참여한 전통 때문에 동대문교회를 대형 교회로 키운 손 목사를 추천한 것이다.

그러나 손 목사는 부임 초기 목회에만 열중해야 했다. 그가 목회에만 매달린 것은 진남포 신흥리교회와 북만주 선교사, 동대문교회를 거치면서 일제의 요시찰 인물로 낙인찍혔기 때문이다. 그러나 시간이 지나면서 그는 일제의 감시를 피해 경운궁 건너편에 있는 근대식 학교인 육영공원에서 고종과 만나 세계 정세를 토론하고 밀지 정치를 돕기 시작했다.

원래 고종은 독립을 이루기 위해 외국에 망명해 망명 정부를 수립할 계획을 세웠었다. 1910년 이회영, 이상설, 유인석의 도움을 받아 블라디보스토크로 망명하려다 실패한 그는 밀사 외교로 독립을 이루려 했다. 그의 망명 파급력을 잘 알고 있었던 이회영과 이상설은 망명을 권했다. 그러나 총독부 감시가 심해 기회를 잡지 못하자 이회영은 아들 이규학과 고종의 조카딸이 궁궐에서 혼례를 치르는 것을 이용해 망명 시킬 계획을 세웠다. 조남익과 조남승(고종의 조카), 내시 이교영과 망명 계획을 세운 이회영은 고종이 하사한 황실 내탕금 오만 원으로 북경에 거처까지 마련했으나 총독부의 경비를 강화로 실행에 옮기지 못했다.

그 뒤 손 목사가 정동 제일교회에 부임해 신도가 늘어나자 경운궁 옆에서 대규모 시위가 벌어지면 진압할 수 없다고 판단한 총독부가 형사를 늘려서 꼼짝도 할 수 없었다. 손 목사 부임 뒤 제일교회는 주일마다 마당에서 예배를 보는 사람이 생길 정도로 붐벼서 교회 확장 공사를 시작했다. 새로 지을 땅이 부족해 기존 건물 옆에 새 건물을 지어 잇는 확장 공사에는 신자까지 참여해서 무사히 끝냈다. 공사를 마친 손 목사는 예배당 안에 남녀를 구분한 휘장을 없애고 평양에 사는 동생 손경도와 손이도를 이주시켰다. 또한 동대문교회 신도 김상옥이 중심이 된 백영사에 이종소, 임용호 등과 참여해 금주 · 금연, 일본어 사용 금지 운동에 참여했다.

다시 평양으로

손 목사가 정동 제일교회에서 시무하는 동안 여덟 살이 된 원일은 영신소학교에 입학했다. 언더우드가 만든 영신소학교는 평양 숭실학교 교감이었던 선교사 베커가 교장, 민족의식이 투철한 박희도가 교감으로 일해 신학문과 민족의식을 배울 수 있다고 생각했다. 그러나 그의 바람과 달리 원일은 놀기를 좋아해서 틈만 나면 배재 학당 운동장에서 살다시피했다. 그런데 마침 배재 학당 운동장에서 '자전거의 신'으로 불린 엄복동이 출전한 전조선 자전거 경기 대회가 열리게 되었다. 이 소식을 들은 원일은 엄복동을 보기 위해 날마다 손꼽아 기다렸다.

한성 오장동에서 태어난 엄복동은 자전거가게 일미상회 점원으로 일하다 1913년 4월 경성일보사와 매일신보사가 인천(12일)·용산(13일)·평양(27일)에서 개최한 전조선 자전차 경기 대회에서 우승해 이름을 알렸다. 자전거 가격이 조선인 형사 네 달치 월급보다 비싼 때여서 자전거가게 점원들이 선수로 출전하곤 했다. 자전거가게 점원으로 자전거 경주 대회에서 우승한 엄복동을 본 사람들은 일제에게 승리한 것으로 여겨 열광했다.

한 여름 열린 자전거 경주 대회를 보려고 아침부터 많은 사람이 배재 학당에 몰려들었다. 원일은 앞자리를 차지하려고 아침 일찍 운동장에 나가 자리를 잡았다. 이때 엄복동이 등장하자 사람들은 환호성을 지르며 "엄복동"을 외치기 시작했다. 원일은 엄복동을 자세히 보려고 경기장 앞으로 나갔다가 진행 요원들에게 막혔다.

"경기에 지장을 주니 뒤로 물러나라."

"싫어요."

"한 번만 더 앞으로 나오면 쫓아낼 테니 그리 알아라."

진행요원들은 물러서지 않겠다고 버틴 원일을 번쩍 들어 원래 자리에 앉힌 뒤 단단히 주의를 주었다. 사람들의 응원 속에 시작된 경기는 시작부터 엄복동이 너무 천천히 달려 애를 태웠다. 원일이 목이 터져라 "엄복동"을 외쳤으나 그는 다른 선수의 꽁무니만 맴돌았다. 다른 선수들의 뒤만 맴돌던 그는 몇 바퀴를 남기고 쏜살같이 앞으로 나가 순식간에 결승선에 도착했다. 사람들은 "엄복동"을 외치며 그에게 달려가 무동을 태운 뒤 운동장을 돌았다. 이 모습을 본 원일은 곧장 집으로 달려갔다.

"어머니, 자전거 사 주세요."

"갑자기 웬 자전거 타령이니?"

바느질하던 박신일은 손길을 멈추고 원일을 바라보았다.

"엄복동처럼 자전거 선수가 될 거예요."

"지금은 돈이 없으니 다음에 사 주마."

"싫어요. 지금 당장 사 주세요."

이때 집에 들어오다 이 모습을 본 손 목사는 원일을 데리고 방에 들어갔다.

"들어오다 보니 자전거를 사달라고 조르더구나. 그런데 지금 네가 배워야 할 것은 바른 생활을 익히는 것이란다. 부자였던 할아버지께서는 아버지가 어렸을 때 일하는 법을 배우게 했단다. 그러니 너도 일거리를 찾아보도록 해라."

손 목사의 훈계를 들은 원일은 여름 방학이 시작될 무렵 광화문 근처 테니스장에서 공 줍는 일을 시작했다. 그러나 원일의 정동 생활은 이듬해 여름 끝나고 말았다. 학교에서 놀다 집에 돌아온 그는 가족들과 이삿짐을 싸고 있는 성실이 곁에 다가갔다.

"누나, 왜 짐을 싸? 우리 또 이사가?"

"아버지가 편찮으셔서 평양으로 간대."

"난, 여기가 좋은데."

원일은 이사 가는 것보다 배재 학당 운동장에서 놀 수 없는 것이 더 아쉬웠다.

며칠 뒤 손 목사는 이화 학당에 다닌 진실만 남겨 놓고 평양 보통 강가에 얻은 사글세 집으로 이사했다. 친구들과 작별 인사도 못하고 평양에 간 원일은 이번 이사가 아버지의 병 때문만은 아니란 걸 알게 되었다. 휴직계를 낸 손 목사는 매일 저녁 외출했고 어떤 날은 밤 늦도록 손님과 만나 은밀한 이야기를 나누었다. 또한 늦은 밤 잠결에 중국에 다녀오겠다며 어머니에게 가족을 걱정하는 이야기를 들었기 때문이다.

손 목사가 평양으로 이사하기 몇 달 전 정동 제일교회 목사관에 현순 목사가 찾아왔었다. 그는 몇 번이나 목사관 주변을 둘러본 뒤 방문을 걸어 잠갔다.

"목사님, 황제 폐하께서 내년 여름 파리에서 열릴 강화 회의에 의친왕 전하와 하란사 선생을 밀사로 파견하려 하십니다. 그래서 두 분의 길 안내를 도울 사람으로 목사님과 최창식 선생을 천거했습니다. 도와주실 수 있겠습니까?"

"하다마다요. 저야 할 수만 있다면 가문의 영광이지요."

"총독부가 알면 절대로 안 되니 반드시 비밀로 해야 합니다."

"걱정하지 마십시오. 그런데 제가 할 일은 무엇입니까?"

"우선 감리교 연회에 휴가를 내고 평양에 이사하신 뒤 기다리십시오. 일이 진척되는 대로 연락을 드리겠습니다."

손 목사는 현순에게 일 년 뒤 파리에서 열릴 강화 회의에 의친왕과 하란사를 밀사로 파견해 독립을 요구할 것이란 내용과 만약 실패하면 외국에 망명해 임시 정부를 만들어 독립운동을 전개하게 할 것임을 전했다. 현순은 밀사인 의친왕과 하란사를 안내할 사람으로 손 목사와 황성신문 기자와 오산학교 역사 교사로 일하다 1916년 보안법 위반 혐의로 징역 팔 개월의 옥고를 치른 최창식을 추천했음을 알려 주었다. 손 목사가 감리교 연회에 휴직계를 낸 것은 밀사 안내 역할을 숨겨 총독부의 감시를 따돌리려는 방편이었다.

파리 강화 회의 밀사인 하란사는 우리나라 최초로 미국 학사 학위를 받은 여성으로 인천 별감(왕의 붓과 벼루, 그리고 궁궐 정원의 설비를 관리하는 직책)인 하상기와 결혼해 남편 성과 이화 학당에서 얻은 영어식 이름 낸시를 란사(蘭史)로 음역해 사용했다. 기혼녀여서 이화 학당에 입학할 수 없었던 그녀는 늦은 밤 프라이 교장을 찾아가 방의 불을 끈 뒤 어두운 조선 여자의 삶을 밝힐 수 있게 해달라고 설득했다. 이화 학당 졸업 뒤 그녀는 일본 경의의숙을 거쳐 을사늑약 이듬해 미국 오하이오 웨슬리언 대학에서 우리나라 여성 최초로 문학사 학위를 받았다. 이 소식을 들은 고종은 그녀를 비롯해 박에스더(본명 김점동, 우리나라 최초의 여의사) 등 외국에 유학한 여자 유학생을 궁궐로 초청해 잔치를 열어 주었다. 미국 웨슬리언 대학교를 졸업하고 귀국해 고종에게 영어를 가르친 그녀는 이화 학당 대학과 교수와 기숙사 사감으로 일하며 서대문여학교 · 아오개여학교 · 종로여학교 등에 만든 자모회에서 육아법과 가정 의학을 가르쳤다. 또한 정동 제일교회 청년회에 많은 관심을 가져 시간이 날 때마다 손 목사를 찾아와 국제 정세를 토론하곤 했다. 또한 그녀는 이화 학당 교사 이성회가 만든 학생 자치 조직인 이문회에서 손진실과 유관순 등에게 민족의식과 국제 정세 등을 지도했다. 1916년 뉴욕에서 열린 세계 감리교 총회에 한국 대표로 참석했던 그녀는 미국 순회 강연회에서 동포들에게 일제의 만행을 알려 손 목사는 '철의 여인'이란 별명을 붙여 주었다.

　고종이 파리 강화 회의에 참가하는 밀사들이 사용할 자금을 마련하려고 종로에 있는 황실 땅과 전기회사 주식을 몰래 처분하는 동안 손 목사를 쫓아낼 기회를 엿보던 총독부는 휴직계를 제출했다는 소식을 듣고 감리교 연회에 제명을 요구했다. 일제의 속셈을 파악한 감리교 연회는 손 목사에게 이 사실을 알리고 "당국의 압력으로 휴직 및 제명

당한 연회원 손정도"라 기록하고 사표를 수리했다.

중국 축구왕 신국권

평양 광성소학교 삼학년에 편입한 원일은 숭실학교 운동장에서 열린 경평(경성·평양) 축구 대항전을 보고 축구에 빠졌다. 1918년 무오년 평양에서 생겼다는 뜻인 무오축구단은 한해 먼저 생긴 경성 불교청년회 축구단과 친선 경기를 했다. 이때 무오축구단은 중국에서 축구왕으로 이름을 떨친 신국권의 소속팀 상해축구단과 친선 경기를 했다. 이 경기에서 신국권은 무오축구단 선수들과 달리 공을 발, 머리 등으로 다루며 세 골을 넣어 사람들을 열광시켰다.

한인으로 중국에서 축구 선수로 이름을 떨치는 것을 본 린위탕(임어당)이 원래 이름 '기준' 대신 나라를 되찾으란 의미로 '국권'이란 이름을 붙여 주었다. 신국권에 반한 원일은 축구 선수가 되기로 마음먹고 학교 모르게 축구부를 만들었다. 그리고 부모님을 졸라 마련한 독일제 축구화를 신고 운동장을 누볐다. 경평 축구 대회가 끝난 뒤 원일은 축구부원에게 놀라운 소식을 듣게 되었다.

"평양에서 서선(서북 지역) 유년 축구 대회가 열린데."

"축구 대회? 그럼 우리도 나가자."

축구 대회 개최 소식을 들은 원일은 신이 나서 친구들에게 출전할 것을 설득했다. 그러나 축구부원들은 시큰둥한 반응을 보였다. 곰보딱지 별명이 붙은 원일의 담임 선생님은 학생은 공부만 열심히 하면 된다고 생각해 노는 것을 무척 싫어했기 때문이다.

"곰보딱지가 알면 혼날 텐데?"

"그러니까! 몰래 나가야지."

"좋아. 몰래 나가자."

축구부원들을 설득한 원일은 수업을 마치고 연습한 끝에 대회에 참가했다. 평양 인근 십여 개 학교가 참가한 서선 유년 축구 대회에는 대부분 정식 축구부가 참가해서 응원단까지 몰려왔다. 그러나 정식 대표가 아닌 광성소학교 축구부는 운동복이 없어서 흰 윗도리에 검정색 바지를 입고 맨발과 고무신을 신은 채 경기에 나섰다. 그러나 광성소학교는 상대 팀을 모두 이기고 결승에 올라 우승을 차지했다. 정식 대표도 아닌 축구부가 대회에서 우승해 축구부원들의 기쁨은 하늘을 찔렀다. 그러나 기쁨도 잠시 뿐이었다. 어떻게 알았는지 곰보딱지 선생님이 운동장에 나타났기 때문이다. 사색이 된 광성소학교 축구부원들은 고개를 숙인 채 말을 잇지 못했다. 그런데 축구부원들 곁에 다가온 곰보딱지 선생님은 잔소리 대신 환한 웃음을 지어 보였다.

"잘했다. 잘했어! 오늘 우승했으니 내가 맛있는 것을 사 주마."

선생님은 축구부원들의 머리를 쓰다듬어 주고는 요릿집에 가서 맛있는 음식까지 사 주었다. 축구부원들이 서선 축구 대회에 참가하는 것을 처음부터 알고 있었던 선생님은 몰래 경기를 보다가 우승한 것을 보고 감격해서 나타난 것이다. 서선 축구 대회를 마친 원일은 평양 아이들 사이에 유행한 참새잡이에 빠졌다. 긴 나무 끝에 끈끈이 액을 발라 숲 속에 세워 놓은 뒤 앉았던 참새가 도망가지 못할 때 잡는 참새잡이에 재미를 붙인 원일은 수업이 끝나면 학교 옆 숲 속에서 살았다.

그러던 어느 날. 누군가 참새잡이에 정신이 팔린 원일의 목덜미를 움켜잡았다.

"놔라, 이놈아!"

원일은 돌아보지 않고 외쳤다.

"네 이놈!"

그의 앞에는 학교에서 가장 무서운 한문 선생님이 회초리를 들고 서 있었다. 한참 훈계를 들은 그는 심술이 발동해서 며칠 동안 교실 바닥에 초를 칠해 선생님을 넘어뜨리는 데 성공했다. 그러나 그의 장난기는 끝이 없었다. 며칠 뒤 수업을 마치고 집으로 돌아가던 그는 강가에서 풀을 뜯는 당나귀를 발견했다.

"우리 당나귀 타러 가자."

친구들에게 외친 그는 보란 듯이 앞장서서 당나귀에게 달려갔다. 다른 아이들보다 먼저 도착한 그는 운동 신경을 자랑하려는 듯 당나귀 등에 훌쩍 올라탔다. 한가롭게 풀을 뜯던 당나귀는 놀라서 사방으로 날뛰었다. 천방지축 날뛰는 당나귀 등에서 버둥거리던 그는 결국 중심을 잃고 강물에 거꾸로 처박혔다. 당나귀 등에서 떨어진 충격이 너무 심해 친구들의 부축을 받고 겨우 집에 돌아간 그는 이튿날 몸살이 나서 결석하고 말았다.

이튿날 학교에 간 그는 한문 선생님 앞에 불려갔다.

"왜 학교에 나오지 않았느냐?"

"당나귀를 타다 떨어져서 그랬습니다."

"뭐! 당나귀 등에서 떨어져?"

"……."

"하하하!"

"하하하!"

친구들의 웃음소리를 들으며 그는 눈을 감고 바지를 걷었다. 그런데 어찌된 일인지 선생님의 매서운 회초리 감촉이 느껴지질 않았다.

"오늘은 사실대로 말해서 용서해 준다. 그 대신 다음에 그러면 두 배로 혼날 줄 알아라."

한문 선생님의 배려로 위기를 벗어났으나 가을로 되도록 그의 장난기는 수그러들지 않았다. 이번에는 포도밭에 들어가 포도를 따먹을 생각을 했다.

"우리 문맹꽁이네 포도밭에 서리하러 가자."

"좋아."

　문맹꽁이는 손 목사의 평양 생활을 도와준 문요한 목사 별명으로 목사관 근처에 포도 농사를 짓고 있었다. 친구들의 호응에 의기양양해진 그는 앞장서서 포도밭에 들어가 포도를 따먹기 시작했다. 마침 수확철이라 늦은 시간까지 일꾼들과 포도를 따던 문 목사는 원일을 발견하고 몰래 다가갔다.

"도둑놈 잡아라!"

　문 목사 외침에 일꾼들은 일제히 원일에게 달려들어 혼자만 붙잡히고 말았다. 이 틈에 아이들이 도망쳐서 졸지에 모든 것을 뒤집어쓰게 되었다.

"당장 저 아이를 나무에 묶으세요."

　문 목사의 말에 일꾼들은 원일을 나무에 묶었다. 울상이 된 원일은 도망치기 위해 일꾼들이 묶은 줄에 힘을 주었다. 그런데 어찌된 일인지 밧줄이 스르르 풀렸다. 이 모습을 본 문 목사와 일꾼들은 웃음을 터뜨렸다.

"포도가 먹고 싶으면 언제든 와서 얘기해라."

　문 목사는 원일의 손에 포도를 한 움큼 쥐어 주었다. 며칠 뒤 원일은 문 목사에게 망신을 당한 것을 만회하려고 친구들에게 보통강가에 있는 무밭을 습격하자고 꾀었다.

"누가 제일 먼저 무를 뽑아 오는지 시합하자."

　포도밭에서 혼쭐이 난 아이들은 서로 눈치만 보며 나서길 주저했다.

이 모습을 본 그는 혼자 무밭으로 달려가 주인이 보란 듯이 커다란 무를 하나 뽑았다.

"무 도둑놈 잡아라."

원일이 무를 뽑는 것을 발견한 농부들이 달려오자 졸지에 무 도둑이 된 아이들은 줄행랑을 쳤다. 그의 장난기를 막은 것은 다름 아닌 예배였다. 그는 손 목사가 집을 비울 때면 예배 도중에 교회를 빠져나와 친구들과 놀곤 했다. 이 사실을 알게 된 유아반 선생님이 그를 불렀다.

"오늘부터 출석부 정리는 원일이가 한다. 알았지!"

졸지에 출석부 정리를 맡은 그는 예배가 끝날 때까지 교회에 붙잡혀 있어야 했다.

손 목사의 중국 망명

1918년 이후 중국 각지에서 활동한 애국지사들은 구체적인 독립운동을 모색하기 시작했다. 그러나 파리 강화 회의 밀사 안내 역할을 맡은 손 목사는 이들을 돕기 위해 바쁜 나날을 보냈다. 밀사 안내를 맡은 그는 현순, 최창식과 함께 의친왕과 하란사를 상해로 안내하기 위한 사전 준비를 서둘렀다. 손 목사는 의친왕과 하란사가 안동에 도착하면 그곳에서 기선에 태워 상해에 데려간 뒤 유럽으로 가는 배를 타도록 도와야 했다. 또한 그들이 파리 회의에서 독립을 이루지 못하면 의친왕이 임시 정부를 만들어 활동할 수 있도록 돕는 일도 맡았다. 손 목사는 밀사 안내에 필요한 자료 수집을 위해 상해로 갔다.

영국 · 독일 · 프랑스 조계지인 상해에는 많은 독립운동가가 망명해서 독립운동을 준비했다. 이들 중엔 을사늑약 체결에 분개해 고향에서 교육 사업을 한 여운형이 있었다. 그는 평양신학교에 입학해 클라크 선교사와 신흥 무관 학교 등 서간도를 돌아본 뒤 난징으로 망명해 금릉대학을 졸업하고 상해 기독교 서적 출판사인 협화서국에서 일하다 일본에서 온 장덕수와 독립운동 단체를 만들기로 결의했다.

황해도 재령 출신인 장덕수는 가난 때문에 근대식 병원인 제중원을 중퇴하고 통감부 진남포 이사청 급사로 일하며 독학으로 문관 시험에 합격한 이듬해 와세다 대학 고등 예과에 편입했다. 그는 그곳에서 조선 유학생 기관지인 학지광 필진으로 활동하며 김양수·최두선 등과 조선학회, 김명식·김철수·김양수·최익준·황줴(黃覺, 중국인) 등 사십여 명과 비밀 결사 조직인 신아동맹당을 조직해 활동했다. 대학 졸업 뒤 총독부 관리가 되라는 주임 교수의 권유를 뿌리치고 상해로 망명한 그는 1918년 11월 여운형·김철·선우혁·한진교·조동호와 신한청년회를 조직했다.

민족주의를 바탕으로 사회 개혁과 공화정 수립을 목표로 조직된 신한청년회는 매주 토요일 국제 정세를 토론하다 상해에 온 터키 유학생 아멜 베이에게 터키 청년당 소식을 전해 들은 여운형은 신한청년회를 신한청년당으로 바꾸었다. 신한청년당 대표 겸 총무를 겸했던 그는 마침 중국을 방문한 미국 특사 크레인에게 파리 강화 회의 개최 소식을 듣고 텐진에 망명한 김규식을 대표로 파견하기로 결정했다. 파리 강화 회의 취지를 설명하기 위해 중국을 찾은 크레인을 위해 중국 정부가 준비한 환영회에서 파리 강화 회의의 식민지 문제를 민족자결주의에 따라 처리할 것이란 소식을 듣게 되었다. 환영회가 끝난 뒤 크레인의 숙소를 찾아간 그는 신한청년당 대표가 파리 강화 회의에 참석할 수 있게 도와달라고 부탁했다.

"미국 정부의 생각은 모르겠지만 개인 자격으론 도와주겠습니다."

크레인과 헤어진 그는 김규식이 파리 회의에 참석하지 못할 것을 대비해 독립 청원서 두 장을 작성해서 한 장은 중국 정치 고문인 상해 잡지 밀라드 리뷰 사장 토머스 밀라드에게 제출을 부탁했고, 한 장은 크레인에게 부탁해 윌슨 대통령에게 전달하도록 했다. 그러나 밀라드가 일본에서 독립 청원서를 보관한 가방을 잃어버려 제출하는데 실패했다.

김규식의 파리 강화 회의 대표 파견 소식이 널리 알려져 많은 애국지사가 신한청년당에 가입했다. 또한 이 소식을 전해 들은 국내외 애국지사는 이를 기회로 독립 만세 운동을 벌일 계획을 세웠다. 마침 밀사 안내 준비를 위해 상해를 찾은 손 목사는 숭실학교 동기인 선우혁을 통해 애국지사들을 만나 상해 분위기를 살폈다.

평북 정주 출신으로 손 목사보다 일곱 살 어린 선우혁은 105인 사건 때 체포되었다가 무혐의로 풀려난 뒤 상해로 망명해 신한청년당에서 일하고 있었다. 그를 통해 상해에서 활동한 애국지사를 만난 손 목사는 신한청년당에 가입한 뒤 평양에 돌아갔다.

이때 선양·장춘·지린·허룽·옌지 등에서 활동한 독립운동가 서른아홉 명이 길림에서 독립 선언서를 발표했다. 1919년 2월 1일(무오년, 음력 1918년 11월) 발표된 무오 독립 선언서는 만주·연해주는 물론 국내와 미국, 일본까지 배포되었다. 이에 자극받은 신한청년당은 이광수를 동경에 파견해 한인 유학생의 2·8 독립 선언을 도왔다. 2·8 독립 선언에 자극받은 국내 애국지사들은 독립 만세 운동을 치밀하게 준비하기 시작했다. 이에 신한청년당은 국내 독립 만세 운동을 돕기 위해 장덕수, 선우혁, 김철, 서병호, 김순애, 백남규를 평양, 경성 등에 파견해 파리 강화 회의 대표 파견 사실을 알리고 자금을 모금했다.

평양에 돌아와 현순과 밀사 안내 계획을 논의하던 손 목사는 상해에서 잠시 만난 이승훈(평안북도 정주 오산학교 설립자)에게 만나자는 연락을 받고 기홀병원을 찾아갔다. 상해에서 손 목사와 독립운동을 논의했던 그는 평양 기홀병원에 위장 입원해 각계 인사에게 독립 만세 운동 참여를 권유하고 있었다. 손 목사가 병실에 들어서자 반갑게 맞은 그는 낮은 목소리로 독립 만세 운동을 설명했다.

"곧 국내외에서 독립 선언을 할 예정이니 목사님께서도 참여하시지요."

"말석에라도 끼워주셔서 감사합니다. 그런데 지금 급한 일이 있어서 참여할 수 없습니다. 대신 남산현교회 신흥식 목사님과 장대현교회 길선주 목사님, 의암(손병희 호) 선생은 제가 설득해보겠습니다."

이승훈과 헤어진 손 목사는 신흥식, 길선주 목사에게 독립 만세 운동을 설명해 참여를 승낙받았다. 또한 하란사에게 부탁해 손병희 천도교 교령의 부인인 주월산을 통해 만세 운동과 신한청년당 대표 파견 사실을 설명한 그는 천도교에서 마련한 삼만 원을 신한청년당에 보냈다. 이 사이 선우혁에게 파리 강화 회의 대표 파견과 독립 만세 운동 계획을 전해 들은 평양 각 종교 단체와 학교는 연합해서 참가하기로 결의했다. 그러나 의친왕과 하란사의 안내 역할이 알려질 것을 우려한 현순과 최창식의 반대로 그는 독립 만세 운동 전면에 나서지 않았다. 그런데 이때 생각지도 못할 일이 벌어졌다. 평소 그에게 건강하다는 소식을 보내던 고종이 갑자기 승하한 것이다.

"황제 폐하께서 승하하셨소."

기홀병원에 위장 입원한 이승훈에게 고종 승하 소식을 전해 들은 손 목사는 한숨을 내쉬었다. 그동안 편지에 늘 건강을 챙긴다는 소식만 있었기 때문이다. 명성황후가 일제 낭인에게 시해당한 뒤 러시아 공사관에서 환궁해 아편이 든 커피를 마시고 죽을 위기를 넘겼던 고종은 일제의 암살이 두려워서 자신 앞에서 깐 찐 달걀과 연유(우유) 통조림만 먹었고, 매일 밤 외국인 선교사를 불러 처소를 지키게 했다. 그런 그가 아침 수라 후식인 식혜를 마시고 묘시(오전 7~8시)에 쓰러졌기 때문이다.

그의 주검을 직접 확인한 민영달(명성황후 사촌)의 설명은 독살설을 부추겼다. 그는 목에서 아랫배까지 검은 줄이 생겼고 혀가 상해 이가 모두 빠졌으며 수의를 입히지 못할 정도로 부어 있었다고 밝혔다. 승하 당일 궁궐 당직이 이완용과 이지용이고 수라간 궁녀 두 사람이 이유 없이 죽어 독살설은 사실처럼 퍼졌다. 떠도는 소문에는 총독부의 사주를 받은 이완용이 미친개에게 먹인다며 독약 두 알을 전의 안상호에게 처방받아 한상덕이 매수한 궁녀 두 명에게 건네 식혜에 타게 했다는 이야기와 총독 데라우치가 윤덕영과 민병석을 통해 한상덕에게 약을 넣게 했다는 것이 사실처럼 떠돌았다. 나흘 뒤에는 유학 명분으로 일본에 끌려간 영친왕(마지막 황태자)이 일본 왕녀와 결혼식을 올릴 예정이었다. 일제는 고종 승하 이유를 뇌일혈로 발표했으나 손 목사는 총독부가 밀사 파견을 막으려고 꾸민 일로 판단했다. 이때 소식을 들은 현순이 손 목사를 찾아왔다.

"황제 폐하의 승하와 관계없이 하란사 선생을 파견할 예정이니 망명 준비를 서두르십시오."

현순에게 밀사 파견 계획을 확인한 손 목사는 망명 준비를 서둘렀다. 그 동안 손 목사는 고종의 밀명을 하란사가 감리교 간호 선교사 그레이스 하우스를 통해 기홀병원에 전하면 이를 박신일을 통해 전달받았다. 이때 형사들은 매일 박신일을 찾아와 손 목사 행방을 보고할 것을 강요했다. 만약 자신들의 말을 듣지 않으면 가족을 가만두지 않겠다는 협박도 서슴치 않았다.

고종 승하로 세상이 어수선했지만 정월 대보름을 맞은 평양 아이들은 매일 보통강가에서 쥐불놀이를 했다. 노는 일이라면 누구에게도 뒤지지 않은 원일은 성실과 매일 밤 쥐불놀이를 하고 집에 돌아왔다. 쥐불놀이 때문에 늦은 것이 마음에 걸린 원일은 상복에 엽전을 꿰는 박신일 곁에 슬금슬금 다가갔다.

"어머니, 엽전을 왜 옷에 매달아요?"

호기심을 참지 못한 원일이 박신일 곁에 다가갔다.

"누가 들으니 조용해라."

"……."

박신일이 입단속을 시키는 순간 털모자를 깊게 눌러 쓴 손 목사가 헛기침을 하며 방에 들어왔다. 원일은 구세주를 만난 것처럼 손 목사 팔에 매달렸다.

"아버지, 그 모자 저 주세요."

"다음에 좋은 것을 사 주마."

오늘따라 냉랭한 모습을 눈치챈 원일은 조용히 자리에 앉았다.

"준비는 다 되었소?"

"예!"

"당신에게 아이들을 맡기고 떠나게 되어 정말 미안하구려. 아이들을 잘 부탁하오."

"걱정 마시고 잘 다녀오세요."

박신일은 손 목사에게 삼베옷과 보따리를 건네며 말을 잇지 못했다. 삼베옷을 걸친 손 목사는 보따리를 들고 일어섰다.

"잠시 다녀올 테니 그동안 어머님 말씀 잘 듣고 있어라. 알았지?"

손 목사는 다섯 살이 된 원태와 원일, 성실을 차례로 안아 주었다.

"누가 찾거든 무조건 모른다고 하시오. 그리고 누가 볼지 모르니 나오지 마시오."

상복을 입은 손 목사는 보따리를 어깨에 메고 방을 나섰다. 말없이 대문 앞까지 따라 나온 박신일은 손 목사가 어둠 속으로 사라지자 눈물을 훔쳤다. 이때 망명 기회를 엿보던 의친왕은 일제의 감시가 심해져서 애를 태웠다. 더군다나 곧 다가올 고종의 장례식 준비 때문에 정신이 없었다.

만주행 열차에 오른 손 목사는 생전에 고종이 부탁한 말을 떠올렸다.

"짐은 외교 활동으로 독립할 수 있다고 생각하네. 그러니 강(의친왕)과 하란사를 잘 도와주게."

고종은 파리 강화 회의에서 독립을 인정받지 못하면 의친왕을 중심으로 외국에 임시 정부를 세워 독립운동을 벌이도록 했다. 그러나 그의 갑작스런 죽음으로 손 목사는 계획보다 빨리 만주행 열차에 올랐다. 파리 강화 회의 밀사 안내 암호명은 손 목사(입정), 현순(석정), 최창식(운정)의 호를 따서 '입석정'로 정했다.

중국 안동에 도착한 그는 기선을 타고 상해에 도착해 신한청년당 당원들과 임시 정부 수립 문제를 논의하다 하란사가 경성을 떠났다는 소식을 듣고 북경으로 향했다. 하란사가 경성을 출발한 뒤 현순과 최창식은 감리교 외교 통신원 자격으로 상해에 도착해 신규식, 이광수, 선우혁, 김철 등과 임시 정부와 밀사 파견 문제를 논의했다.

그러나 북경에 도착한 손 목사는 과로로 쓰러지고 말았다. 가영병원(감리교에서 세운 병원)에 입원한 그는 가쓰라 암살 음모 사건 때 당한 고문 후유증과 밀사 안내 준비를 하느라 무리해서 탈이 난 것이다. 그의 입원 소식을 들은 현순과 최창식은 급히 북경으로 이동해 북경 기독교 청년회관에서 기독교계 인사들과 국제 정세를 토론하며 회복을 기다렸다. 원래 북경에 도착한 손 목사는 각국 외교관과 외국 선교사들에게 독립 지지를 요청하고 안동으로 이동해 하란사를 데리고 상해로 갈 예정이었다.

며칠 뒤 손 목사가 몸을 회복하자 세 사람은 중국 정치인과 북경 주재 외교관을 찾아다니며 대한 독립의 지지를 부탁했다. 이때 안동에 도착한 하란사는 만주 동포들이 마련한 환영식에 참여했다. 우리나라 여성 최초로 미국 학사 학위를 받은 것이 알려져서 동포들이 환영식을 준비한 것이다. 환영식에 참석한 그녀는 즐거운 분위기속에 저녁 식사를 했다. 그런데 밥을 거의 다 먹을 무렵부터 그녀는 갑자기 아랫배에 통증을 느끼며 식은땀을 흘리기 시작했다. 그러나 자신을 위해 마련한 환영회 분위기를 깨지 않으려고 참던 그녀는 바닥에 쓰러지고 말았다. 갑작스런 상황에 놀란 동포들은 급히 그녀를 일본인이 운영하는 동양 병원으로 옮겼다.

"우리 병원은 조선인을 치료하지 않으니 다른 곳에 가십시오."

병원에서 치료를 거부당한 그녀는 결국 가까운 교민 집으로 옮겨졌으나 밤새 검은 피를 토하다 이튿날 새벽 온몸이 검게 변하며 마흔다섯의 생을 마쳤다. 이 소식은 북경에 있는 손 목사에게 전해졌다. 안동에 갈 준비를 하던 그는 하란사의 사망 소식을 듣고 자리에 주저앉았다. 갑작스런 그녀의 죽음이 믿겨지지 않았기 때문이다. 그렇다고 마냥 넋을 놓고 있을 수도 없었다. 멀쩡한 사람이 갑자기 죽는 일은 흔치 않았기 때문이다. 일제가 하란사를 독살했을 수도 있다는 생각한 그는 마음을 가다듬었다. 저녁밥을 먹고 갑작스럽게 복통을 앓은 것도 그렇고 조선인이란 이유로 치료를 거부한 병원의 태도도 흔한 일이 아니었다. 더군다나 온몸이 검게 변한 것은 독약을 먹지 않고는 생길 수 없는 증상이었기 때문이다. 이때 방문이 열리면서 현순과 최창식이 급히 들어왔다.

"목사님, 소식 들으셨습니까?"

"방금 들었습니다. 그런데 아무래도 하 선생의 정체를 총독부가 눈치챈 것 같습니다. 밥을 먹고 탈이 난 것도 그렇고 환자를 거부한 병원 태도도 이해할 수 없습니다."

"그러게 말입니다. 이제 어찌하면 좋겠습니까?"

"당장 북경을 떠나는 것이 좋을 듯합니다."

최창식의 물음에 손목사는 한숨을 쉬었다. 총독부의 흉계가 사실이라면 세 사람의 신변도 장담할 수 없었기 때문이다.

"손 목사님과 저는 상해로 갈 테니, 최 선생은 귀국해서 만세 운동을 마무리하고 나중에 상해에서 뵙도록 합시다."

"알겠습니다."

상해로 돌아온 두 사람은 이승훈이 보낸 돈으로 프랑스 조계지인 보창로에 임시 독립 사무소를 마련한 뒤 각 지역 독립운동 상황을 담은 자료를 만들어 각국 공관과 신문사에 배포하고 국내외 애국지사에게 임시 정부 참여를 요청하는 편지를 보냈다.

평양 3 · 1 만세 운동

파리 강화 회의에서 독립을 이루려던 고종의 계획은 하란사의 죽음으로 허무하게 끝났다. 그러나 국내외 애국지사들은 독립 만세 운동을 치밀하게 준비했다. 평양에서는 각 종교 단체와 학생, 시민 단체가 중심이 되었다. 원일은 담임 선생님에게 이 소식을 듣게 되었다.

"머지않아 독립 만세 운동이 벌어지니 그때 쓸 태극기를 만들자구나."

원일은 선생님의 지시에 따라 친구들과 함께 문요한 목사관 헛간에서 태극기를 만들기 시작했다. 흰색 천에 태극 문양을 대충 그려 싸리나무에 맨 것이었지만 그는 독립운동에 참여한다는 생각에 가슴이 설레이는 것을 느꼈다. 이때 경성에선 1913년 장지영이 조직한 흰얼모(백영사 白英社)는 독립 만세 운동을 널리 퍼트릴 계획을 세웠다.

1908년 상동청년학원에서 한글을 가르치며 국어연구학회를 만든 주시경이 갑자기 세상을 떠나자 제자 김두봉 등이 배달말글몯음(훗날 한글학회)으로 이름을 바꾸었다. 그 뒤 신민회 사건으로 이회영, 여준, 이동녕 등이 만주에 신흥 무관 학교를 만들자 국내외 연락을 맡아 이름을 흰얼모로 바꾸었다. 흰얼모는 비밀 유지를 위해 단원들을 교원양성소와 물산 장려 조직인 조선 산직 장려계에 이용우, 유근, 백남규, 안재홍 등에 위장 취업시켰다. 원래 흰얼모는 무장 투쟁을 내세워 종교계가 내세운 비폭력 독립운동을 반대했다. 그러나 동경 2·8 독립선언에 자극받아 고종의 독살설을 바탕으로 포고문을 만들어 만세 운동을 세상에 널리 알리려 했다.

역사적으로 계속되어 온 우리가 문화라든가 역사가 남에게 뒤떨어지지 않는 데 웬 역지 손에 의하여 간악한 일국에 눌려 국권을 잃어버리니 이럴 수가 있느냐? 세계 대의에서도 그냥 볼 수 없는 일이다. 지금 강화 회의가 '파리'에서 열리는 데 거기에 특사를 보내려고 하니까 먼저 고종 황제를 없앨 양으로 독약을 바쳤는데, 거기 앞장선 놈이 윤덕영이고, 그 독약 심부름을 한 놈이 한창수로 식혜에다 독약을 타서 드렸다. (중략) 이일은 그때 총독 하세가와 사주를 받아 윤덕영 일당이 저지른 것이다. 여기에 가담한 이들 가운데 현재 존경받는 교육계와 종교계

거물급 인사가 끼여 있으나 차마 그 이름을 밝힐 수 없고, 윤덕영, 한창수는 세상이 다 아는 자들이다.(중략) 당시 내시 이병정이 눈물을 흘리며 전한 이야기로는 고종이 돌아가실 때 코와 입에 피가 나왔다고 밝혔다.……(중략)

파리 강화 회의에 있어서 민족 독립을 제창함에 대하여 저 교활한 일본의 간계는 '한족(韓族)은 일본의 정치에 열복하여 분립을 원치 않는다'는 증명서를 제출하여 만국의 이목을 속이고 가리려 하였다. 그리하여 이완용은 귀족 대표, 김윤식은 유림 대표, 윤택영은 종척 대표, 조종응·송병준은 사회 대표, 신흥우는 교육·종교 대표라 가칭하여 서명 날인하고 황제께 서명을 억지로 청하여 그 흉계가 지극하였다. 황제께서 매우 분노하여 꾸짖으며 물리치자, 흉계가 드러나 뒷일이 두려웠던 윤덕영과 한상학 두 적은 반찬을 담당한 두 궁녀로 하여금 밤참으로 먹는 식혜에 독약을 타서 올리게 하였다. … 명심하라. 우리 동포여! 오늘은 세계 정치에서 망국이 부활할 좋은 기회다. 국일치 단결하여 일어나면 이미 잃은 국권을 회복할 수 있으며 이미 망한 민족도 구할 수 있을 것이다. 선제선후 양 폐하의 큰 원수 큰 원한도 깨끗이 씻을 수 있을 것이다. 일어나라. 우리 2천만 동포여!

융희 기원 13년 정월 일 앙고
국민대회

포고문을 작성한 장지영은 고종의 존재를 알리려고 사 년 전부터 사용하지 않은 대한제국 연호를 넣었다. 독립 만세 운동은 3월 1일 오전 열 시. 종로 태화관에서 민족 대표 서른세 명이 대한 독립 선언을 하면 탑골 공원에서 독립 선언서 낭독과 함께 벌일 계획이었다.

2월 28일 밤 흰얼모 단원들은 이천 장의 포고문을 경성 곳곳에 붙였다. 이튿날 아침 이를 본 사람들은 대한문과 탑골 공원에 몰려들었다.

3월 1일 아침 평양 거리는 알 수 없는 긴장감이 맴돌았다. 박신일은 각 학교와 종교계, 시민 단체가 준비한 만세 운동에 참가하기 위해 삼남매를 불렀다.

"오늘 시내 곳곳에서 독립 만세 운동이 벌어질 것이다. 원일이는 친구들과 대동문으로 갈 것이고, 나는 인실이를 데리고 가야 하니 원태는 집을 지키고 있어라."

박신일의 이야기를 들은 원태는 자신만 빠진 것이 화가 나서 돌아앉았다.

"저도 따라 갈래요!"

"무슨 일이 벌어질지 몰라 그러니 집에 있으려무나."

"무조건 갈 거예요."

원태는 막무가내로 떼를 썼다.

"좋다. 그럼, 엄마 곁에 있다가 무슨 일이 생기면 곧장 집으로 오너라. 알았지?"

박신일은 원태에게 단단히 타이른 뒤 인실과 함께 숭의여학교로 향했다. 원일은 문 목사 헛간에 숨겨 놓은 태극기를 운반하기 위해 목사관으로 갔다. 원일이 도착했을 때 목사관에는 그의 담임 선생님과 친구들이 기다리고 있었다. 학생들이 모두 모인 것을 확인한 원일의 담임 선생님은 할 일을 일러주었다.

"지금부터 보자기에 싼 태극기를 대동문으로 옮겼다가 낮 열두 시에 종이 울리면 사람들에게 하나씩 나눠 주어라. 알았지?"

원일은 친구들과 목사관 헛간에 숨겨 놓았던 태극기를 보자기에 싸 들고 대동문으로 갔다. 대동문은 평양에서 제일 유명한 냉면집인 팔각정이 있는 번화가로 아침부터 사람들이 모여 들었다. 평양 만세 운동은 시민 대표가 숭실학교에서 독립 선언서를 낭독한 뒤 종이 울리면 이를 신호로 만세를 부를 계획이었다. 태극기를 옮긴 그는 대동문에서 보통문까지 가득 채운 사람들을 보며 마른 침을 삼켰다. 시간이 흘러 시계가 열두 시를 가리키자 종소리가 들려오기 시작했다.

"대한 독립 만세!"

종소리와 함께 머리 위로 독립 선언서가 휘날리자 사람들은 일제히 만세를 부르기 시작했다. 목사관에서 가져온 태극기를 사람들에게 나눠준 원일도 목이 터져라 만세를 불렀다. 일제에게 억눌린 울분이 만세소리가 되어 울려 퍼졌다.

"신시가지로 가서 왜놈들을 몰아냅시다!"

누군가의 외침에 사람들은 평양 경찰서와 일본인이 모여 사는 신시가지로 행진하기 시작했다. 그런데 어디서 나타났는지 헌병 경찰이 길을 막고 소방 호스로 물을 뿌리기 시작했다. 물벼락을 피하려는 사람들이 시청 방향을 발걸음을 옮기자 이번에는 기마대가 나타나 총을 쏘기 시작했다. 위협사격에도 사람들이 물러서지 않자 헌병 경찰은 조준사격을 했다. 헌병 경찰이 쏜 총탄을 맞은 사람들은 붉은 피를 흘리며 쓰러졌다. 이 모습을 본 사람들은 사방으로 흩어졌다. 난생 처음 피 흘리는 모습을 본 원일은 무작정 달리기 시작했다. 대동문·보통문·숭실학교 등 평양 3·1 만세 운동에 참가한 박신일은 여성 단체가 주도한 기홀병원·남산현교회·숭의여학교 시위에 관여했다.

같은 시각 경성 탑골 공원에 모인 학생과 시민 오천여 명은 독립 선언서 낭독과 함께 만세를 부르기 시작했다. 당황한 헌병 경찰은 총을 쏘며 시위대를 막았다. 일제의 총칼에 사람들이 쓰러진 가운데 진고개(충무로)의 왜놈들은 거리를 행진하는 이들을 죽창으로 찌르는 만행을 저질렀다. 또한 조선인 형사 김옥현은 만세를 부르는 사람들 옷에 분필로 동그라미를 쳤다가 나중에 체포하기도 했다.

손병희·최린 등 천도교계, 이승훈 등 기독교계, 한용운 등 불교계가 중심이 된 경성 3·1 만세 운동은 독립 선언서와 파리 강화 회의에 보내는 독립 청원서, 일본 정부에게 보내는 독립 의견서를 만들어 배포했다. 3월 1일 정오 시작된 독립 만세 운동은 경성은 물론 평양·진남포·안주·의주·선천·원산 등을 거쳐 각지로 퍼져 나갔다. 들불처럼 번진 만세 운동은 만주와 연해주는 물론 미주 지역까지 번졌으나 시간이 지나면서 서서히 잦아들었다.

3·1 만세 운동이 잦아들자 박신일을 찾아온 형사들은 손 목사의 행방을 묻고는 신발도 벗지 않고 방에 들어갔다.

"사람 사는 곳에 신발도 벗지 않고 들어가는 법이 어디 있소?"

항의에 대꾸도 하지 않고 곳곳을 뒤진 형사들은 아무것도 발견하지 못하자 박신일을 마당에 끌어냈다.

"조사할 게 있으니 경찰서에 가자."

"내가 뭘 잘못했다고 그러느냐?"

"가보면 알 것이니 빨리 가자!"

"우리 엄마는 아무 잘못 없다. 이놈들아!"

"어린놈이 어딜 나서!"

원일은 박신일을 끌고 가는 조선인 형사 바짓가랑이를 붙잡고 늘어졌다. 이에 형사는 원일의 머리를 후려쳤다. 이 모습을 본 박신일은 두 눈을 부릅뜨며 조선인 형사를 쏘아보았다.

"일본놈 앞잡이 주제에 누구에게 손을 대느냐. 원일아, 얼른 동생들 데리고 할아버지 댁에 가 있어라."

원일과 원태는 형사에게 끌려가는 박신일을 보며 울음을 터뜨렸다. 경찰서에 연행된 박신일은 나흘 동안 조사를 받고 풀려났다. 그러나 형사들은 박신일에게 손 목사 행방을 알리지 않으면 가족을 가만두지 않겠다고 협박했다. 그 뒤 형사들은 매일 박신일에게 문안 인사하듯

집을 찾아왔다.

상해 임시 정부 의정원 의장 손정도

독립 만세 운동이 만주와 연해주는 물론 미주 지역까지 퍼져 나간 3월 13일 파리에 도착한 김규식은 샤토당 삼십팔 번지에 한국 대표관을 설치하고 파리 강화 회의에 독립 청원서를 제출했다. 상해 보창로에 임시 독립 사무실를 차린 손 목사는 현순, 여운형, 안창호 등과 임시 정부 실무 조직을 구성하고 애국지사들의 참여를 호소했다. 또한 임시 정부 수립 자금을 마련하기 위해 국내외 애국 단체와 연락 체계를 조직한 그는 천도교와 미 감리교 선교부에서 만원씩 모금했다. 또한 연해주에서 온 이동녕, 만주에서 온 이회영·이시영, 북경에서 온 이광·조성환·조소앙 등과 정부 조직법 초안 작성한 그는 일제의 감시를 피하려고 각종 위원회에 가명을 사용하거나 현순을 내세웠다.

4월 11일 상해 남경로 광시 공동여관에 모인 손 목사는 현순·안창호·이동녕·이시영·신채호, 각 지역 출신 천여 명, 신한청년당원 스물아홉 명으로 임시 의정원 제헌 의회를 구성해 초대 의정원 의장에 이동녕을 선출했다. 이어서 민주 공화제를 내용으로 하는 헌법 초안을 만든 뒤 행정 수반 국무총리 이승만, 내무총장 안창호, 군무총장 이동휘, 재무총장 최재형, 법무총장 이시영, 교통총장 문창범을 선출해 대한민국 임시 정부 수립을 선포했다. 또한 전국 팔도 대표와 러시아·중국·미주 대표와 파리 강화 회의 대표 김규식을 대한민국 외교 위원 겸 파리 정치위원회 정위원, 이관용을 부위원에 임명했다. 하지만 대부분의 임시 정부 인사는 이승만의 국무총리 선임을 반대했다. 이에 경성을 비롯한 경기도·충청도 지역 기독교 인사들의 강력한 요구로 겨우 통과시켰으나 이승만은 상해에 부임하지 않았다. 이에 이동녕이 대신하게 되어 손 목사는 의정원 의장(국회 의장)을 물려받았다.

상해 임시 정부가 수립될 즈음 국내외에 임시 정부가 수립되었다. 3월 13일 러시아 연해주에서 대한 국민 의회 정부, 4월 23일 한성 임시 정부가 수립되었다. 3·1 운동 전후 여섯 개 단체가 정부 수립에 나섰다. 경기도와 충청도에서는 천도교 중심인 대한 민간 정부, 평안도에서는 조선민국 임시 정부와 신한민국 임시 정부, 경성과 인천에서는 한성 임시 정부, 만주 동삼성에서는 고려 임시 공화국이란 임시 정부를 수립하려 했다. 하지만 상해·연해주·한성에 임시 정부가 수립되어 이외 지역에서는 중단했다.

연해주 전로 한족 중앙 총회가 의회 격인 국민 의회가 수립한 대한 국민 의회는 대통령 손병희, 부통령 박영효, 국무총리 이승만, 국민 의회 의장 문창범 등을 선출했다. 또한 3월 초 이교헌·윤이병·안상덕(천도교)·박용희(예수교)·김규(유교)·이종욱(불교) 등 이십 명이 주축이 되어 4월 23일 종로구 서린동 봉춘관에서 한성 임시 정부를 수립하고 집정관 총재 이승만, 국무총리 이동휘 등을 선출했다. 그러나 상해·연해주·한성 정부의 효율적인 독립운동과 외교 활동 필요성 때문에 통합 작업에 나섰다. 이에 각 임시 정부는 자신들의 장점을 내세워 주도권 다툼을 벌이기 시작했다.

7월이 되어서야 임시 정부가 들어선 것을 확인한 일제는 각 지역에 밀정을 파견했다. 일제는 임시 정부의 핵심 인사를 체포하기 위해 수많은 밀정을 파견했다. 이 가운데 상해 임시 정부 수립에 깊이 관여한 손 목사를 일 순위로 정해 체포에 열을 올렸다. 그래서 상해 임시 정부 인사들은 거처를 옮겨 다니며 회의를 열었다. 그러나 손 목사는 이에 아랑곳하지 않고 정부 통합에 매달려 무장 투쟁 이점을 내세운 연해주 대한 국민 의회를 해산하고 한성 정부 법통을 잇는 조건으로 상해에 통합 정부를 두기로 합의했다.

9월 11일 상해 통합 정부 의정원(국회에 해당)은 헌법을 대통령제로 개정해 대통령 이승만, 국무총리 이동휘, 각 총장에 이동녕, 노백린, 이시영, 김규식, 안창호를 선출했다. 그러나 정부 통합 작업에서 무리한 손 목사는 지병인 위궤양이 도져 의정원 부의장 정인과에게 의장직을 물려주고 기초 위원으로 물러났다.

어렵게 상해 통합 정부가 들어섰지만 정부 인사들은 국호와 황실 예우 문제, 상해에 부임하지 않는 이승만의 대통령 선임, 경성과 멀리 떨어진 지리 문제 때문에 갈등이 가라앉지 않았다. 특히 대통령에 임명된 이승만이 상해 부임을 계속 미뤄 정부 인사들은 해임을 요구했다. 학자풍의 우유부단한 이승만이 상해에 부임해도 시련으로 단련된 이동휘 내각을 이끌기에는 한계가 있었다. 더군다나 3·1 운동 이후 일제의 탄압으로 외교 활동이 막혀 파리 회의 대표였던 김규식마저 이승만의 외교 독립론에 반대하며 무장 투쟁을 주장한 이동휘를 지지해 부임해도 제 역할을 하기엔 한계가 있었다.

이때 하와이에서 교육 사업을 하던 이승만은 대통령 직권으로 구미 위원부를 만들어 외교와 교민 문제를 처리하려 했다. 이러한 그의 행동은 상해와 하와이에 정부 업무를 분산시켜 혼란을 가중시킬 수 있었다. 이에 안창호는 대통령 권한 대행을 맡아 임시 정부 문제를 처리했다. 의정원 기초 위원으로 물러난 손 목사는 안창호 보좌관을 자청하며 이승만에게 상해 귀임 요구 편지를 보냈다. 손 목사의 끈질긴 요구로 1920년 12월 28일 이승만이 상해에 부임해 임시 정부는 혼란이 가라앉았다. 그러나 이동휘 내각에 주도권을 뺏긴 이승만은 미국에 돌아갈 기회만 엿보았다.

1921년 5월 28일 임시 정부는 11월 워싱턴에서 열릴 태평양 회의에 이승만, 서재필 등 다섯 명을 파견하기로 결정했다. 그 뒤 태평양 회의 참석차 미국에 간 이승만은 회의 참석 뒤 상해 귀임을 거부했다. 임시 정부는 대통령이 없는 상태를 막기 위해 이승만에게 귀임을 요구했으나 아무런 대답도 없었다. 결국 임시 정부 의정원은 이듬해 4월 26일 비공개 회의에서 이승만의 대통령 사임 건을 토의해 불신임 안을 통고했다. 그러나 이승만이 사임을 거부해 6월 17일 회의에서 임시 정부 의정원 위원 열두 명 전원 일치로 해임 안건을 가결시켜 탄핵되었다. 그는 임시 정부 의정원의 결정에 승복하지 않고 끝내 침묵으로 일관했다.

상해 손님 '바람'

임시 정부가 이승만의 상해 귀임 문제로 갈등을 겪는 동안 조선 총독부는 항일 애국지사 가족들을 철저히 감시했다. 특히 임시 정부 수립 핵심 인물로 손 목사를 지목한 평양 경찰서는 매일 박신일에게 형사를 보내 괴롭혔다. 박신일이 형사들에게 일거수일투족을 감시당하는 동안 의정원 기초 의원으로 안창호를 보좌한 손 목사는 평양에 연통제와 교통국 통신원을 통해 상해 소식을 알렸다. 이들 가운데 김구는 중국인 장사꾼 차림으로 바람처럼 나타났다 사라져 원일과 원태는 '바람'이란 별명을 붙여 주었다. 잊을만하면 평양을 찾은 상해 손님은 박신일에게 정부 소식을 전하고 돌아갈 때에는 국내에서 모금한 독립운동 자금과 연락 문서를 가져갔다. 이런 모습을 본 원일은 상해 손님들이 형사들에게 붙잡힐까봐 마음을 졸였다.

어느 겨울밤이었다. 똑! 똑! 똑! 원일이 동생들과 잠을 자려고 누웠을 때 방문 두드리는 소리가 들렸다. 밤늦도록 삯바느질을 하던 박신일은 손길을 멈추고 문틈으로 밖을 내다보았다.

"뉘시오?"

"상햅니다."

박신일이 방문을 열자 상해 손님은 신발을 들고 재빨리 방에 들어왔다. 그는 중국인 옷을 입은 '바람'이었다. 박신일은 방문을 걸어 잠근 뒤 호롱불을 껐다. 박신일이 막 바람과 이야기를 나누려는 순간 대문 두드리는 소리가 들려왔다.

"문 열어라."

바람이 온 것을 눈치챈 형사들이 찾아온 것이다. 박신일은 손가락을 입에 대며 삼 남매에게 조용히 하라고 이른 뒤 바람을 뒤뜰에 숨기고 돌아와 밖으로 나갔다.

"뉘시오?"

"빨리 문 열어라."

대문을 여는 박신일을 거세게 밀치고 들어온 형사들은 신발도 벗지 않고 방안을 뒤지기 시작했다.

"한밤중에 불쑥 찾아와 신발도 벗지 않고 들어가 뭐하는 짓들이오."

형사들은 박신일의 항의에 대꾸도 하지 않고 벽장, 마루 밑, 부엌, 헛간까지 뒤졌다. 눈을 감은 원일과 원태는 바람이 들킬까봐 가슴을 졸이며 마른 침을 삼켰다. 뒤뜰까지 샅샅이 조사하고 아무것도 발견하지 못한 형사들은 급히 밖으로 사라졌다.

"에이. 나쁜 놈들 같으니라고!"

대문을 잠근 박신일은 뒤뜰 항아리에 숨은 바람을 불러내 이야기를 나누었다. 원일은 형사들 때문에 밤새 잠을 이루지 못했다. 원일은 매일 집을 찾는 형사들을 모질게 대해 툭하면 경찰서에 끌려간 박신일을 늘 걱정했다. 형사라면 이를 가는 그녀는 원일과 원태에게 일제 세루 교복 대신 무명천으로 만든 옷을 직접 만들어 입혔다. 운동을 좋아해서 무명천으로 만든 교복이 쉽게 헤졌지만 원일은 일제 교복을 사달라는 말을 꺼낼 수 없었다.

한동안 상해 손님 때문에 가슴 졸인 겨울이 가고 봄이 시작할 무렵 다시 손님이 찾아왔다. 그런데 이번에는 편지 한 통만 전하고 사라졌다. 그가 남긴 편지에는 이화 학당 중등과를 졸업하는 진실과 정진소학교를 졸업하는 성실을 상해로 보내라는 손 목사의 부탁이 적혀 있었다. 며칠 뒤 다시 찾은 상해 손님은 진실과 성실을 데리고 평양을 떠났다.

상해 임시 정부 인사들은 늘 가난한 생활을 했다. 이들은 국내외에서 보낸 성금으로 정부를 운영하고 남은 돈으로 생활해서 상해 정심여고와 정심여중에 입학한 진실과 성실의 입학금도 박신일이 보낸 것으로 해결했다. 자식들 뒷바라지를 못할 만큼 가난하게 생활한 손 목사는 가난한 동포를 보면 그냥 지나치는 법이 없었다. 이때 이토 히로부미를 처단하고 순국한 안중근 가족이 상해로 이주했다. 그러나 임시 정부 인사들은 이들에게 잠자리조차 마련해줄 수 없었다.

안중근 가족은 이토 히로부미 처단을 도왔던 최재형과 연해주 의사 유승렬 도움으로 연해주에 정착했지만 안중근이 뤼순 감옥에서 순국하자 안창호, 이갑 등의 도움으로 만주 목릉 팔면통에 이주했다. 그러나 안중근 맏아들 안분도가 일제에 독살당해 임시 정부는 안중근 어머니 조마리아와 아내 김아려, 딸 현생, 아들 준생을 상해로 이주시켰다. 상해에는 안중근 가족과 친분이 깊었던 김구는 물론 안중근의 동생 안공

근이 살았지만 가난해서 도울 길이 없었다. 소식을 전해 들은 손 목사는 안중근 가족을 집에 데려와 두 딸과 함께 살게 하고 자신은 현순의 집에 얹혀 지냈다. 열여덟 살로 진실과 동갑인 안현생, 성실보다 두 살 위인 안준생은 가족처럼 지냈다. 석 달 뒤 조마리아와 김아려가 식모 살이를 시작하자 손 목사는 임시 정부 청사 부근에 방을 얻어 이사시켰다.

독립군의 국내 진공 작전

만주 독립 만세 운동 이후 각지에서 활동한 독립군은 국내 진공 작전을 수립했다. 그러나 대부분 소규모 부대여서 독자적인 작전을 수립하지 못했다. 이 사실을 파악한 임시 정부는 이들의 통합을 추진하는 한편 의용단을 조직해 지원할 계획을 세웠다. 만주 독립군을 지원하기 위해 손정도, 김구, 김철, 김순애 등이 조직한 의용단은 단장 김석황을 평양에 파견했다. 평양에 잠입한 김석황은 홍석운, 김송혁, 주석환, 표영준 등과 평양·수안·강동·중화·덕천·순천·평원·경성에 지단을 만든 뒤 일제 관공서 파괴와 친일파 처단에 나섰다.

1920년 6월 19일 평양 의용단원 문일민·김예진·우덕선 등은 평안남도 도청, 장덕진·안경신 등은 평양 경찰서에 폭탄을 던졌다. 또한 민양기는 헌병 경찰을 사살했고 표영준은 평남 경찰부장을 습격해 중상을 입혔다.

이듬해 김석황은 평양 경찰서 헌병 경찰을 공격해 중상을 입혔고 이치모는 강동 경찰서에 폭탄을 던졌다. 또한 이수영은 삼흥에서 헌병 경찰을 사살해 의열 투쟁의 불씨를 지폈다. 그러나 일제의 대대적인 검거 작전으로 평양 의용단 핵심 단원이 체포되어 활동을 중단하고 말았다. 의용단 단원들이 곳곳에서 의열 투쟁을 벌였으나 만주 지역 독립군 대부분은 대한제국 정통성을 내세워 임시 정부를 부정했다. 이때 남만주 독립군을 통합한 오동진은 대한 청년단 연합회를 임시 정부 군무부 산하에 편입시킨 뒤 한인 보호에 나섰다.

평양 대성학교에서 신채호 강연을 듣고 기독교도가 된 그는 고향에 일신학교를 세워 교육 사업을 하며 인근 사람들을 교회 신도로 만들 정도로 친화력이 뛰어났다. 일제가 일신학교를 폐쇄하자 의주 만세 운동을 주도한 뒤 만주 관전현 안자구로 망명해 광제 청년단을 조직한 그는 소규모 부대로는 일제와 맞설 수 없다고 판단해 남만주 독립군 부대들을 대한 청년단 연합회로 통합해 임시 정부 광복군 직할대에 편입시켰다. 광복군 총영(사령관)을 맡은 그는 일본군 주재소 쉰여섯 곳과 행정 기관 이십여 곳을 공격해 군경 아흔다섯 명을 사살했다. 1920년 8월에는 미국 의원단의 경성 방문에 맞춰 결사대를 평양·신의주·선천 등에 파견해 식민 통치 기관을 공격해 독립 의지를 알렸다. 그 뒤 일본군이 토벌대를 파견하자 대한 청년단 연합회를 이끌고 만주 밀림으로 이동했다.

북만주 지역에는 독립 만세 운동 이후 일제의 무단 통치를 피해 이주한 한인이 수십만 명에 달했지만 이들을 돌볼 단체나 사람이 전혀 없었다. 이때 대한제국 복원(복벽파)을 꿈꾼 의병장 박장호, 조맹선, 백삼규 등은 봉천성 유하현 삼원보에서 의병장 유인석이 조직한 보약사·향약계·농무계·포수단 등 오백 육십여 명을 통합해 대한 독립단을 조직했다. 도총재(총사령관)에 오른 박장호는 부총재 백삼규, 단장 조맹선, 군사부장 전덕원, 참모부장 조병준 등과 통화·환인·관전현·평안도·황해도 등에 백여 개의 총관과 지부를 설치하고 한인 백호 이상 마을에 구관, 열 개 구마다 단장을 임명해 치안을 맡겼다. 그리고 을사늑약 전후 유격전 경험을 살려 서너 명의 결사 편의대를 조직해 무장 투쟁에 나섰다. 이 소식을 들은 한인이 찾아와 천오백여 명으로 늘어나자 하얼빈과 연해주 러시아군에 위탁 훈련을 보냈다. 그러나 식량 지원이 제대로 되지 않아 이탈자가 늘어나자 남만주 1사단으로 재편해 일제 기관 파괴와 군자금 모금에 나섰다.

1919년 12월 대한 독립단의 전덕원·이명서 등으로 조직된 결사 편의대는 평안도 용천에서 군자금 오천 원, 장한성 부대는 철산과 용천에서 천 원을 모금하고 만주 친일 단체 보민회·일민단·강립단원들을 처단했다. 이때 전덕원은 홀로 십여 차례나 평양에 잠입해 군자금 삼십만 원을 모금했다. 그 뒤 평북 독판에 임명된 참모부장 조병준은 대한 독립단을 임시 정부 군무부에 편입시켜 국내 진공 작전을 전개했다. 이때 조선은행 회령 지점 서기 전흥섭에게 일제가 매달 용정에 현금을 수송한다는 정보를 입수한 대한 독립단은 이를 빼앗아 무기를 구매하기로 했다.

1920년 1월 4일 대한 독립단 철혈광복단 소속 결사 편의대원 최봉설·윤준희 등은 용정 동량리에 보름간 은신하다 현금 수송 차량을 습격해 헌병 다섯 명을 사살하고 돈을 빼앗았다. 이 돈은 일제가 만주 침략을 위한 철도 건설 자금 십오만 원(현재 가치 75억 원)이었다. 결사 편의대는 블라디보스토크 주둔 러시아군에 중고 소총 삼만 정을 사겠다고 알린 뒤 약속 장소로 이동했다. 만주 독립군이 사용한 무기는 대부분 러시아군이 사용하던 중고품이었다. 블라디보스토크 주둔 러시아군은 체코에서 파견된 부대여서 독립군에게 중고 무기를 공급했다. 일본군의 감시를 피하려고 야간에만 이동해 이십여 일만에 약속 장소에 도착했다. 그러나 일제 밀정 엄인섭의 밀고로 최봉설을 제외하고 모두 체포되어 총살당했다.

1920년 5월 독립군 토벌에 자신감을 얻은 일제는 사카모도가 지휘한 관동군을 대한 독립단이 주둔한 관전현 향로구에 파견했다. 이때 청산구에서 관동군 토벌대의 이동 정보를 입수한 백삼규·김덕신 지대는 급히 향로구로 이동해 대한 독립단 본대를 토벌하려는 사카모도 부대를 측면에서 공격해 탈출시켰다. 그러나 관동군의 막강한 화력에 밀려 환인현 사전자까지 후퇴한 백삼규·김덕신 부대는 대부분의 지대원을 잃고 백삼규 지대장과 아들 백인해, 백인제는 총살당했다. 백삼규·김덕신 지대의 도움으로 유하현 화사구로 이동한 대한 독립단은 이명서·이지표 등 십여 명의 결사 편의대를 국내에 파견해 친일파 처단에 나섰다.

5월 11일 만주 관전현을 떠난 대한 독립단 결사 편의대는 평북 삭주에서 국내 지대원과 합류해 진남포로 이동하다 대동군 용산면 원장주재소 헌병을 사살하고 은율군 장연면에서 은율단원들과 합세해 구월산에서 구월산 지대를 조직했다. 그리고 8월 15일 구월산 지대는 독립 만세 운동 때 황해도 은율 군수로 만세 운동 때 시위대를 총칼로 진압한 악질 친일파 최병혁을 처단했다. 자신감을 얻은 대한 독립단은 만세 운동 때 평북 태천 군수로 시위대를 총칼로 진압한 후창 군수 계응규와 애국지사만 체포한 악질 헌병 보조원 한승무를 처단하기 위해 이창덕과 이종식을 파견했다. 두 사람은 후창에 잠입해 계응규와 한승무를 처단했으나 충남 강경에서 체포되어 평양 형무소에서 순국했다.

또한 신천군 초리면에 구월산 지대가 숨은 정보를 입수한 일제는 황해도 경찰부 소속 헌병 경찰 토벌대를 파견했다. 이에 맞선 구월산 지대는 다섯 시간 동안 헌병 경찰 이십여 명을 사살했으나 이명서·이지표 등이 전사하고 체포된 고두환 사형, 민양기 등은 징역형을 선고받

앗다. 구월산 지대의 토벌로 자신감을 얻은 관동군 토벌대는 대한 독립단 본대를 공격했다. 그러나 토벌대 정보를 입수한 대한 독립단은 유하현 화사구 복순성으로 이동해 통합 임시 정부 광복군 사령부에 합류했다.

임시 정부의 의친왕 망명 작전

일제가 대한제국을 강제로 병합할 수 있었던 것은 친일파의 적극적인 협력 때문이었다. 일제는 대한제국 병탄에 공을 세운 친일파에게 작위와 은사금으로 환심을 산 뒤 일진회를 해산해 노골적인 침략 야욕을 드러냈다. 이에 일부 일진회원은 일제의 행동을 정치 탄압으로 판단해 독립운동에 참여하기 시작했다. 이들 가운데 대표적인 인물은 전협이 있었다. 그는 러일 전쟁 때 부평 군수로 재직하며 을사늑약 청원서에 세 번째로 서명해 일진회장 이용구와 송병준의 총애를 받았다. 그 뒤 일진회 해산에 불만을 품고 만주 유하현으로 이주한 그는 다시 귀국해 군수 시절 전국환이란 이름으로 윤치호 땅을 뺏은 것이 발각되어 징역 삼 년을 살고 출소했다. 그 뒤 3·1 만세 운동을 지켜본 그는 자신의 판단이 잘못되었다고 판단해 일진회 회원이었던 최익환·정남용(승려)·양정(보부상 우두머리) 등과 비밀 결사 조직인 조선민족대동단(대동단)을 만들었다.

사회주의를 실천해 총독부 철폐와 일본군 철수 등 독립을 위한 임시 정부 지원을 목표로 삼은 조선민족대동단 단장을 맡은 그는 상공단 대표 양정·청년단 대표 나창헌·유림단 대표 이래수·귀족 모임인 진신단 대표에 김가진과 이달하를 임명하고 뱃놀이를 가장해 한강에서 총회를 열었다.

조선민족대동단은 다른 단체와 달리 황족과 귀족을 끌어들이려 했다. 또한 황금정(을지로)과 주교정(중구 주교동) 인쇄소에서 기관지인 대동신보와 파리 강화 회의 청원서, 윌슨 미국 대통령에게 보내는 진정서를 만들어 배포했다. 대동단원 최익환은 우리 민족을 박멸하지 않는 한 투쟁을 멈추지 않겠다며 일제 총칼에 죽는 것을 영광으로 여기겠다는 내용의 "관망하면서 정담만 하는 자들에게 경고함"이란 글을 써서 독립운동에 참여할 것을 권했다. 권태석은 동맹 휴학을 권유하는 "등교 학생 제군에게"란 유인물을 만들어 배포했다. 특히 조선민족대동단 단장 전협은 활동 자금을 마련하려고 충청도와 경기도 관찰사를 역임한 뒤 일제에 남작 작위를 받은 정주영 장남 정두화에게 만원을 모금했다.

사 년 동안 일본 주재 판사 대신과 농상공부 대신, 중추원 의장을 지내 일제에게 남작 작위를 받은 김가진에게 조선민족대동단 총재를 맡겼다. 전협에게 조선민족대동단 가입을 권유받은 김가진은 아들 김의한까지 가입시킨 뒤 대동단 규칙과 대동신보에 "일본 국민에게 고함" 등의 글을 발표해 실질적인 총재 역할을 했다. 그러나 유인물을 배포하던 최익환과 권태석이 경찰에 체포되자 전협은 조선민족대동단을 상해로 옮기기로 하고 이 사실을 임시 정부에 알렸다.

조선민족대동단의 소식을 전해 들은 임시 정부는 내무총장 안창호, 김구, 손 목사 등이 모여 국내 저명인사의 망명 계획을 세운 뒤 연통제 함경도 특파원인 이종욱(승려)을 경성에 파견했다. 임시 정부가 국내 저명인사 망명을 추진한 것은 이들이 일제에 협력하는 것을 막기 위해서였다. 경성에 잠입한 이종욱은 전협을 찾아가 쪽지 한 장을 보여 주었다. 쪽지에는 의친왕·박영효·김가진·윤치호·이상재 등 삼십여 명의 저명인사와 친일파 이름이 적혀 있었다.

"가정부에서 국내 저명인사의 망명을 추진하고 있습니다."

"그렇다면 우선 대동단 총재이신 동농(김가진의 호) 선생부터 추진합시다."

"상해에 그렇게 전하겠습니다."

전협의 제안을 상해 임시 정부에 전한 이종욱은 체부동에 사는 김가진을 만나 망명 계획을 세웠다. 김가진이 망명하는 날, 이종욱의 숙소가 있는 정동에 찾아간 전협은 김의한에게 편지 한 통을 받았다. 편지는 망명하는 김가진이 의친왕에게 보내는 것이었다.

1920년 10월 10일 농부로 변장한 김가진은 아들 김의한, 이종욱과 경성 출발 이십구일 만에 상해에 도착했다. 뒤늦게 김가진의 망명 소식을 입수한 총독부는 발칵 뒤집히고 말았다. 그동안 일제는 독립운동이 상놈이나 하는 것이라 주장했으나 자신들에게 작위를 받은 김가진의 망명으로 허를 찔렸기 때문이다. 그러나 김가진의 망명과는 비교할 수 없는 일이 추진되었다.

고종은 생전 황족 가운데 항일 의지가 가장 굳센 의친왕이 외국에 망명해 대한제국을 재건하길 원했으나 갑작스런 죽음으로 뜻을 이루지 못했다. 1877년 귀인 장 씨 몸에서 태어난 의친왕(이강)은 외국에 유학한 유일한 황족으로 일본에서 삼 년, 영국·프랑스·독일·러시아·이탈리아·미국 등을 돌아다니며 견문을 넓혔다. 그 뒤 미국 웨슬리언 대학을 거쳐 로노다쉬크 대학에 다니다가 의친왕에 책봉되었다. 그러나 일제가 대한제국을 병탄해 공(公)으로 강등당한 그는 재동에 있는 의화궁에 구금되었다. 이런 사실을 알고 있었던 임시 정부는 의친왕 망명 계획을 전협에게 알렸다. 전협은 의친왕 망명을 추진하기 위해 그의 심복 정운복에게 통영 갑부 한 참판이라 속인 뒤 통영 어기권(의친왕의 어업 허가권)을 사겠다며 접근했으나 거부당했다. 그러나 전협의 끈질긴 요구를 받아들인 의친왕은 11월 9일 공평동에서 만나기 위해 의화궁을 빠져나왔다. 경찰을 따돌리느라 밤 열한 시 공평동에 도착한 그는 전협이 일진회원이었던 것을 알고 말없이 방에 들어갔다.

"저는 조선민족대동단 단장 전협으로 상해 가정부와 함께 전하의 망명을 추진하고 있습니다."

전협은 의친왕에게 김가진의 망명 사실과 조선민족대동단 활동을 설명했다. 그러나 전협이 일진회원이었던 것을 알고 있었던 그는 일제의 흉계로 생각해 침묵으로 일관했다. 그의 마음을 짐작한 전협은 김가진이 맡긴 편지를 내놓았다.

"이걸 보시지요. 조선민족대동단 총재이신 동농 선생께서 상해로 떠나면서 전하께 보낸 편지입니다."

"……!"

의친왕은 천천히 김가진의 편지를 읽기 시작했다. 편지 끝에 김가진의 도장까지 확인한 그는 표정을 한층 누그러뜨렸다. 잠시 생각에 잠겼던 그는 전협을 바라보았다.

"그래서 어쩌라는 것인가?"

의친왕은 김가진의 편지를 보고도 경계심을 풀지 않았다. 전협은 일진회원 중에는 일제에게 속았다고 생각하는 이가 많고 자신과 김가진은 늦게나마 이를 깨달아 독립을 위해 일하고 있음을 밝혔다. 임시 정부도 명망가들이 망명해 힘을 합치면 반드시 독립을 이룰 수 있다고 생각하니 당장 망명하자고 요구했다. 한참 생각에 잠겼던 그는 한숨을 내쉬며 고개를 끄덕였다.

"알았네. 그대 말대로 하겠네."

"그럼, 당장 준비하겠습니다.

전협은 의친왕의 망명 승낙 사실을 대동단원들에게 알렸다. 시간은 어느덧 자시(새벽 한 시)를 넘어서고 있었다. 차 한 잔을 마실 시간이 지나자 대동단원 정남용이 의친왕이 머문 방에 들어왔다.

"전하, 인력거가 준비되었습니다."

의친왕은 천천히 밖으로 나가 대동단이 준비한 인력거에 올랐다. 뒤따라 나온 전협은 의친왕에게 정남용을 가리켰다.

"여기 있는 정남용 동지가 전하를 구기리(은평구 구기동)까지 안내할 것입니다."

인사를 마친 정남용이 의친왕 옆에 오르자 인력거는 천천히 움직이기 시작했다. 십일월의 찬바람이 옷깃을 파고드는 가운데 인력거는 어두운 밤길을 달려가기 시작했다. 인력거가 구기리로 가는 동안 의친왕은 망명의 한을 토로했다.

"오백 년 동안 우리 집안은 조선의 주인으로… 이천만 백성이 독립을 위해 소요하는데 주인이 모른 체 할 수 없지… 이태왕(고종) 폐하의 붕어도 일제가 저지른 일이니 원수를 갚지 않으면 안 되고… 나는 주인집 일원으로 보통 사람보다 열배 백배 일해야지… 길 안내를 맡은 사람이 있으니 진실로 고마운 일이야."

"전하께서 국제회의에 참석하시어 일제의 부당함을 밝히시면 반드시 무단 통치를 끝낼 수 있을 것입니다."

정남용이 그를 위로하는 동안 자하문을 빠져나온 인력거는 세 시간을 달려 고양군 은평면 구기리의 대동단 안가에 도착했다.

"구기리에 도착했으니 수색역으로 출발할 때까지 잠시 눈을 붙이시지요."

정남용의 안내로 방에 들어서던 의친왕이 갑자기 발걸음을 멈추었다. 놀란 정남용은 그의 안색을 살폈다.

"무슨 일이옵니까?"

"태왕 폐하께서 외국 은행에 맡긴 서류를 수인당(후궁) 김흥인과 간호부 최효신이 보관하고 있으니 당장 만나야겠네."

"걱정 마십시오. 저희가 두 사람과 서류를 대령하겠습니다."

그를 안심시킨 정남용은 이 사실을 전협에게 알렸다. 전협은 대동단원 이재호에게 서류와 두 사람을 데려오도록 했다.

김흥인과 최효신이 구기리에 나타난 것은 동이 틀 무렵이었다. 정남용은 서류 가방과 두 사람을 의친왕이 머문 방으로 안내했다.

"말씀하신 서류와 두 분을 데려왔습니다."

의친왕은 정남용이 건넨 서류를 꼼꼼히 살펴본 뒤 고개를 끄덕였다.

"이 서류가 맞네."

김흥인과 최효신이 가지고 있던 서류는 상해 덕화은행에서 발행한 백이십만 원어치의 예금 증서였다.

"두 사람은 절대로 전하와 만난 것을 발설하면 안 됩니다. 만약 총독부에 알려지면 전하께서 위험해지니 명심하십시오. 그리고 두 사람의 여행증명서를 준비하지 못해 나중에 합류시킬 것이니 오늘은 전하만 먼저 거동하시지요."

"알았네. 그리 하겠네."

서류를 챙긴 전협은 의친왕과 함께 수색역으로 향했다. 의친왕을 태운 일력거가 수색역으로 가는 동안 총독부 경호대장 지바는 각 경호 담당자를 모아놓고 아침 조회를 하고 있었다. 이때 경호반 3부 주임에게 의친왕이 보이지 않는다는 보고를 받은 지바는 즉시 거처를 확인하게 하고 모든 역과 항구에 검문검색을 강화하도록 했다. 전국 역과 항구에 봉쇄령이 내려진 가운데 수색역에 도착한 의친왕은 전협과 작별 인사를 한 뒤 정남용, 이을규와 평양행 열차에 올랐다.

　잠시 뒤 세 사람을 태운 열차는 증기를 뿜으며 북쪽을 향해 달려가기 시작했다. 열차가 평양에 도착할 때까지 의친왕의 소재를 파악하지 못한 지바는 이 사실을 총독부 경무국장 아카이케에게 보고했다. 아카이케는 국내는 물론 만주·시베리아의 모든 역과 항구를 봉쇄하라고 명령했다. 의친왕의 소재를 확인하지 못해 총독부가 발칵 뒤집힌 가운데 평양에서 안동행 열차로 갈아탄 의친왕은 헌병 경찰의 검문을 받았으나 이을규 조카라고 둘러대 위기를 넘겼다.

　밤새워 달린 열차는 압록강을 건너 이튿날 오전 열한 시 안동에 도착했다. 이제 역을 빠져나가 상해로 가는 이륭양행 기선을 타면 총독부도 어쩔 수 없었다. 그가 상해에 도착하면 조선민족대동단은 상해와 경성에서 의친왕 명의의 유고문을 배포할 계획이었다.

　대한 독립을 지지한 아일랜드계 영국인 조지 루이스 쇼는 1919년 5월 중국 안동에 무역 선박 회사인 이륭양행을 설립한 뒤 사무실을 임시 정부 연통제 교통국 거점으로 사용하도록 했다.

　"이제 역을 빠져나가 상해로 가는 기선을 타면 모든 것이 끝날 것입니다."

　열차에서 내린 정남영은 의친왕을 안심시킨 뒤 천천히 개찰구로 걸어갔다. 그러나 총독부의 봉쇄령에 따라 안동역을 에워싼 헌병 경찰은 승객과 여행증명서를 꼼꼼하게 대조한 뒤 내보냈다. 정남용은 의친왕과 개찰구로 걸어가 여행증명서와 열차표를 건넸다. 그런데 서류를 대조하던 헌병 경찰이 농부 차림에도 유난히 손이 하얀 의친왕을 이상하게 여겨 역내 지소로 연행했다. 의친왕이 연행되자 정남용은 검색을 거부하며 난동을 부렸다. 이를 이용해 역을 빠져나온 이을규는 이륭양행에 은신했으나 헌병 경찰에 체포되어 상해 덕화은행 예금 서류까지 빼앗겼다.

헌병 경찰에 체포된 의친왕은 신의주로 이송되어 조사를 받은 뒤 은밀하게 이토 히로부미가 생전 살았던 남산 녹천정에 유폐되었다. 의친왕 망명 실패로 대동단원 최익한·권태석·정남용·이을규 등 대동단원 서른일곱 명이 정치 범죄 처벌법과 출판 보안법 위반으로 기소되어 단장 전협은 징역 팔 년형을 선고받았다.

우리나라 최초의 여류 비행사 권기옥

의친왕의 망명은 실패했지만 만주 독립군의 국내 진공 작전은 계속되었다. 1920년 6월 4일 신민단 소속 독립군은 동만주 화룡현 삼둔자를 출발, 두만강을 건너 함경북도 종성군 강양동으로 진입해 일본군 헌병 순찰 소대를 공격하고 귀대했다. 이에 일제는 독립군의 진공 작전을 저지하기 위해 일본군 제19사단 소속 국경 수비대 니미(新美) 중위가 지휘한 남양 수비대(헌병 중대 등 2개 중대)를 동원해 독립군을 추격했으나 삼둔자 근처에 매복한 최진동의 군무도독부군에 대패했다. 보복을 위해 재차 토벌대를 출병시킨 일본군에 맞서 독립군은 홍범도의 대한독립군·최진동의 군무도독부·안무가 이끈 국민회군을 통합해 만든 대한북로독군부군, 이흥수가 지휘한 신민단 소속 부대원 등 700여 명이 봉오동 골짜기로 유인해 물리쳤다.

그러나 일본군이 다시 토벌대를 보내자 이에 맞선 북로군정서와 대한 독립군 연합 부대는 어랑촌과 청산리 전투에서 3300여 명을 물리치는 대승을 거두었다. 이에 놀란 일제는 만주 독립군의 국내 진공 작전으로 한반도에서 전쟁이 벌어지면 식민 통치가 불가능하다는 판단해

'간도 지방 불령선인 초토화 계획'을 수립했다. 그리고 일본군의 만주 출병 구실을 만들기 위해 훈춘 사건을 조작해 한인을 무차별 살해하는 간도 대학살(간도참변)을 자행했다.

이때 상해에서 공부하던 손진실이 평양 감리교 서기에 임명되어 귀국했다. 그녀가 갑자기 귀국한 것은 평양에 임시 정부 지원 단체를 활성화하려는 손 목사의 계획 때문이었다. 그러나 그의 평양 가족은 경찰 감시로 꼼짝도 할 수 없었다. 더군다나 늦은 나이에 선교와 독립운동에 나선 오신도마저 요주의 인물로 낙인찍혔다. 손 목사가 오흥리를 떠난 뒤 평양으로 이사한 그녀는 모자의 천륜을 끊을 수 없다며 기독교 전도사 생활을 하며 평양 애국 부인회에서 활동했다. 환갑의 나이에 애국 부인회 총재를 맡은 그녀는 조직 확대와 자금 모금에 힘을 쏟았다. 또한 그녀는 오흥리를 방문할 때면 원일과 원태를 데려가곤 했다. 손 목사가 고향에서 쫓겨나 가볼 기회가 없었던 원일과 원태는 드넓은 오흥리 들판을 가로질러 서해까지 가서 놀다오곤 했다. 그러나 나라 잃은 민족에게 평화는 사치와 같았다.

임시 정부 수립에 자금을 모금해 힘을 보탠 평양 애국 부인회는 경찰에 발각되어 간부들이 체포되었다. 일제는 평양 애국 부인회 활동을 임시 정부와 엮기 위해 온갖 협박과 고문을 자행했다. 형사들은 애국 부인회 총재인 오신도와 손진실이 임시 정부 의정원 의장을 맡은 손 목사 가족인 것을 알고 함께 엮으려 했다. 그러나 이들은 애국 부인회 활동을 물산 장려 운동이라 주장해 평양 복심법원에서 징역 일 년을 선고받았다. 이때 평양 애국 부인회에서 활동한 권기옥이 상해로 망명했다.

1901년 평양에서 태어난 그녀는 열한 살 때부터 은단 공장에서 일하다 교회 도움으로 숭현소학교를 마치고 숭의여학교 삼학년에 편입학했다. 이때 수학 교사 박현숙의 권유로 교내 비밀 조직인 송죽회에서 활동한 그녀는 3·1 운동 때 구류 처분을 받았다. 그러나 임시 정부 연락원이며 평양 청년회장 김재덕 도움으로 풀려난 그녀는 애국 부인회에 가입해 임시 정부 공채를 팔고 여학생들을 설득해 부모의 패물과 머리카락을 잘라 마련한 돈을 상해에 보냈다. 그 뒤 김재덕의 부탁으로 임시 정부 연락원이 과수원에 숨긴 권총을 동생 권기복과 운반하다 체포된 그녀는 경찰의 고문을 묵비권으로 버텼다. 결국 혐의를 밝혀내지 못한 담당 형사 다나카는 검찰 송치 조서에 검찰이 단단히 조사하길 바란다는 쪽지를 보냈다. 그러나 검찰마저 혐의 입증에 실패해 제령 위반(制令違反, 우리나라에서 적용할 수 없는 일본 법률을 조선 총독 명령으로 예외로 처리하는 조항)을 적용해 육 개월형을 선고받고 만기 출소했다. 그 뒤 문일민·장덕진 등 평양 의용단원과 평남 도청 폭파 작전에 참가한 그녀는 일제의 감시가 심해져서 송죽회 회원들과 평양 여전도대를 만들어 평안도를 순회하며 독립운동을 돕다 경찰 체포령을 피해 상해로 망명했다.

지병인 위궤양 때문에 임시 정부 의정원 기초 위원으로 물러난 손 목사는 권기옥을 김규식(파리 강화 회의 대표) 부인인 김순애에게 소개해 난징 홍도여자중학교에 입학시켰다. 열여섯 살 때 미국인 아트 스미스의 여의도 시험 비행을 보고 하늘을 동경한 그녀는 1919년 중국 남원 항공 학교를 졸업해 우리나라 최초로 조종사가 된 서왈보를 보고 조종사의 꿈을 키웠다. 이때 보정 항공 학교에서 조종사 교육을 받은 최용덕과 임시 정부 군무총장 노백린이 미국 캘리포니아에 윌로스 비행 학교를 세워 조종사 양성에 나서 정부 인사들도 항공대에 관심을 기울였다.

홍도여자중학교를 졸업한 권기옥은 조종술을 배워 일본 왕궁을 폭파하겠는 다짐을 하며 중국 항공대에 지원했으나 여자란 이유로 거부당했다. 이런 사정을 안 손 목사는 임시 정부 조종사 양성 위탁 기관인 운남 육군 항공 학교에 부탁해 그녀를 입학시켰다. 1923년 4월 이영무, 장지일, 이춘 등과 운남 육군 항공 학교에 입학한 그녀는 조종술을 배우기 시작했다. 그러나 일제가 한인 청년 세 명을 매수해 암살을 시도하려는 것을 알게 된 그녀는 이영무, 장지일 등과 암살단을 공동묘지로 유인해 처단했다. 이 사실을 알게 된 상해 일본 영사관이 발견 즉시 사살하겠다고 선언해 그녀는 항공대 내에서만 생활했다.

김상옥의 의열 투쟁과 길림으로 간 손 목사

1921년 임시 정부는 일제의 심한 탄압으로 외교 활동을 전개할 수 없었다. 이에 무장 투쟁을 주장한 정부 인사들이 정부의 정체성을 거론하기 시작했다. 특히 1919년 11월 신흥 무관 학교 출신인 김원봉, 황상규, 이종암 등이 조직한 의열단이 총독부 관리와 일제 기관 파괴에 나서 밀양 경찰서와 조선 총독부에 폭탄을 던져 항일 투쟁의 불씨를 지폈다. 자신감을 얻은 의열단은 1921년 3월 오성륜 · 이종암 · 김익상이 상해를 방문한 일본 육군 대장 다나카 기이치를 황포탄 항에서 처단하려다 실패했다. 의열 투쟁에 자극을 받은 임시 정부 무장 투쟁론자들은 새 정부를 만들자고 주장해 재건파와 갈등의 골이 깊어졌다. 무장 투쟁파와 재건파의 갈등으로 정부가 혼란에 빠졌을 때 의열단원 김상옥이 손 목사를 찾아왔다.

동대문교회 신도였던 그는 3 · 1 운동 뒤 친일파 처단에 나섰다가 일제의 체포령을 피해 상해로 망명해 의열단에서 활동하고 있었다.

"김 동지께서 어쩐 일이십니까?"

"이번에 의열단이 사이토 총독을 처단하는 거사를 준비해서 인사차 들렀습니다."

"꼭 성공하고 돌아오시길 기도하겠습니다."

손 목사는 그의 손을 잡고 성공을 기원하는 기도를 올렸다. 1922년 11월 중순 상해에서 이시영, 이동휘, 조소앙, 김원봉 등과 총독 암살과 주요 관공서를 파괴를 계획을 세운 그는 한 달 뒤 안홍한, 오복영과 경성에 잠입해 전우진, 윤익중, 이혜수, 김한 등과 처단 기회를 노렸다. 그러나 경찰의 경비 강화로 매부 고봉근이 사는 삼판동(후암동)에 은신하다 종로 경찰서 폭파에 나섰다.

1923년 1월 12일 저녁 여덟 시. 안홍한과 김한에게 권총과 폭탄을 건네받은 그는 독립운동가의 무덤으로 불린 종로 경찰서에 폭탄을 던졌으나 경무총감부는 닷새가 지나도록 범인을 파악하지 못했다. 그런데 그가 은신한 후암동 집에서 셋방살이를 한 여자가 종로 경찰서 순사인 오빠 조용수에게 알려 체포 위기에 놓였다.

이런 사실을 알지 못한 채 사이토 총독을 처단하려고 경성역에 갔다가 바뀐 열차 시간 때문에 실패하고 돌아와 잠을 자던 그는 형사 이십여 명이 집에 들이닥치자 다락에 숨겨 놓은 권총을 꺼내 종로 경찰서 형사부장 다무라를 사살하고 동대문 경찰서 이마세 경부와 종로 경찰서 우메다 경부보에게 총상을 가한 뒤 맨발로 왕십리에 있는 안장사로 탈출했다. 저녁 무렵 주지 스님에게 옷과 신발을 얻어 신고 홍일점 의열단원 이혜수의 효제동 집에 피신했다. 소식을 들은 의열단원이 그를 찾아왔다.

"김 동지, 일본놈들이 도처에 깔렸으니 잠시 피신했다가 후일을 도모하십시오."

"그럴 수 없습니다. 체포가 두려워 숨는 것은 장부의 길이 아니라 생각합니다."

김상옥은 동지들의 피신 권유를 일언지하에 거부했다. 의열단원이 모두 돌아간 밤 열두 시, 종로 경찰서 조선인 형사 김창호가 이혜수 집을 찾아왔다. 이혜수 부친은 아무 일도 없다는 듯 김창호를 맞았다.

"이혜수는 지금 어디 있소?"

"딸 아이는 지금 지방에 가서 없소이다."

"이혜수가 돌아오면 알려주시오."

이혜수 부친의 말을 들은 김창호는 말없이 돌아갔으나 김상옥이 은신했다고 판단해 종로 경찰서에 보고했다. 김창호의 보고를 받은 총독부 경무국은 경기도 경찰부장 우마노가 지휘한 무장 경관과 기마대 천여 명으로 효제동을 포위한 뒤 이튿날 새벽 형사들을 이혜수 집에 보냈다. 벽장에 숨어 있던 김상옥은 집에 들어오는 동대문 경찰서 고등계 주임 등 십여 명을 향해 권총을 발사해 구리다 경부를 사살하고 옆집으로 피신했다. 그러나 효제동을 겹겹이 에워싼 경찰 포위망을 뚫지 못한 그는 권총 두 자루로 수백 명의 무장 경찰과 세 시간 동안 맞서 여섯 명을 사살하고 마지막 남은 한 발로 자결했다. 순국 전 열한 발의 총상을 당한 그는 권총 두 자루로 무장 경찰 사백 여명과 맞서 싸워 독립 의지를 불태웠다.

김상옥이 종로 경찰서에 폭탄을 던져 독립 의지를 불태우는 동안 정부의 정체성 문제로 파벌이 나뉘고 재정마저 바닥나 어려움이 더욱 심해졌다. 정부 수립 초기 이회영 일가와 국내외 기부금, 독립 공채 판매 대금으로 정부를 운영했지만 이승만이 미국에 돌아간 뒤 미주 지역 기부금 송금을 중단했다. 미주 지역 독립운동 자금을 관리한 구미 위원회를 장악한 이승만이 정부에 보낼 돈줄을 막았기 때문이다. 이와 함께 정부 내 무장 투쟁파 인사들이 상해를 떠나 일손도 부족했다. 그러나 이때 이승만 측근인 현순마저 외교 갈등으로 상해를 떠나 갈등은 더욱 고조되었다.

위기에 빠진 정부를 책임진 것은 손 목사 등 기독교계 인사와 안창호, 김구, 이시영 등 정부 재건파 인사들이었다. 지병인 위궤양을 털고 일어나 교통총장에 취임한 손 목사는 교통국과 연통제를 정비해 국내외에 자금 지원을 호소했다. 또한 마적 약탈과 흉작으로 생활이 어려워진 만주 한인을 돕기 위해 대한적십자사 총재에 취임한 그는 대책 마련에 골몰했다. 흥사단 원동 임시 위원회에 딸 진실과 성실, 동생 손경도·손진도까지 가입시킨 그는 차이석·주요한 등과 흥사단 기관지를 만들고 독립군 양성과 전비 마련을 위해 김구, 여운형, 양기하, 조상섭 등과 노병회를 조직해 외국 병공창을 소개하는 책자를 발간했다.

그러나 무장 투쟁파와 재건파인 전쟁 준비론자의 갈등이 심해져서 정부 해산 요구는 잦아들지 않았다. 김구, 이회영 등과 정부 재건을 통한 전쟁 준비론을 주장한 그는 북경에서 열린 감리교 동아시아 총회에 참석해 독립 청원서인 대한 예수교 진정서를 만들어 배포했다. 그런데 일부 정부 인사들이 이를 빌미로 그를 비판하기 시작했다.

"금쪽같은 독립운동 자금을 개인이 마음대로 사용해선 안 된다."

대한 예수교 진정서 제작 배포를 공금 유용으로 판단해 비난한 것이다. 이에 내무총장 안창호는 급히 국무 회의를 소집했다.

"일부 동지께서 손 목사가 배포한 진정서를 문제삼으니 소상히 조사해서 밝히겠소이다."

예수교 진정서 문제를 제대로 밝히지 않으면 정부가 해체될 수 있다고 판단한 그는 직접 조사단장을 맡아 국내외 모금 현황과 북경에서 사용한 내역을 조사한 뒤 무혐의 처분을 내렸다. 상해에 돌아와 공금 유용 혐의를 전해 들은 손 목사는 국무 회의에 참석했다.

"일부 동지께서 주장한 공금 횡령 혐의는 정부를 분열하는 행위입니다. 저는 오해를 없애기 위해 이 시간부터 모든 직책을 내놓겠습니다."

"마음은 이해하지만 참으시게. 지금 우리에게 중요한 것은 단결이란 것을 잘 알지 않는가. 잠시 인성학교에서 일하며 머리를 식히게."

손 목사는 안창호의 만류로 상해 인성학교 교장에 취임했다. 인성학교 교장에 부임한 그는 그 동안 머릿속으로 생각했던 한인 공동체 사업을 구상하기 시작했다. 원래 중국 내 한인 공동체 사업을 처음 구상한 이는 안창호였다. 그는 미국에서 귀국한 뒤 한인이 생활 안정을 이루어야 일제와의 독립 전쟁에서 승리할 수 있다고 생각했다. 일제의 강점이 길어지면 한인의 경제적 자립을 통한 교육 계몽만이 민족문화를 지킬 수 있다고 믿었으나 임시 정부 업무에 매달리느라 준비할 여력이 없었다. 한인 공동체 계획을 세운 손 목사는 안창호를 찾아갔다.

"중국 내에 한인 공동체 사업을 추진했으면 합니다."

"그동안 마음속으로만 생각한 것을 아우가 먼저 실천하려 하니 고마운 일이네."

손 목사의 제안을 받은 안창호는 상해와 만주 곳곳에 신한인촌 건설하는 계획을 수립했다. 그러나 무장 투쟁파 인사들이 임시 정부 정체성까지 공격해 운영이 어려울 정도였다. 결국 임시 정부 의정원은 1923년 1월 3일 국민 대표 회의를 소집했다. 국내와 상해 · 만주 · 북경 · 노령(러시아령) · 미주 지역 단체 대표 백이십 명이 참석한 국민 대표 회의에 평안도 대표로 참석한 손 목사는 단결을 호소했다.

"우리가 잘 되려면 지방색을 가르는 파당 싸움을 멈추어야 합니다. 우리는 작은 땅에서 남도니 북도니 하며 네 갈래, 열 갈래로 갈라져서 결국 나라를 빼앗겼습니다. 그런데 아직도 편 가르기를 하며 정신을 차리지 못하고 있습니다. 가정부 오 년 동안 우리는 서로 죽이는 일만 하였소이다. 이런 상태에서 우리가 바라는 것을 절대로 이룰 수 없을 것입니다."

정부 해체를 주장한 무장 투쟁파에 맞서 홍진, 이시영 등과 정부 재건을 역설한 그는 국민 대표 회의가 아무 성과도 없이 끝나자 크게 실망해 정부의 모든 직책을 내놓고 북만주로 떠났다.

한인 이백여만 명이 사는 북만주엔 이들을 보호할 단체나 인물이 없었다. 그나마 한인의 구심점 역할을 한 것은 교회였다. 길림에 도착한 손 목사는 제일 먼저 교회를 짓기 시작했다. 교회를 짓는 동안 손 목사가 임시 정부에서 일한 것이 알려져 인근 한인들이 도와서 무사히 끝냈다.

이때 일제는 북만주 한인의 항일 투쟁을 막기 위해 만주 군벌 겸 성장인 장작림에게 압력을 넣어 절도·살인·강도 등 누명을 씌워 체포하게 했다. 어렵게 오십 평짜리 교회를 세운 손 목사는 목회 활동을 하면서 동포들의 억울함을 풀어주는 일을 시작했다. 이런 그의 노력으로 교회 신도가 이백여 명으로 늘어나 헌금도 조금씩 쌓였다. 그러나 조금씩 모은 헌금을 생활이 어려운 한인과 독립군에게 모두 사용해 가난을 벗어날 수 없었다. 길림교회에서 독립군과 가난한 이를 돕는다는 소식을 알려지면서 날마다 가난한 한인과 며칠씩 굶은 독립군이 찾아와 먹을 것을 요구했다. 어떤 독립군 부대는 쪽지 한 장만 보여주며 먹을 것을 요구해 목사관에는 늘 밥을 준비해 놓아야 했다. 농한기엔 신도들이 번갈아가며 도왔지만 농번기엔 일손이 부족해서 해결할 방법이 없었다. 그는 문제를 해결하기 위해 평양에 있는 박신일에게 이사하라는 편지를 보냈다. 편지 말미엔 경찰이 알면 무슨 짓을 벌일지 모른다며 몰래 준비하도록 했다.

원일의 길림 생활

"내일 멀리 가니 오늘은 모두 일찍 자도록 해라."

"어디로 가요?"

"어디긴 어디야! 중국이지."

박신일과 원일이 주고 받는 이야기를 들은 인실이 고개를 갸웃거렸다.

"그럼 우리 상해로 가는 거야?"

어린 인실과 원태는 진실과 성실은 물론 손 목사까지 상해에서 생활해 중국이라면 무조건 상해를 떠올렸다.

"모두 말조심해라."

박신일은 삼 남매에게 입단속을 시킨 뒤 이삿짐을 쌌다. 이때 평양 애국 부인회에서 일한 진실은 손경도와 손이도의 도움으로 미국에 유학해서 상해엔 성실만 살고 있었다.

이튿날 아침 이삿짐을 챙긴 박신일은 삼 남매를 앞세우고 만주행 기차에 올랐다. 박신일은 언제 다시 평양에 올지 기약할 수 없어서 말없이 창밖을 바라보았다. 가족을 태운 기차가 북쪽으로 달리는 동안 창밖엔 드문드문 잔설이 쌓여 있었다. 북쪽으로 갈수록 간간이 눈발까지 날리는 가운데 쉼 없이 달린 기차는 압록강을 건너 안동, 서평, 신경을 거쳐 길림에 도착했다. 삼남매를 앞세우고 열차에서 내린 박신일은 갈 길을 잃고 사방을 두리번거렸다. 역 광장을 오가는 중국인의 낯선 말에 놀란 인실은 겁을 먹고 박신일의 치마폭에 달라붙었다. 이때 멀리

서 중국인 옷을 입은 중년 남자가 다가왔다. 박신일과 원일은 한눈에 그를 알아보고 손을 흔들었다.

"많이들 컸구나."

중년 남자는 삼 남매에게 환한 웃음을 지었다. 이마에 깊은 흉터가 나 있는 그는 하얀 치아를 드러내며 삼 남매를 차례대로 안아준 뒤 박신일의 손을 잡았다.

"먼 길 오느라 고생 많았소. 그동안 얼굴이 많이 상했구려."

"……!"

"애들아, 얼른 집으로 가자."

손 목사는 역 광장에 세워 놓은 마차에 가족을 태운 뒤 말을 몰기 시작했다. 말 두 마리가 끄는 마차는 땅이 녹아 질퍽거리는 진흙길을 한참 동안 달리다 작은 교회 앞에 멈추었다. 교회 옆에는 허름한 목사관이 자리잡고 있었다. 목사관은 비좁았지만 생활하는 데에는 부족함이 없었다. 이삿짐을 모두 옮기고 저녁밥을 먹은 손 목사는 삼 남매와 한참 동안 이야기를 나누다 자세를 고쳐 앉았다.

"가정부는 나라를 빼앗기고도 틈만 나면 지방색을 드러내며 파당 싸움을 하고 있다. 너희는 커서 무슨 일을 하든 절대로 지방색을 가르지 마라."

어린 원태와 인실은 이해하지 못했지만 원일은 어렴풋이 상해를 떠난 이유를 짐작했다.

며칠 뒤 육문중학교에 편입한 원일은 활달한 성격 때문에 학생들과 잘 어울렸다. 그러나 또래를 사귀지 못한 원태와 인실은 매일 교회 앞마당을 맴돌았다. 오랜만에 가족과 생활한 손 목사는 설교를 하며 틈틈이 애국지사들과 만나 독립운동을 모색했다. 이 사이 육문중학교를 일 년 동안 다닌 원일은 중국어가 서툴러서 한인 학생이 많은 문광중학교로 전학했다. 손 목사는 가족과 생활해 안정을 되찾았으나 가난을 벗어나지는 못했다. 길림 지역 한인 대부분은 농사를 지었지만 손 목사는 농사지을 땅이 없었다. 그래서 박신일은 정미소에 나가 낱알 고르는 날품팔이를 했다. 그런데 다른 사람보다 손놀림이 빨라 품삯을 더 받았다. 주말을 제외하고 매일 새벽부터 밤늦도록 낱알 고르는 일을 한 그녀는 늘 파김치가 되어 집에 돌아했다.

그러던 어느 날 밤. 집에 돌아와 잠자리에 누운 그녀는 대문 두드리는 소리를 듣고 일어났다.

"뉘시오?"

"서간도로 가는 독립군인데 식량이 떨어져서 찾아왔습니다. 며칠을 굶어서 그러니 식은 밥 한 덩어리라도 있으면 조금만 도와주십시오."

"이걸 어쩌죠, 마침 양식이 떨어져서?"

마침 일을 마치고 돌아온 손 목사는 난처한 표정을 짓는 박신일을 바라보았다.

"무슨 일이오."

"이분들이 먹을 것을 찾는데 마침 양식이 떨어져서!"

"그럼, 어쩐 담?"

손 목사가 난처한 표정을 짓는 순간 박신일은 방에서 겉옷을 입고 나왔다.

"먹을 것을 구해올 테니 우선 이분들을 교회로 모시세요."

한밤중에 양식 구할 일이 걱정되었으나 손 목사는 독립군들을 교회로 안내했다.

한 시간쯤 뒤 박신일은 자루를 머리에 이고 나타났다.

"얼른 밥을 지을 테니 조금만 참으라고 전해주세요."

박신일이 밥 짓는 동안 손 목사와 삼 남매는 어떻게 양식을 구했는지 궁금해서 입이 근질거렸다. 한참 뒤 독립군에게 밥을 건넨 박신일이 방에 들어왔다.

"늦은 밤에 어떻게 양식을 구했소?"

"빌려 왔어요."

대수롭지 않게 대답하는 박신일을 살피던 원일이 머리에 쓴 수건을 가리켰다.

"아버지, 어머니 보세요!"

"머리는 다시 자라니 호들갑 떨지 마라."

박신일은 급한 마음에 머리카락을 팔아 마련한 돈으로 양식을 구해 온 것이다.

"이렇게 만들어서 정말 미안하구려."

"……."

한 시간쯤 뒤 밥을 다 먹은 독립군이 목사관을 찾아왔다.

"덕분에 잘 먹었습니다. 이 은혜는 나라를 되찾는데 꼭 보태겠습니다."

독립군을 배웅한 손 목사는 아무 말도 할 수 없었다. 이런 일이 잦았지만 박신일은 한 번도 싫은 내색을 하지 않았다.

문광중학교 체육부장

문광중학교에 전학한 원일은 기숙사 생활을 했다. 전교생이 기숙사에서 생활한 문광중학교는 학생들의 건강을 위해 운동을 한 가지씩 배우게 했다. 원일은 육문중학교에서의 운동 실력이 알려져 전학생으론 드물게 운동부장이 되었다. 문광중학교는 한인 학생보다 중국인 학생이 더 많아 텃세에 시달렸다. 중국인 학생들의 텃세에 한인 학생들은 똘똘 뭉쳐 맞섰다.

"씻지도 않는 더러운 되놈들!"

"빨래 삶는 솥에 개 잡아 먹는 것도 깨끗한 거냐?"

한인 학생들의 놀림에 중국인 학생들이 맞장구를 쳤지만 늘 말싸움에 그쳤다.

그러던 어느 날, 수업을 마친 원일은 친구 오동준과 운동장에서 테니스를 치고 있었다. 이때 중국인 학생 네 명이 어슬렁거리며 원일에게 다가와 손가락질을 했다.

"까오리(고려) 망국노 주제에 무슨 테니스냐?"

옆에 있던 중국인 학생은 원일의 라켓을 빼앗아 멀리 던져버리기까지 했다. 갑작스런 놀림에 화가 난 원일은 두 눈을 부릅뜨고 중국인 학생을 노려보았다.

"지금 뭐라고 했어. 까오리 망국노?"

"그래, 까오리 망국노라고 했다. 어쩔 건데."

평소 원일의 운동 실력을 무서워해서 뒤에서만 떠들던 중국인 학생이 용기를 내서 시비를 건 것이다. 원일은 중국인 학생들을 향해 두 눈을 부릅떴다.

"당장 사과하고 라켓을 주워 오면 오늘은 그냥 보내주겠다."

"그렇게 못하겠다면?"

빈정거림에 화가 난 원일은 중국인 학생의 얼굴을 향해 주먹을 날렸다. 주먹을 맞고 쓰러진 중국인 학생은 코피가 나는 것을 확인하고 일어나 다시 달려들었으나 원일은 아예 깔고 앉아 주먹을 휘둘렀다. 얼굴이 피범벅으로 변한 친구를 본 중국인 학생들은 안절부절못했다. 중국인 학생을 흠씬 패준 원일은 일어나며 외쳤다.

"앞으로 한 번만 더 망국노라고 놀리면 그땐 정말 가만두지 않을 것이다."

라켓을 집어 들고 우물에서 몸을 씻은 원일은 기숙사로 들어가다 문 앞에서 학감과 마주쳤다. 중국인 학생이 맞은 것을 안 학감이 기다리고 있었던 것이다.

"손원일 군! 어찌된 일인가?"

"저 친구가 까리오 망국노라고 놀려서 그랬습니다. 다른 건 몰라도 우릴 모욕하는 말을 하면 누구든 용서치 않을 것입니다."

"……!"

학감은 혀를 차며 중국인 학생을 바라보았다.

"까리오 망국노란 말은 한인을 업신여기는 것이니 당장 사과해라."

중국인 학생의 사과를 받은 원일은 학교생활에 빠져들었다. 그 뒤로 까리오 망국노란 말을 꺼내는 학생은 없었다. 그런데 원일을 괴롭힌 것은 따로 있었다. 기숙사 생활을 한 원일은 처음으로 집에 가서 목욕한 뒤 밥을 먹었다. 그런데 밥을 먹으며 온 몸을 긁는 원일을 본 박신일이 이상하다는 듯 바라보았다.

"원일아, 왜 그러니?"

"몸이 가려워서요."

"몸이 왜 가려워?"

박신일은 원일에게 다가가서 옷깃을 뒤집어 보고는 소리를 질렀다.

"세상에 이게 뭐니? 이가 하얗잖아. 당장 옷 갈아입고 와!"

목욕을 한 뒤 갈아입지 않은 원일의 속옷에서 이가 바글거린 것이다. 문광중학교 기숙사는 좁은 방에 대여섯 명이 생활했고 대부분의 학생이 입학할 때 가져온 이불을 졸업할 때까지 덮어 무척 더러웠다. 부지런한 학생도 일주일에 한 번 정도 속옷을 갈아입어서 기숙사엔 이가 들끓었다. 이 사실을 알게 된 원일은 집에 오면 속옷부터 갈아입었다. 원일이 문광중학교에서 공부하는 동안 중국 침략 야욕을 드러낸 일제는 압록강과 두만강 근처에 군인들을 계속 증강했다.

1925년 공산당과 국공 합작을 통해 북벌에 나선 중국 국민당은 이듬해 북경을 차지한 장작림 군대를 만주로 몰아냈다. 중국 침략 구실을 찾던 일제는 장작림 군벌이 만주로 밀려난 것을 빌미로 관동군을 파견해 모든 것을 간섭하기 시작했다. 만주에 전쟁 기운이 감도는 가운데 손 목사는 김형직의 부음을 전해 들었다.

손 목사의 숭실학교 이 년 선배로 민족의식이 투철했던 그는 독립군 총영 오동진과도 형제처럼 지냈다. 가난 때문에 숭실학교를 중퇴하고 명신학교 교사로 일했던 그는 조선 국민회 활동이 발각되어 옥살이를 한 뒤 3·1 운동 때 일제의 체포령을 피해 압록강 건너편 임강과 팔도구 등을 옮겨 다니며 살았다. 그의 아들 김성주는 평양 장덕소학교를 졸업했으나 가난 때문에 공부를 중단했다가 오동진 소개로 만주 독립운동 단체 정의부가 세운 화성의숙에서 공부했다. 그러나 김형직이 젊은 나이에 세상을 떠나 학업을 중단했다.

이를 알게 된 손 목사는 김형직 가족을 찾아갔다가 오동진을 만났다. 그는 만주 한인의 생활 안정에 관심을 기울여서 손 목사와 호형호제하며 지냈다. 손 목사는 오동진과 함께 김성주가 다닐 학교를 수소문했으나 가난한 그를 받아줄 곳은 없었다. 더군다나 오동진은 남만주 광복군을 지휘해서 김성주를 돌볼 여력이 없었다. 결국 손 목사는 김성주를 길림교회로 데려와 육문중학교에 편입시켰다.

길림교회에서 생활한 김성주는 성격이 활달해서 두 살 어린 원태와 친형제처럼 지냈다. 그러나 목사관이 너무 비좁아 몇 달 뒤 길림교회에서 운영한 하숙집에서 생활한 그는 길림교회와 육문중학교에서 비밀 독서 모임인 길림 소년단과 유길 학우회를 만들어 활동했다. 풍금 연주를 잘해서 교회 찬양대에서 활동한 그는 원태를 친동생처럼 여겨 군사놀이를 할 때면 늘 같은 편을 하곤 했다. 이때 의열단원 나석주가 동양척식주식회사에 폭탄을 던져 독립 의지를 드높였다.

황해도 재령 출신으로 스물세 살 때 만주 무관 학교를 졸업한 나석주는 3·1 운동 때 경찰에 체포되었다가 풀려났다. 임시 정부 수립 이듬해 의열단에 입단해 사리원 부자 최병항과 안악 부자 원형로에게 군자금을 모금하고 대한 독립단 결사 편의대에 참가해 은율 군수를 처단하는데 참여했다. 그 뒤 임시 정부 경무국 경호원과 중국 육군 군관단 강습소를 졸업한 뒤 중국군 장교로 복무한 그는 1926년 6월 톈진에서 망명생활한 심산 김창숙에게 일제 경제 침탈 기관 응징이 급하다는 이야기를 듣고 유우근·한봉근·이승춘 등과 조선 식산 은행과 동양 척식 회사에 폭탄을 던진 뒤 헌병 경찰 일곱 명을 사살하고 서른다섯의 짧은 생을 마쳤다.

의열단의 무장 투쟁으로 한인의 독립 의지를 드높인 가운데 문광중학교 이학년을 마친 원일은 진로 문제를 고민하기 시작했다. 중학생이 된 원태와 소학교를 다닌 인실은 모범생 소릴 들었지만 운동을 좋아한 그는 늘 성적이 중간이었다. 평소 자식들을 간섭하지 않던 손 목사는 그를 불렀다.

"사람들은 일제가 망하길 원하지만 우리는 나라를 이끈 경험이 없어서 독립해도 오랫동안 힘들게 생활할 것이다. 그때 천대받지 않으려면 시대에 맞는 지식과 기술을 갖추어야 한다고 생각한다. 이는 독립을 앞당기는 것과 같으니 열심히 공부해 보거라. 만약 성적이 나아지면 북경에 유학을 보내주마."

학교에서는 그에게 미대 진학을 추천했지만 손 목사 내외는 생활이 안정된 의사가 되길 원했다. 손 목사에게 북경 의대 유학 약속받은 그는 공부에 매달리기 시작했다. 그러나 좁은 기숙사에서 공부하기는 쉽지 않았다. 밤 열 시만 되면 불을 꺼야 해서 친구들이 모두 잠든 뒤에 일어났지만 이마저도 불빛 때문에 잠을 잘 수 없다는 항의로 커튼을 치고 공부했다.

안창호 석방 운동과 새로운 도전

원일이 의대 진학을 목표로 공부에 몰두하는 동안 상해 임시 정부를 이끈 안창호가 길림을 방문했다. 손 목사가 임시 정부를 떠난 것을 아쉬워했던 그는 만주 독립운동 단체를 통합해 무장 투쟁과 한인 생활 안정 사업을 추진하기 위해 온 것이다.

"흥사단이 만주에 추진하려는 한인 공동체 사업을 자네가 맡았으면 하네."

"그렇지 않아도 그 문젤 상의하려던 참이었습니다."

미국에서 귀국할 때부터 한인 경제 자립 사업에 관심이 많았던 그는 임시 정부 내무총장으로 일하느라 준비할 시간이 없었다. 그 뒤 국민 대표 회의가 결렬되자 일 년 동안 흥사단과 계획을 세워 길림을 찾은 것이다. 한인 경제 자립 사업을 위해 흥사단 단원을 추천제로 뽑은 그는 사업을 책임질 사람으로 손 목사를 점찍었다.

이튿날부터 그는 손 목사와 길림을 비롯해 북만주 곳곳에서 활동하는 애국지사에게 사업 참여를 권유했다. 그러나 많은 돈이 들어가는 경제 자립 사업에 참여할 사람은 많지 않았다. 또한 계획을 눈치챈 일제가 독립운동으로 판단해 방해하기 시작했다. 일제의 감시로 경제 자립 사업이 지체되자 손 목사는 순회 전도를 핑계로 액목현, 대분, 대강자는 물론 멀리 하바로브스키까지 돌아다니며 사업 설명회를 열었다.

"도산과 손 목사가 농민 구제 사업을 시작한데!"

경제 자립 사업은 한인들 사이에 널리 퍼졌다. 그러나 평소 손 목사를 손톱 밑의 가시처럼 생각한 일제는 한인 생활 안정 사업을 막기 위해 만주 군벌에게 체포하도록 했다. 결국 일제의 요구를 거절하지 못한 만주 군벌에 체포된 손 목사는 길림성 일본 공사관 경찰서로 이송되어 온갖 고문을 당했다. 하지만 그는 선교 활동이라 주장해 무혐의로 풀려났다. 손 목사 체포에 실패한 일제는 만주 군벌과 맺은 미쓰야 협정(한인 사회주의자 체포 협정)을 빌미로 독립운동가를 체포하기 시작했다. 이때 정의부, 참의부, 신민부 등 만주 독립운동 단체의 통합을 위해 이탁(임시 정부 동삼성 외교 위원장)의 집에서 강령을 만든 안창호는 길림성 조야문 밖에 있는 대동 정미소에서 모임을 개최했다. 대동 정미소 주인 최영식은 정미소를 독립군 거점으로 제공하고 한인을 돕는 데 힘써 손 목사와 가까운 사이였다.

1927년 2월 대동 정미소에 모인 북만주 단체 한인 오백여 명은 나석주 의사 추도식을 거행하고 「대한 청년의 진로」란 주제로 안창호의 강연회를 열었다. 이때 일제의 압력을 받은 만주 군벌 이백여 명이 정미소를 포위하고 안창호 등 한인 스물한 명을 사회주의 활동 혐의로 체포했다.

안창호의 길림 방문을 처음부터 알고 있었던 일본 길림 공사관 경찰서와 총독부 경무국은 밀정을 파견해 감시하다 경무국장 쿠미도모가 장작림에게 압력을 넣어 체포하게 했다. 그러나 장작림이 거부하자 일제는 만주 군벌 헌병사령관 양우정을 뇌물로 매수해 체포하는데 성공했다. 다른 일 때문에 행사에 참석하지 못한 손 목사는 체포 소식을 들고 길림성 군벌 통역관 오인화와 함께 길림 경찰서를 찾아가 한인 석방을 요구했다.

"한인들을 체포한 이유가 뭡니까?"

"사회주의자 모임이란 첩보 때문이오."

"근거가 무엇입니까?"

"……."

"그들은 시국 강연회에 참석한 사람들에 불과하니 당장 석방하십시오."

"위에서 내린 명령이라 그럴 수 없으니 돌아가시오."

"법을 집행하면서 조사도 하지 않고 사람을 구금하는 법이 어디 있습니까?"

"……."

손 목사의 항의에 경찰서장은 얼굴을 외면했다.

"나는 아무것도 모르니 항의하려면 북경에 가서 하시오."

한인 체포 소식이 알려지자, 북만주의 독립운동 단체들은 길림에 모여 석방 규탄 대회를 벌였다. 이때 오인화에게 한인 체포에 일제가 개입한 것을 알게 된 손 목사는 북경에 있는 장학량을 찾아갔다. 장학량은 아버지 장작림의 권력을 이어받아 길림성 정치와 치안을 좌지우지했다.

"길림에서 벌어진 한인 체포 사건에 일제가 개입한 것이 알려지면 일본군의 만주 침략 때 한인 독립군은 절대로 돕지 않을 것입니다. 또한 헌병대장 양우정이 일제에게 뇌물을 받은 것이 알려지면 길림성 정부의 무능함도 드러나니 빨리 석방시켜 주십시오."

"일본과 맺은 협정 때문에 석방은 불가하오."

장학량은 일제와 맺은 미쓰야 협정을 이유로 거부했다.

"만약 한인들이 일본 경찰에 넘겨지면 만주 전역에서 대대적인 석방 운동이 벌어질 것이니 잘 판단하시길 바랍니다."

손 목사는 만주 군벌이 일제 몰래 독립군을 지원한 것까지 들먹였다. 당황한 장학량은 얼굴을 붉히며 외면했다.

"알았으니 돌아가시오."

상해 중앙대학 항해과 학생 손원일

안창호를 비롯한 한인 석방 소식이 지체되자 손 목사는 북만주 노병회 등 단체와 연합해 길림성 정부의 무능함을 성토하는 시위를 벌이기 시작했다. 이에 당황한 장학량은 이십여 일 만에 안창호를 비롯한 한인을 석방했다. 그 뒤 안창호는 길림성 목중현 일대 한인 생활 안정 사업 예정지를 돌아본 뒤 상해로 돌아갔다. 안창호가 떠난 삼 개월 뒤 손 목사는 이탁 · 최일 · 곽문 · 김이대 · 윤인보 · 김영일 · 이동우 · 표학화 · 지석보 등과 발기인이 되어 주식회사 형태의 한인 경제 공동체 농민호조사를 설립했다.

약 이백만 명의 북만주 한인 경제 자립 공동체이며 무장 항일 투쟁 기지로 쓰일 농민호조사는 삼천 일경(300만평, 1경은 한 사람이 하루 일할 수 있는 땅의 넓이)의 땅을 매입해 농장을 만들 계획이었다. 하지만 한인 대부분이 가난해서 자본금과 입회비를 낼 사람은 거의 없었다. 손 목사는 한인들의 참여를 늘리려고 입회비 이 원, 연회비 일 원, 자본금을 백오십 원으로 낮췄지만 소용없었다. 자본금이 부족해 고심하던 그는 부모님이 물려준 강서군 오흥리 땅을 처분했다. 그리고 이 돈을 동생 손경도 이름으로 출자해 땅을 산 뒤 한인들에게 나눠 주었다. 이 사실을 안 일제는 농민호조사 사업에 참여한 한인에게 탈퇴를 강요하고 거부하면 체포하겠다고 으름장을 놓았다.

이때 문광중학교 삼학년이 된 원일은 공부에만 매달려 여름방학 무렵에 교내 수석을 차지했다. 그러나 졸업을 두 달 앞두고 갑자기 원인을 알 수 없는 눈병이 발병해 꼼짝도 할 수 없게 되었다. 약을 먹어도 낫지 않아 집에서 요양하느라 북경 유학을 포기한 그는 실의에 빠졌다. 이 모습을 지켜보던 손 목사는 원일에게 한가지 제안을 했다.

"유학 문제는 나중에 다시 생각하고 당분간 유치원에서 아이들을 가르쳐 보는 게 어떠냐?"

마침 길림교회에 만든 유치원 원생이 갑자기 늘어 일손이 부족했다. 교회 신자 자녀만 받던 원생을 일반인 자녀까지 늘려 일손이 딸렸다. 손 목사의 권유를 받아들여 그는 아이들을 가르치며 새로운 재미에 빠졌다. 우리말과 중국어, 산수, 음악, 체육은 물론 찬송가에 곡을 붙인 노래까지 가르쳐서 유치원엔 늘 아이들의 노랫소리가 울려 퍼졌다.

이국의 철없는 아이들아 울지 마라
마른 풀도 봄이 오면 꽃 필 때 있으리
낙심하지 마라 부모 형제자매여
우리 커서 나라를 찾으면
기쁨에 겨운 마음으로
고향 찾아갈 날 있으리
고향 찾아갈 날 있으리

일 년 동안 유치원에서 아이들을 가르치며 의욕을 되찾은 그는 새로운 미래를 꿈꾸기 시작했다. 활기를 되찾은 그는 장래를 고민하다 상해 유학을 결심했다. 상해에는 국립 음악 학교에 재학한 성실이 생활해서 도움을 받을 수 있었기 때문이다. 집을 나선 그는 한 달 가까이 갖은 고생을 하며 상해에 도착했다. 그러나 말이 통하지 않아 졸지에 벙어리 신세가 되고 말았다. 상해 말은 길림에서 쓰는 만주어나 관어인 북경어까지 통하지 않아 중국인끼리도 영어나 불어를 사용했다. 성실의 도움으로 셋방을 얻은 원일은 상해 말을 배우며 공부할 학교를 찾아 나섰다. 그가 처음 찾아간 곳은 성실의 소개로 만난 문광중학교 사 년 선배 서재현이 다닌 동제대학이었다. 동제대학은 중국에 소문난 의과 대학이 있는 곳으로 마침 개교 삼십칠 주년을 맞아 일반인에게 학교를 개방했다.

의과 대학 수술실에서 개복 수술 광경을 본 그는 큰 충격을 받았다. 수술을 하느라 온몸이 피범벅이 된 의사와 간호사 모습을 보고 놀란 그는 자신이 갈 길이 아니라고 판단해 포기했다. 다행히 각 대학 신입생 모집 기간이 많이 남아 있어서 학교를 찾을 시간은 넉넉했다. 그런데 매일 상해를 돌아다니던 그는 집에서 가져온 생활비가 바닥나고 말았다. 돈이 없어서 이틀을 굶은 그는 상해에서 알게 된 어느 목사님 댁을 찾아갔다. 마침 저녁때여서 거실에는 밥상이 차려져 있었다.

"원일 군, 밥은 먹었나?"

"예-? 먹었습니다."

얼떨결에 대답한 그는 목사님과 차만 마시고 돌아와 나흘을 굶은 뒤 길림에서 보낸 돈으로 밥을 사 먹었다. 이런 경험 때문에 그는 손님이 집을 찾아오면 무조건 밥부터 챙겨 주었다. 상해 생활에 적응한 그는 집세가 싼 YMCA 기숙사로 숙소를 옮겼다. YMCA 기숙사는 항구가 보이는 곳에 자리잡고 있었다. 그래서 시간이 날 때마다 항구에 정박한 상선과 군함을 바라보곤 했다.

그러던 어느 날 아침, 잠자리에서 일어나 항구를 바라보던 그는 문

뜩 해군에 입대해 항해술을 배우면 좋겠다는 생각을 했다. 지금은 나라를 빼앗겼지만 언젠가 독립하면 삼면이 바다인 조국이 세계로 나가는 길은 바다밖에 없다고 생각했다. 그러나 해군에 대해 아는 사람도 드물고 들려준 이야기도 시원치가 않았다. 중국 해군은 복건성 출신이 장악해서 중국인조차 지원을 꺼렸기 때문이다. 매일 상해를 돌아다니며 항해술을 수소문하던 그는 중앙대학교 항해과를 찾아냈다. 본교가 난징에 있는 중앙대학은 항구가 필요한 항해과만 상해에 있었다. 중국은 뒤떨어진 해양 진출을 만회하기 위해 중앙대학에 항해과를 개설하고 입학생에게 전액 장학금을 지급하며 입학을 장려했다. 마침 신입생 모집 기간이어서 신문에 난 학생 모집 광고를 본 그는 다른 한인처럼 중국 국적으로 지원했다. 육십 명의 신입생을 뽑는 중앙대 항해과는 경쟁이 치열했지만 그는 쉽게 합격했다.

중앙대학교에 입학해 기숙사 생활을 한 그는 양쯔 강 하구 오송 출신 교수에게 항해학을 배우며 바다를 누빌 꿈에 부풀었다. 그러나 학생 대부분은 오송 출신 항해과 교수의 영향으로 졸업하면 양쯔 강을 운항하는 해운 회사에서 일하길 원했다. 좀 더 넓은 세상에 나가 다양한 문물을 배우길 원했던 원일은 공부에 매달렸다. 그런데 대부분의 중국인은 중앙대학 항해과 학생이 삼학년을 마치고 해운 회사에서 실습하다 취업해 삼 년제 대학으로 알고 있었다. 남에게 뒤지지 않으려고 열심히 공부한 그는 뜻하지 않은 난관에 부딪혔다. 항해술에 필요한 미적분을 한 번도 배운 적이 없어서 수업을 따라갈 수 없었기 때문이다. 미적분 때문에 고민하던 그는 동제대학에 다니는 서재현을 찾아갔다.

"선배님, 미적분을 가르쳐 주십시오."

"미적분?"

"항해학에 필요한데 배운 적이 없어서 수업을 따라갈 수 없네요."

"알았네. 그 대신 나중에 수업료나 두둑이 내게."

이튿날부터 서재현에게 미적분을 배우기 시작한 원일은 여름 방학이 끝날 무렵에는 어려운 문제도 척척 해결할 수 있었다. 원일이 항해학 공부에 몰두한 사이 마흔일곱 번째 겨울을 맞은 손 목사는 힘든 나날을 보내고 있었다. 상동교회에서 시작한 독립운동 이후 수많은 어려움을 이겨낸 그를 만성 위장병과 고문 후유증이 괴롭혔다. 또한 가끔씩 들려온 동지들의 체포나 부음 소식은 알 수 없는 외로움을 안겨 주었다. 이들 가운데 광복군 총영으로 무장 투쟁에 앞장선 오동진의 체포 소식은 깊은 절망에 빠트렸다. 정부 수립 뒤 북만주 독립군을 통합해 임시 정부 군무부 휘하에 편입시켜 무장 투쟁을 이끈 그는 손 목사와 호형호제한 사이였다.

친화력이 뛰어나 며칠만 함께 지내면 누구든 설득하는 재주를 가진 그는 임시 정부 군무부에 편입시킨 대한 청년단 연합회를 이끌고 항일 무장 투쟁을 벌여 남만주 호랑이란 별명을 얻었다. 그는 농민호조사 자금을 마련하려고 사리원에 잠입했다가 독립군 출신 밀정 김종원의 밀고로 신의주 경찰서 조선인 형사 김덕기에게 체포되어 오십여 일의 고문을 단식 투쟁으로 맞서다 무기 징역을 선고받은 것이다. 또한 그의 아들은 일제의 방화로 추정되는 화재로 사망했으며 부인은 경찰에게 성폭행을 당한 뒤 정신 착란 증세를 보이다가 살해되었다. 1925년부터 통의부와 연합한 정의부 총령으로 만 명이 넘는 독립군을 이끌고 백여 차례 일제 관공서와 관동군을 공격해 구백여 명을 사살한 그의 체포 소식은 손 목사에게 절망감을 안겨 주었다.

그런데 이때 열일곱 살이 된 김성주가 육문중학교에서 사회주의 독서회를 만들어 시위를 주도한 혐의로 길림 경찰에 체포되었다. 손 목사는 급히 경찰서를 찾아가 침구와 사식을 넣어주고 인실에게 옥바라지를 하게 했다. 또한 길림 경찰서장과 장작상·장학량 등 길림성 관리를 찾아가 석방을 요구했으나 마쓰이 협정을 이유로 거부당했다. 이에 손 목사는 길림성 관리에게 뇌물을 써서 일곱 달 만에 석방시켰다. 경찰에서 풀려난 그는 손 목사에게 감사 인사를 한 뒤 더는 피해를 줄 수 없다며 독립군에 입대했다.

젊은 원양 항해사의 꿈

손 목사가 북만주에서 홀로 외로움과 싸우는 동안 수학에 자신감을 얻은 원일은 해마다 열린 상해 대학 축구 대항전에 학교 대표로 출전해 운동 실력을 뽐냈다. 또한 시간이 날 때마다 상해 흥사단에서 안창호 강연을 들으며 새 삶을 준비했다. 손 목사에게 귀가 따갑도록 안창호 이야기를 들은 그는 강연에 빠져들었다. 크지도 작지도 않은 적당한 목소리로 젊은이가 해야 할 일을 조목조목 설명한 안창호는 사람들의 마음을 사로잡는 힘을 가지고 있었다. 원일은 그의 연설을 수첩에 적어 놓았다가 시간이 날 때마다 펼쳐 보며 마음가짐을 추스렸다. 그리고 시간이 날 때면 친구들과 학교 옆을 흐르는 강가를 산책했다.

그러던 어느 날, 친구들과 강가를 산책하던 원일은 바위에 올라가 위험하게 서 있는 젊은 여자를 발견했다.

"위험해!"

누가 말릴 틈도 없이 바위에 뛰어올라간 원일은 여자 곁으로 다가갔다. 갑작스런 출현에 놀란 여자는 품에서 칼을 빼들었다.

"가까이 오지 마!"

그러나 눈 깜짝할 사이에 칼을 빼앗은 원일은 여자를 바위 아래로 끌어내렸다. 소리를 지르며 저항하는 여자를 진정시킨 뒤 경찰에게 인계하고 산책을 계속했다. 그런데 이튿날 상해 신문에 생활고를 비관해 자살하려는 여학생을 구한 그의 기사가 실려 생각지도 못한 유명 인사가 되었다. 이때 항해학에 재미를 붙인 원일과 달리 중국인 학생들은 시간이 지날수록 학교를 그만두기 시작했다. 명나라 때 정화가 선단을 이끌고 아프리카를 방문할 정도로 해양 강국이었지만 중국인 대부분은 바다에 관심이 없었다. 단조로운 학교생활 속에서도 원일은 만국 항해학교에 다닌 민영구와 만나 망국의 한을 토로했다. 민영구 부친 민재호는 임시 정부 초기 의정원에서 손 목사와 일한 인연 때문에 가깝게 지냈다.

중앙대학 항해과에서 삼학년 겨울을 맞은 원일은 간이 졸업식에 참석했다. 중앙대학 항해과 학생들은 사학년 때 해운 회사에서 실습하다 취업해 미리 간이 졸업식을 준비했다.

"전 세계를 누빌 여러분은 내년부터 장소성에 있는 입수산대학교와 통합하여 그곳 졸업장을 받게 될 것입니다."

졸업 축하 연설을 하는 항해과 학장에게 학교 통합 소식을 들은 학생들이 술렁거리기 시작했다. 중앙대학 항해과가 입수산대학교와 통합하면 졸업장도 바뀌기 때문이었다.

"우리에게 중앙대 졸업장을 주시오."

"옳소. 중앙대 졸업장을 주시오."

갑자기 졸업식은 농성장으로 바뀌고 말았다. 당황한 학장은 학생들을 달래기에 바빴다.

"여러분 의견을 학교에 전달할 테니 기다려 보십시오."

학장이 흥분한 학생들을 겨우 설득해 졸업식을 끝냈다. 간이 졸업식을 마친 원일은 상해와 광동을 오가는 국영 해운 회사 초상국招商國의 삼천 톤급 연안 화객선에서 실습하게 되었다. 연안 화객선은 외항선보다 크기는 작았지만 항해사가 갖추어야 할 것들을 쉽게 배울 수 있었다. 비록 실습생이지만 직접 선장에게 항해술을 배워서 선원들도 사관 대우를 해 주었다. 원일이 맡은 일은 선상 업무 가운데 가장 중요한 화물 감독이었다. 화물을 잘못 실으면 선박이 항구에 도착했을 때 짐을 내렸다가 다시 실어야 하고 하중 분배를 잘못하면 전복될 수 있었기 때문이다. 해양 실습을 마치면 삼등 항해사 자격이 주어져서 원일은 설레는 마음으로 항해를 시작했다. 처음 꿈꾼 의사는 아니지만 선장이 되어 세계 곳곳을 누빌 꿈을 이루는 첫 발을 내딛은 것이다. 하지만 항해에 나선 그는 뱃멀미를 심하게 해서 첫 기항지에 도착해 쓰러지고 말았다.

"왜 짐을 풀지 않는가?"

선원들은 뱃멀미 때문에 갑판에 쓰러진 원일을 놀려대기 시작했다. 이 모습을 본 선장은 딱하다는 듯 빵을 내밀었다.

"어서 먹어라."

원일은 선장이 건넨 빵을 한 입 베어 물었다가 넘길 힘이 없어서 곧장 뱉어 버렸다. 이 모습을 본 선장은 눈을 부릅뜨고 외쳤다.

"명령이니, 빨리 빵을 먹어라."

물조차 넘기기 힘들 정도로 탈진한 그는 빵을 씹지 않고 삼켰다. 그런데 빵을 모두 먹은 그는 속이 거짓말같이 편해져서 기운을 되찾았다. 첫 항해에서 뱃멀미로 고생한 그는 선상 생활에 차츰 익숙해졌고 연안 항구를 돌아다녀 무료함도 달랠 수 있었다.

이때 오동진을 체포해 자신감을 얻은 일제는 애국지사를 체포하기 시작했다. 애국지사들은 일제의 체포령을 피해 연해주나 중국 내륙으로 이동했다. 고문 후유증과 지병으로 고생한 손 목사는 길림성 밖에서 성안인 우마가로 이사했다. 그런데 상해 국립 음악 학교에 다닌 성실이 갑자기 병을 얻어 봉천 동북 의대 병원에 입원했다. 손 목사는 급히 가족을 동북대학 교직원 관사로 이사시키고 자신은 농민호조사 일을 정리한 뒤 합류하기로 했다.

손목사 가족이 동북대학 교직원 관사에 이사할 수 있었던 것은 체육과 교수인 신국권 때문이었다. 상해 교통대학에서 축구 선수로 이름을 날린 그는 미국 오블린 대학 체육과를 졸업한 뒤 연희전문학교 축구단 단장으로 상해 대학 팀들과 친선 경기를 위해 방문했다. 이때 상해에서 지인 소개로 성실을 만난 그는 교통대학 동창으로 만주 군벌(장작림) 아들 장학명에게 동북대학 체육 주임을 맡아달라는 부탁을 받았다. 이때의 인연 때문에 손 목사 가족은 교직원 관사로 이사할 수 있었다.

가족이 봉천으로 이사해서 원태와 인실은 봉천중학교와 봉천소학교로 전학했다. 봉천 이주 뒤 성실의 병도 조금씩 회복되어 육 개월 뒤에는 혼자 외출할 정도가 되었다. 이때 중국 침략을 위해 한만 국경에 관동군을 계속 증강하자 손 목사는 전쟁이 일어날 것이라고 판단해 가족을 북경으로 이주시키고 길림으로 돌아왔다.

이때 초상국 연안 화객선에서 실습을 마친 원일은 삼등 항해사 자격증을 받았으나 승선할 배를 정하지 못해 고민에 빠졌다. 배에서만 생활해서 만나는 사람은 물론 항해 분야를 아는 이도 드물었기 때문이다. 진로 때문에 고민하던 그는 중국 해군 수로국에서 외국에 파견할 원양 항해사 선발 시험을 시행한다는 소식을 듣게 되었다. 중국은 일반 상선 사관도 해군에서 모집해 배정했다. 원양 항해사가 되어 세계 곳곳을 돌아다닐 꿈에 부풀었던 그는 망설이지 않고 시험에 응시했다.

다섯 명을 뽑는 원양 항해사 시험에는 중국인 현역 장교가 응시할 정도로 경쟁이 치열했지만 그는 당당히 합격자 명단에 이름을 올렸다.

1930년 겨울 그는 중국 해군으로부터 독일 함부르크에 본사를 둔 아메리카라인 상선 하벤슈타인 호를 배정받아 승선했다.

성찰의 시간

함부르크를 떠나 지중해 · 수에즈 운하 · 인도양 · 싱가포르 · 요코하마 · 블라디보스토크를 육 개월 동안 운항하는 하벤슈타인 호에 오른 원일은 항해사 대우는 받지 못했지만 초상국 때보다 훨씬 많은 월급을 받았다. 승객과 선원 대부분이 독일인이어서 쉽게 독일어를 배운 그는 보기 드물게 운동으로 단련된 동양인이어서 많은 이의 관심을 받았다. 최대 십 노트로 항해하는 하벤슈타인 호는 세탁 시설이 없어서 많은 옷을 가지고 다녔지만 첫 항해를 마치고 만 오천 톤급 최신형 디젤 여객선인 람세스 호에서 일하게 되었다.

시속 십사 노트로 항해하는 람세스 호는 여객 위주의 화객선이어서 부대시설이 잘 갖춰져 있고 기항지가 많아서 긴 항해에서 오는 외로움도 달랠 수 있었다. 선원들은 기항지에 도착하면 '항구의 삼악'으로 불린 술 · 여자 · 노름을 즐겼지만 그는 선내에서 승객들과 어울렸다. 이때 람세스 호 수영장에서 그는 함부르크에서 백화점을 운영하는 노부부의 딸에게 구애를 받았다. 지중해에서 함부르크로 가는 동안 데이트를 즐긴 그는 며칠 동안 고민한 끝에 여인에게 처지를 설명하고 헤어졌다.

길림 시절부터 나라가 독립하지 않으면 결혼하지 않겠다고 결심한 그는 중학교 졸업 무렵 세 살 위인 길림사범학교 학생 이채옥과 혼담이 오갔었다. 민족의식이 투철하고 중국어에 능해 손 목사 통역을 도맡아서 두 사람은 가깝게 지냈다. 이 모습을 본 손 목사는 원일에게 넌지시 물었다.

"만주에서 채옥이 같은 여자도 없으니 결혼하는 게 어떠냐?"

"제가 채옥이 누나를 좋아하는 것은 독립운동에 헌신해서 일뿐 결혼할 생각은 전혀 없습니다."

어려서부터 가난을 싫어했던 그는 나라의 독립만큼 경제적 자립도 중요하게 생각했다. 비록 혼담은 깨졌지만 상해 중앙대학 시절에도 채옥의 소식을 가끔 전해 들은 그는 원양 항해사로 일하면서 이내 잊고 말았다.

이때 일제는 만주를 중국 침략 기지로 만들기 위해 압록강 인근에 병참로는 건설하기 시작했다. 중일 전쟁 발발 소문이 나도는 가운데 건강이 더 나빠진 손 목사는 매일 고통 속에 살았다. 이십여 년을 넘게 선교와 독립운동을 위해 중국과 연해주를 돌아다니느라 생긴 위궤양과 고문 후유증이 악화되어 예배조차 집전할 수 없었다. 그러나 한인 생활 안정 사업을 정착시키기 위해 흥사단원들을 북경 근처 해전에 이주시키며 신한인촌 건설에 온 힘을 쏟았다. 하지만 여름이 시작될 무렵 평생 동지였던 이탁의 부음을 듣고 허탈감에 시달려 며칠 동안 식음을 전폐했다.

1889년 3월 18일 평남 평원에서 태어난 이탁은 1908년 평양 대성학교에서 안창호의 권유로 신민회에 가입한 뒤 만주 지역 특사로 무관학교 부지를 조사했다. 이 년 뒤 신흥 강습소와 신흥 무관 학교, 상해 일신 학교에서 일한 그는 대한 청년단 대표로 임시 정부 수립에 기여하고 상해와 만주를 오가며 독립운동과 농민호조사 사업에 매진해 손 목사와 친형제처럼 지냈다. 그의 부음을 들은 손 목사는 슬픔을 이겨내려고 몇 번이나 북경 가족을 만나려고 집을 나섰다가 발길을 돌렸다.

해가 바뀌어 겨울바람이 잦아들자 손 목사는 북경으로 향했다. 그러나 병든 몸으로 가는 북경 길은 멀고도 험했다. 북경행 열차를 타고 가는 동안 그는 고문으로 울부짖는 동지들의 모습을 떠올리며 식은땀을 흘렸다. 고통을 이겨내며 힘겹게 가족을 만난 그는 아무 말도 하지 않았다. 독립운동을 시작한 뒤 형사들의 감시와 협박을 받으며 고통스런 나날을 보낸 아내와 자식들에게 미안함이 앞을 가렸기 때문이다.

"아이들이 잘 자란 것은 모두 당신 덕이오. 그래서 고맙고 더 미안하구려."

"그런 말 마세요. 빨리 회복해서 자식들 커가는 것을 오랫동안 보셔야지요."

"그래야 할 텐데, 할 일이 남아서 길림에 돌아가야 할 것 같소."

"좀 더 계시다 몸이 회복되면 가세요!"

"아니오, 할 일이 많이 남았소. 원태랑 인실이는 어머니 말씀 잘 듣고 열심히 공부하여라."

며칠 동안 말없이 가족을 바라만 하던 그는 앙상한 손으로 박신일의 손을 어루만졌다. 박신일은 남편 얼굴에 깊이 드리워진 어두운 그림자를 발견했지만 차마 가는 길을 막지 못해 말없이 눈물만 흘렸다. 남편의 고집을 꺾을 자신이 없었기 때문이다.

북경을 떠난 손 목사는 늦은 밤이 되어 길림에 도착했다. 피곤함을 느낀 그는 천천히 개찰구를 빠져나와 역 앞에 있는 삼풍여관으로 갔다. 삼풍여관은 길림 일본 영사관과 백 미터쯤 떨어진 곳으로 평남 증산 출신 인 아무개에게 그가 권유해 생긴 곳으로 독립군 숙소 겸 연락 장소로도 쓰였다. 여관 주인에게 방을 배정받고 천천히 걸음을 옮기던 그는 갑자기 피를 토하며 쓰러졌다. 놀란 주인은 급히 그를 병원으로 옮겼다.

"급성 위궤양이 심해서 치료할 수 없으니 집에 데려가서 잘 보살펴 주십시오."

치료가 불가능하다는 의사 소견을 들은 여관 주인은 그를 액목현에 사는 교회 신도 집으로 옮겼다. 그러나 사흘 동안 계속 피를 토한 그는 쉰 살의 고단한 생을 마쳤다.

이때 인도양을 지나던 원일은 일찍 일을 마치고 잠자리에 들었다가 이상한 꿈을 꾼 뒤 깨어났다. 앵두 같은 과일이 쌓여있는 잔칫상이 무덤으로 변하는 꿈 때문에 잠을 설친 그는 아침에 무전으로 손 목사의 부음을 전해 들었다. 원일은 망치로 머리를 맞은 것 같은 충격을 받았다. 손 목사는 청년이 된 그에게 보이지 않는 버팀목이자 삶의 좌표였기 때문이다. 하지만 그가 할 수 있는 일은 갑판에 나가 망망대해를 바라보며 눈물을 흘리는 것뿐이었다. 그는 상해에서 생활할 때 잠시 만난 아버지가 잠 못 이루는 것을 모른 체한 것을 후회하며 시대가 원하는 사람이 되도록 어떤 고난도 이겨내리라 다짐했다.

1931년 2월 29일 길림 감리교회장으로 거행된 손 목사의 장례식은 많은 사람이 모일 것을 우려한 일제의 압력으로 박신일, 손경도 등 가족과 친지 사십여 명만 참석했다. 그러나 묘지를 구할 돈이 없어서 길림성 동문 밖에 임시 봉안했다. 항해사 계약 기간이 이 년 가까이 남아 있어서 장례식에 참석하지 못한 원일은 죄책감 때문에 일본에 기항하면 배안에만 머물렀다.

"미스터 손은 왜 하선하지 않는가?"

"나라를 뺏은 왜놈들 땅을 밟고 싶지 않기 때문입니다."

원일의 마음을 이해한 선장과 선원들은 일본에 기항하면 더 이상 묻에 가자는 말을 꺼내지 않았다. 대신 원일은 함부르크에 도착하면 독일을 돌아다니며 독일인의 근면성과 합리주의를 배웠다. 여행 중 만난 독일인에게 국적 질문을 받는 것을 싫어했던 그는 가끔 우리나라 역사를 듣고 엄지손가락을 치켜드는 사람들을 만나면 수고의 기쁨과 약소국의 설움을 느꼈다. 이 사이 길림성 동문 밖에 임시 봉안되었던 손 목사의 유해는 감리교 연회에서 보낸 성금으로 북문 밖에 안장되었다. 원일이 오대양의 거센 파도를 가르는 동안 시간은 빠르게 흘러갔다. 손 목사가 세상을 뜬 이듬해 겨울 원양 항해사 생활을 마친 원일은 북경으로 갔다.

2부 조국의 바다여, 영원하라

거대한 뿌리

박신일은 원태, 인실과 북경 협화의대 근처 사글세 단칸방에 살고 있었다. 박신일은 원양 항해사 생활을 마치고 돌아온 원일에게 손 목사가 남긴 편지들을 내놓았다.

> 사랑하는 원태, 인실 보아라.
> 곧 북경에 가려고 했으나 몸이 너무 힘들어 걱정이구나.
> 먼 길을 가다 일이 생기면 큰일이라 자꾸 망설여진다.

> 내 사랑하는 신일 보오.
> 날씨가 너무 춥고 몸이 힘들어서 북경에 갈까 하오.
> 사정이 여의치 않아 삼등석을 타야할 것 같소.

편지 곳곳에 가족을 그리워한 손 목사의 마음이 담겨 있었다. 손 목사가 세상을 떠난 뒤 생활이 어려워진 박신일은 진실과 성실의 도움을 받으며 생활하고 있었다. 가난 속에서도 원태는 교내 수석을 놓치지 않아 협화의대에 지원한 상태였고 중학교에서 일등을 도맡은 인실은 학교 농구 선수로 활동했다. 며칠 동안 집에 머물던 원일은 옷가지를 챙겼다.

"어딜 가려고 하느냐?"

"길림에 다녀올까 합니다."

"지금은 겨울이라 아버지 묘를 찾기 어려울 것이다. 그리고 지금 그곳은 중국을 침략하려는 왜놈 천지니 나중에 가거라."

박신일은 원일이 길림에 갔다가 일본놈들에게 봉변을 당할까 봐 앞을 막았다.

"왜놈들 때문에 아버지 산소를 찾지 않는 것은 자식된 도리가 아니라 생각합니다."

"네 마음 다 안다. 그러나 지금 그곳의 왜놈들은 중국 침략에 방해되는 사람은 무조건 체포한다고 하니 나중에 가도록 하여라."

박신일의 만류로 길림 방문을 포기한 원일은 중국 해군 입대를 결심했다. 중국 해군에 들어가 일제와 맞서는 것이 손 목사의 뜻을 지키는 것이라 생각했기 때문이다. 그는 중앙대학 항해과 동창 진봉초 소개로 원양 항해사 시험관이었던 진천준 해군 대령을 만났다.

"중국 해군은 푸젠 성(복건 성) 출신이 장악해서 입대하더라도 성공할 수 없으니 다른 곳을 알아보게."

진천준은 처음부터 원일의 해군 입대를 반대했다. 진천준의 반대로 해군 입대를 포기한 그는 무작정 국영 해운 회사인 초상국을 찾아갔다. 그런데 초상국은 마치 그를 기다렸다는 듯 연안 화객선 항해사 겸 부선장에 임명했다. 독일 원양 여객선 항해사로 대양을 누빈 경력에는 미치지 못했으나 달리 방법이 없었다. 부선장은 선장 다음 자리로 배의 모든 살림살이를 모두 처리했다. 원양 항해사 시절보다 월급은 적었지만 중국 연안을 돌아다녀서 일은 한결 편했다. 이때 성실은 로스앤젤레스 올림픽 중국 선수 단장이었던 신국권과 결혼해 상해, 미국 유학 중 윤치창과 결혼한 진실은 경성에 살고 있었다. 초상국에 입사한 원일은 연안 항해사로 일하기 시작했다.

초상국 연안 화객선 부선장이 된 그는 열심히 일했다. 원양 항해사 시절부터 성실함을 인정받았던 그는 초상국 화객선에서 이 년 동안 일한 뒤 한 달 간의 포상 휴가를 받았다. 생각지도 못한 휴가를 받은 그는 무엇을 할까 고민하다 미국에서 결혼해 이후에 한 번도 만나지 못한 진실을 만나려고 인천행 여객선에 몸을 실었다. 십육 년 전 경성을 떠난 소년이 이제 어엿한 항해사가 되어 귀국하게 된 것이다.

들뜬 마음으로 경성에 도착한 그는 깜짝 놀라고 말았다. 정동에 살던 때와 달리 거리에는 상점이 즐비했고 종로에서 동대문까지 전차가 다녀 옛 모습을 찾아볼 수 없었기 때문이다. 또한 진실이 사는 가회동 집은 경성에 하나뿐인 돌집으로 미국 노스웨스턴 대학교를 졸업하고 연희전문학교 교수로 일한 그의 외삼촌 박인준이 설계했다. 오랜만에 진실을 만난 원일은 자형 윤치창과 밤새도록 이야기꽃을 피웠다.

원일은 진실을 통해 손 목사가 사당을 부수고 기독교에 입문한 것과 문요한 목사의 도움으로 목회자가 된 과정, 3·1 만세 운동 때 파리 강화 회의 밀사 안내 때문에 민족 대표에서 제외된 이유를 처음 들었다. 또한 밀사 안내를 위해 중국에 망명할 때 입었던 상복이 안동에 도착했을 때 땀에 흠뻑 젖은 일과 윤치창이 결혼 인사차 길림에 들렀다가 한인에게 납치되었다가 풀려난 이야기도 들었다.

미국 유학 중에 진실과 결혼한 윤치창은 인사차 길림을 방문했다가 북만주 한인 사회주의자들에게 인력거로 납치당한 일이 있었다. 납치범들은 윤치창을 볼모로 그의 이복형인 윤치호에게 독립운동 자금을 요구하는 편지를 보냈다. 이 소식을 들은 손 목사는 한인 사회주의자를 수소문해 하얼빈 근처에서 술을 먹이고 구출했다.

원일이 경성에 머무는 동안 일제는 중국 침략에 혈안이 되었다. 일제는 전쟁에 걸림돌이 되는 독립운동가 가족과 명망가들을 삼엄하게 감시했다. 진실과 윤치창도 예외는 아니어서 틈만 나면 형사들이 집을 찾았다.

"형사들 감시가 심하니 괜히 눈에 띄어서 일을 만들지 않도록 조심하여라."

원일은 귀찮은 일을 만들지 않으려고 집에만 머물렀다. 그런데 며칠 지나지 않아 낯선 사내가 찾아왔다.

"손원일 씨 있습니까?"

"제가 손원일입니다만….."

"종로 경찰서 김의수 형산데 물어볼 말이 있어서 그러니 잠깐 경찰서에 갑시다."

"무슨 일인지 모르지만 여기서 물어보시죠."

진실이 김의수 앞을 가로막았다.

"잠시면 되니 빨리 갑시다."

김의수는 한 발짝도 물러서지 않았다. 지은 죄가 없어 빨리 조사받는 것이 좋겠다고 생각한 원일은 옷을 갈아입고 밖으로 나왔다.

"누님, 별일 없을 테니 걱정하지 마십시오. 얼른 다녀오리다."

원일은 김의수를 따라 종로 경찰서로 갔다. 그러나 경찰서에 도착한 김의수는 조사도 하지 않고 유치장에 가두었다. 갑작스런 상황에 당황한 원일이 엉거주춤 변기 앞에 앉은 것을 본 문 앞의 노인이 노려보았다.

"너는 어디서 왔느냐?"

"상해에서 왔습니다."

"상해? 그럼 정치범이구먼. 고생 많으십니다. 네놈들은 냉큼 뒤로 물러가고 저분을 앞쪽으로 모셔라."

노인은 문 앞에 앉은 사람들에게 호통을 친 뒤 원일을 앞쪽에 앉게 했다. 유치장이나 감방에서는 상해에서 왔다고 하면 무조건 독립운동가로 생각해 특별 대우를 해주었다. 김의수를 따라올 올 때 간단한 조사만 받고 풀려날 것이라 믿었던 그는 현실을 실감하기 시작했다.

"손원일 나와!"

밤 열한 시가 넘어서 나타난 김의수는 원일을 지하에 있는 취조실로 데려갔다. 지하실엔 희미한 전등만 비추어서 음산한 분위기를 자아냈다. 어디선가 들려오는 비명을 들은 원인은 마른 침을 삼키며 김의수가 가리킨 의자에 앉았다. 희미한 불빛 아래 책상과 의자만 덩그러니 놓여 있는 방 한쪽에는 몽둥이와 양동이가 놓여 있어서 공포심을 자아내게 했다. 원일과 마주 앉은 김의수는 목소리를 높였다.

"평양에서 네 놈을 체포하라는 연락이 왔다. 그러니 순순히 자백해라! 너 같은 악질이 경성에 잠입한 걸 미리 알지 못한 내 모습이 창피하다."

"잠시 누님을 만나러 온 것도 자백해야 합니까?"

원일의 말에 김의수는 책상을 내려치며 벌떡 일어났다.

"너는 낙양 군관 학교에서 훈련받고 잠입한 임시 정부 연락원이다. 맞지?"

흥분한 김의수에 맞선 원일도 물러서지 않았다.

"나는 중국에서 항해사로 일하다 잠시 누님을 만나러 온 것뿐이오."

"뭐가 어째? 이봐! 이놈이 아직 상황 파악을 못하는 것 같으니 당장 천장에 매달아."

옆에 있던 형사 보조원은 기다렸다는 듯 원일을 묶어 천장에 매달았다. 그리고 몽둥이를 집어든 김의수는 원일을 향해 몽둥이를 휘두르기 시작했다. 처음엔 고통을 참던 원일은 시간이 지나면서 비명을 질렀다. 김의수는 몽둥이를 휘두르다 지치면 보조원에게 넘겨 반복했다.

1933년 5월 중국 국민당은 임시 정부가 광복군 위탁 교육을 의뢰하자 육군 군관 학교 뤄양 분교에 특별반을 만들어 훈련시켰다. 이때 입학한 사람이 잠시 평양에 들렀다가 체포되어 고문을 당하면서 얼떨결에 원일의 이름을 밝혀 일어난 일이었다. 형사들은 원일의 아버지가 임시 정부 의정원 의장과 길림교회 목사로 독립군을 도운 손정도임을 알고 무조건 비밀 연락원으로 판단했다.

"난, 상해에서 항해사로 일하다 잠시 누님을 만나러 온 것뿐이오."

원일은 일주일 동안 심한 고문을 당해 혼자 몸을 추스르지 못할 정도가 되었으나 혐의를 부인했다. 혐의 입증에 실패한 김의수는 원일을 평양 경찰서로 이송했다.

굴욕과 각성의 시간들

종로 경찰서와 더불어 독립운동가의 무덤으로 불린 평양 경찰서는 많은 애국지사가 고문당한 악명높은 곳이었다. 원일을 인계한 평양 경찰서 형사들은 늦은 밤 지하 취조실에 데려가 고문하기 시작했다. 어느덧 계절은 한겨울인 십이월이 되었으나 원일은 추위를 느낄 새가 없었다. 형사들이 휘두르는 몽둥이와 가죽 채찍이 몸을 휘감아 만신창이가 되었기 때문이다. 원일이 고문으로 고통스러워 할 때마다 형사들은 미리 꾸민 내용을 인정하도록 강요했다. 그러나 원일은 이를 악물고 고통을 버렸다.

"맷집이 참 좋구나. 그러나 여기서 그런 것은 안 통한다. 더 험한 꼴 당하기 전에 국내에 들어온 이유를 빨리 자백해라."

"난, 그냥 누님을 만나러 온 것뿐이오."

"시끄럽다. 중국에서 무슨 밀명을 띠고 왔는지 알고 있으니 어서 대라."

"그런 것 없소. 난 독립운동이 무엇인지 모르오."

"이놈이 아직도 정신을 못 차렸구나."

일본인 형사는 조선인 형사와 교대로 몽둥이를 휘둘렀다. 취조는 종로 경찰서와 똑 같아서 매일 밤 자정 고문한 뒤 자백을 요구하는 방식이었다.

"나는 너희가 생각하는 일을 한 적이 없다."

일주일 넘게 계속된 고문에 지친 원일은 기계처럼 중얼거렸다. 형사들은 그가 기절하면 찬물을 끼얹어 다시 깨운 뒤 입에 물을 붓고 배를 밟아 토하게 하는 일을 반복했다. 그는 고문으로 망가진 몸을 이끌고 독방에 돌아와 손 목사를 떠올렸다. 일제의 고문으로 만신창이가 되어서도 평생 독립운동에 헌신하다 타국에서 생을 마감한 모습을 떠올리며 하루하루를 버텼다. 그러나 갈수록 심해지는 고문이 두려워 허위 자백 충동을 느끼기 시작했다. 총독부는 독립운동가 가족은 반드시 제거한다는 원칙을 세워 형사들이 어떤 방법을 사용해도 묵인했다. 계속되는 고문에 힘겨워한 그는 날마다 독방에 죽은 듯 쓰러졌다.

그러던 어느 날 독방 문틈 사이로 스며든 희미한 불빛을 본 그는 절망의 한가운데 놓여 있는 자신을 발견했다. 이렇게 치욕을 당하느니 차라리 죽는 것이 편하겠다는 생각이 머리를 뒤덮었다. 이때 죄수복을 입은 사내가 독방에 들어왔다.

"누-누구요?"

"당신을 지목한 사람이오. 당신을 이렇게 만들어서 정말 미안합니다."

원일은 인사 대신 사과하는 사내를 가만히 바라보았다.

"혹시 끈 있소?"

"없습니다."

이런저런 얘기를 나눈 원일은 사내가 돌아간 뒤 잠이 들었다. 그리고 다시 한밤중에 깨어난 그는 다시 지하 취조실에 끌려갔다.

"끈은 왜 찾았나?"

"……?"

형사들은 원일이 사내와 만나 나눈 이야기를 모두 알고 있다는 듯 물었다. 낮에 만난 사내가 경찰 끄나풀이란 걸 깨닫는 순간 형사 보조원이 양동이에 물을 받기 시작했다. 물소리는 곧 물고문을 의미했다. 원일은 구타보다 더 무서운 물고문이 떠올라 고개를 숙였다. 물을 받은 형사 보조원이 원일을 익숙한 솜씨로 묶자 일본인 형사의 몽둥이가 춤을 추기 시작했다. 희미한 불빛을 따라 비명은 끝을 알 수 없는 어둠 속에 메아리쳤다. 형사들은 언제나 같은 시간, 같은 방법으로 고문해 공포심을 심어주었다. 한 시간이 넘도록 매질을 하고도 원하는 진술을 받아내지 못한 형사들은 그를 의자 위에 거꾸로 눕힌 뒤 얼굴에 수건을 덮고 물을 부었다. 물을 먹은 수건이 코와 입을 막자, 원일은 온몸을 비틀었다.

"말하겠는가?"

"나~는 할 마~알이 없다."

원하는 대답을 얻지 못한 형사들은 다시 몽둥이를 휘두르고 물을 먹여 배를 밟아 토하게 하는 일을 반복했다. 고문이 반복되면서 원일은 서서히 무너지기 시작했다. 그는 양동이에 물 받는 소리만 들어도 심장이 뛰었다.

"추위가 많이 누그러졌네."

"그러게 말입니다."

형사들은 원일을 고문하기 전에 날씨와 세상 돌아가는 이야기를 나누었다. 그러나 이런 이야기조차 모두 그를 회유하려는 고도의 심리전이었다. 형사들의 이야기를 들으며 이대로 죽을 수 없다고 생각한 그는 허위 자백을 결심했다. 허위 자백을 하면 고문은 면할 것이라 생각했기 때문이다. 늦은 밤 취조실에 끌려간 그는 형사들에게 자신의 생각을 밝혔다.

"당신들이 원하는 대로 하겠다."

"정말인가?"

그는 형사들이 미리 준비해 놓은 총독부 요인 암살에 필요한 폭탄과 백반으로 쓴 지령문을 가져왔다는 진술서에 지장을 찍었다. 그러나 고문을 면할 것이란 그의 생각은 너무 순진한 것이었다. 허위 자백에도 형사들의 고문은 멈추지 않았다. 오히려 허위 자백을 한 뒤에는 더 심하게 고문했다.

"공범을 대라."

"공범은 없소."

"공범이 없다고? 다시 매달아!"

다시 끝을 알 수 없는 고문이 계속되었다. 그러던 어느 날, 독방에 쓰러져 있는 그에게 양복을 입은 사내가 찾아왔다.

"자백한 내용이 사실인가?"

"사실이오."

사내는 몇 가지만 묻고 돌아갔다. 그리고 이튿날 좀 더 나이 든 중년 사내가 찾아왔다. 이들은 진실이 경성에서 보낸 변호사였다.

"자백한 내용이 사실인가?"

"……."

"왜 하지도 않은 일을 자백하는가?"

원일은 허위 자백이 부끄러워 사내의 얼굴을 쳐다보지 못하고 고개를 숙였다. 중년 사내와 헤어진 이튿날 원일은 강서 경찰서로 이송되었다. 강서 경찰서에 이송된 그는 고문 때문에 어쩔 수 없이 거짓 자백을 했다고 밝혔다. 이 때문인지 더 이상 고문은 없었다. 강서 경찰서 형사들은 그의 주장을 말없이 받아 적었다. 고문이 사라져 마음이 조금씩 누그러진 그는 독방 변기에서 사촌동생 손원술의 이름이 적힌 쪽지를 발견하고 놀라서 얼른 찢어버렸다. 그가 갇힌 독방은 며칠 전까지 사촌동생이 조사를 받다 석방될 때 형사가 찢은 서류 가운데 손원술이란 이름만 변기 옆에 떨어져 있었던 것이다. 고문을 당하지 않아 안정을 되찾은 그는 외로움을 떨쳐버리기 위해 죄수복에 들끓은 이를 잡기 시작했다. 그러나 이마저도 금방 사라질 것 같아 하루에 몇 마리씩만 잡으며 한 달 가까이 버텼다. 평상심을 되찾은 그는 저녁마다 들려오는 교회 종소리를 들으며 타국에서 세상을 떠난 손 목사와 가난속에서도 가족을 위해 헌신한 박신일을 생각했다. 그리고 무슨 수를 쓰더라도 왜놈들을 몰아내야 한다는 부모님의 이야기를 가슴 깊이 새겼다.

"손원일 나와!"

그러던 어느 날 감방 문이 열연 간수가 외쳤다. 다시 고문이 시작된다고 생각한 원일은 마음을 졸이면서 간수 뒤를 따라갔다. 그러나 간수는 그를 창고 같은 방으로 안내했다.

"석방이니 옷 갈아입고 나와라."

간수는 방구석에 놓여 있는 상자를 가리켰다. 상자에는 그가 경찰서에 올 때 입었던 옷과 소지품이 담겨 있었다. 옷을 갈아입고 경찰서를 나선 그는 석방의 기쁨을 누릴 새가 없었다. 눈부신 하늘을 바라보다 거울에 비친 모습을 본 그는 헛웃음을 지었다. 헝클어진 머리와 때가 절은 몰골이 상거지와 다름없었기 때문이다. 먼저 이발을 하기로 마음먹은 그는 경찰서에서 얼마 떨어지지 않은 곳에 있는 이발소를 발견하고 다가가 문을 열었다. 마침 손님의 머리를 손질하던 이발사는 그를 보고 나가라는 손짓을 했다. 원일은 쓴웃음을 지으며 이발소에 들어서며 점잖게 물었다.

"왜 나가라는 겁니까?"

원일의 점잖은 말투에 이발사는 난처한 표정을 지었다.

"보시다시피 지금 자리가 없습니다."

"기다릴 테니 머리나 깎아 주십시오."

이발사는 점잖은 표정의 원일을 보고는 자세를 고쳐 물었다.

"어디서 오시는 길입니까?"

"옆집에서 옵니다."

"아! 선생께서 오개국 말을 한다는 바로 그 분이군요. 잠시만 기다리십시오."

이발사는 오개국 말을 하는 독립운동가가 수감되었다는 소식을 들었다며 너스레를 떨었다.

"이리 앉으십시오."

앞선 손님의 머리를 다 깎은 이발사는 원일에게 자리를 권했다. 이런저런 이야기를 나누며 머리를 손질한 이발사는 거울속으로 바라보았다.

"마음에 드십니까?"

원일은 대답 대신 고개를 끄덕인 뒤 일어나 주머니를 더듬었다.

"요금은 안 내셔도 됩니다."

이발사는 이발비도 받지 않고 목욕탕까지 안내했다. 평양 인근에는 많은 독립운동가가 활동해서 정치범을 보면 가족처럼 대했다. 목욕을 하고 밥집에 가서 냉면 세 그릇을 먹은 그는 여관에 들어가 잠을 잤다. 그러나 이튿날 아침 온몸이 퉁퉁 부은 그는 몸져눕고 말았다. 감옥에 갇혀 있다가 갑자기 출소하면서 긴장이 풀려 생긴 몸살이었다. 사흘 동안 혼자 앓는 그에게 낯선 사내가 찾아왔다. 낯선 사내는 원일의 석방 소식을 듣고 진실이 경성에서 보낸 사람이었다. 사내는 원일을 병원에 데려다주면서 윤치창이 경찰에서 풀려난 것을 알려주었다. 원일이 경찰에 구속된 뒤 윤치창은 가깝게 지낸 경성시장 사에키에게 구명운동을 부탁했다. 원일이 종로 경찰서에서 평양 경찰서, 강서 경찰서로 이송되었다가 석방된 것은 사에키의 구명 운동 덕분이었다. 그러나 원일이 석방될 무렵 뇌물 수뢰 혐의로 조사를 받던 사에키 집에서 윤치창이 준 여우목도리가 발견되어 함께 구속되었다가 풀려난 것이다. 가회동에 돌아온 그는 집에만 머물렀다. 이 모습을 본 진실은 안타까운 마음에 온천 요양을 권했다.

"온천에 가서 몸을 추스르는 게 어떠냐?"

"알겠습니다."

며칠 뒤, 온천에 가기 위해 집을 나서는 그의 앞을 김의수가 가로막았다.

"조사받느라 고생했다. 그런데 어딜 가려고 하느냐?"

"온천에 요양을 가려던 참이오."

"온천은 괜찮지만 앞으로 국내를 벗어날 수 없으니 그리 알아라."

"내가 왜 그래야 합니까?"

"위에서 결정한 일을 알려주는 것이니 더 묻지 마라."

김의수는 원일에게 금족령을 통보하고 돌아갔다.

창살 없는 감옥의 사랑 노래

온천에서 몸을 추스른 원일은 가회동에 돌아와 아무것도 할 수 없는 현실을 깨닫기 시작했다. 한창 젊은 때여서 건강은 쉽게 회복했지만 김의수가 매일 찾아와 괴롭혔다. 시간이 지나면서 이 마저도 익숙하게 받아들였지만 아무것도 할 수 없는 현실이 그의 마음을 짓눌렀다. 할 일없이 빈둥거리는 조바심이 짓누를 때마다 그는 윤치호의 사랑방을 찾았다. 그곳에는 갈 곳 없는 지식인들이 매일 찾아와 암울한 현실을 토로했다.

"이런 날이 오래 가지 않을 것이니 그때를 잘 준비하시게."

윤치호는 선문답 같은 이야기를 들려 주었다. 그러나 원일은 그 의미를 알지 못해 한 귀로 흘려들었다. 이때 그의 생각을 바꿔준 이는 바로 여운홍이었다. 상해 임시 정부에서 일한 형 여운형 때문에 금족령을 당했지만 그는 태연하게 일제의 강점이 끝날 날이 멀지 않았다고 암시했다.

"참고 지내다 보면 앵글로색슨족이 앵그리 해져서 사태가 바뀔 것이네."

그는 일본이 언젠가는 영국과 미국에게 당할 것이라고 호언장담했다. 원일은 여운홍과 만나면서 금족령의 고통을 조금은 이겨냈지만 그뿐이었다.

어느 날 원일은 무료함을 달래려고 종로에 있는 삼일 양복점에 갔다가 만담가인 신불출(본명 신흥식)을 만났다. 개성에서 태어난 그는 1931년 배우 겸 극작가로 활동하며 연극〈동방이 밝아온다〉 마지막 대사를 바꿔 독립정신을 고취시켰다는 이유로 종로 경찰서에 끌려갔다. 그리고 사대문 밖에서 활동한다는 각서를 쓰고 풀려나 세태 풍자 만담가로 유명해졌다.

"아니, 신불출 선생 아니십니까?"

"아, 예!"

신불출은 원일에게 눈을 찡끗해 보였다.

"선생은 만담을 잘하니 오랫동안 사람들을 즐겁게 해주십시오."

"귀찮아서 그만두려 했는데 자꾸 만담거리가 생겨 걱정입니다. 자고로 우리나라 사람은 성을 고치면 개라고 하는데, 나는 에하라 노하라로 창씨개명을 해서 개가 되고 말았습니다."

그는 불쾌한 현실을 익살스럽게 놀려댔다. 원일은 시간이 날 때면 종로 뒷골목에 있는 당구장을 찾곤 했다. 그곳엔 유진오 같은 청년 지식인들이 모여서 시간을 보냈다. 그러나 그가 갈 수 있는 곳은 거기까지였다. 원일이 답답한 현실을 삭히던 어느 날 윤치창에게 뜻밖의 제안을 받았다.

"매제, 우리 장사나 해보세."

"장사요?"

"자금은 내가 댈 테니 손해 안 볼 정도로 해보세."

"좋습니다."

원일의 맞장구에 신이 난 윤치창은 안국동에 자신의 호를 딴 수입 식료품 가게 남계양행을 열었다. 처음 시작한 사업이었지만 생각보다 장사가 잘 돼서 몇 달 뒤에는 자리를 잡았다. 식료품 사업이 안정되자 윤지창은 다른 제안을 했다.

"매제, 장사도 잘 되니 이젠 살 집을 지어서 북경에 계신 장모님을 모셔 오게. 부족한 돈은 내가 빌려줌세."

윤지창의 제안으로 혜화동에 땅을 산 원일은 설계도를 직접 그려 벽돌집을 지었다. 그리고 상해 자오퉁 대학에서 의학 공부를 한 원태를 제외하고 박신일과 인실을 귀국시켰다. 스물일곱 살에 가족과 함께 생활한 그는 식료품 사업에 전념했다. 그러나 박신일은 장가를 가지 않는 원일 때문에 애를 태웠다. 독신을 고집하는 아들을 결혼시키기 위해 박신일은 만나는 사람마다 혼담을 부탁했다.

"우리 아들이 결혼을 안 했는데 어디 참한 처자가 없을까요?"

마침 옆집에 사는 마산 출신 젊은 여자와 친해진 박신일은 원일의 혼담을 부탁했다. 며칠 뒤 옆집 여자는 자신의 사촌 시누이 홍은혜를 소개했다. 박신일은 옆집 여자를 앞세우고 홍은혜가 다닌 정동 제일교회를 찾아갔다. 이화여전 성악과 일학년으로 인실과 친구인 그녀는 교회 성가대에서 활동하고 있었다. 마침 성탄절이 다가와 교회에서 합창 연습을 하는 것을 알게 된 박신일이 옆집 여자를 졸라 교회를 찾아간 것이다. 홍은혜는 혜화동 올케가 처음 보는 부인과 찾아와 여러 가지를 캐물었지만 한 귀로 흘려 들었다.

"아까 만난 부인께서 며느릿감을 부탁해서 아가씨를 소개했어요."

사촌 올케에게 중매 이야기를 들은 홍은혜는 이튿날 예배를 보기 위해 성가대 자리에 앉아 있었다. 그런데 예배가 시작될 무렵 한 청년이 구두소리를 내며 걸어와 맨 앞자리에 앉는 것을 보았으나 예배가 시작되어 이내 잊고 말았다.

"은혜야! 인사해. 우리 큰오빠야."

예배를 마친 홍은혜는 교회 마당에서 인실에게 원일을 소개받았다.

"손원일입니다."

"홍은혭니다."

원일은 홍은혜에게 인사를 나눈 뒤 옆에 모여있는 이화여전 학생들과 이야기를 나누었다. 홍은혜는 원일의 모습에 자존심이 상해서 혼자 기숙사로 돌아갔다. 그리고 일주일 뒤 예배를 마치고 교회를 나서던 홍은혜는 이화여전 학생들과 이야기를 나누며 사방을 두리번거리는 원일을 발견했다. 교회를 나서는 홍은혜를 발견한 원일은 환하게 웃으며 다가왔다.

"안녕하세요. 지난주 인사한 손원일입니다."

인사를 나눈 두 사람은 교회 근처를 돌아다니며 많은 이야기를 나누었다. 이야기를 나눈 뒤 원일의 차분한 성격에 호감을 가진 홍은혜는 다시 만날 약속을 하고 헤어졌다. 두 사람이 다시 만난 것은 원일의 집에서 열린 성탄절 파티였다. 이 파티는 홍은혜를 초대하기 위해 원일이 만든 자리였다. 다시 만난 두 사람은 인실이 친구들과 노는 동안 따로 만나 이야기를 나누었다.

"은혜씨에게 청혼할까 합니다."

성탄절 파티가 끝난 뒤 원일은 가족들에게 홍은혜에게 청혼하겠다고 밝혔다. 그리고 얼마 뒤 홍은혜의 청혼 승낙을 받은 원일은 양가 가족이 참석한 가운데 약혼식을 올렸다. 홍은혜와 사랑을 가꾸기 시작한 원일은 활기를 되찾았으나 손 목사의 임종을 지키지 못한 것을 늘 안타까워했다.

그러던 어느 날, 젊은 여자가 식료품 가게에 아스파라가스 통조림을 사러왔다. 원일은 사람들이 잘 찾지 않는 아스파라거스 통조림을 찾는 사연이 궁금했다.

"흔히 먹는 음식이 아닌데 누가 통조림을 찾습니까?"

"도산 선생님께서 드시고 싶다고 해서 찾아왔습니다."

"도산 선생님이요?"

"예, 그런데 도산 선생님을 아시나요?"

"잘 알다마다요. 상해에서 저희 아버님과 일하셨고, 상해에서 공부할 때 자주 강연을 들었습니다. 그런데 선생님은 어디 계십니까?"

"경성제국대학 병원에서 요양하고 계십니다."

1931년 상해 홍구 공원에서 열린 일왕 생일 기념식 때 윤봉길의 폭탄 투척 사건 때문에 프랑스 경찰에 체포된 안창호는 일제에 넘겨져 경성에서 삼 년의 옥고를 치르고 석방되었다. 그러나 그를 계속 구금하기 위해 일제는 수양동우회 사건을 조작해 다시 체포했다. 그러나 지병이 악화되어 보석으로 풀려난 그는 경성제국대학 병원(현 서울대학 병원)에 입원했다. 상해 시절 새 시대에 맞는 사람이 되라는 조언을 마음에 담고 살았던 원일은 병원으로 달려갔다. 십 년 만에 다시 원일을 본 안창호는 뼈만 앙상한 손을 내밀었다.

"너는 원일이 아니냐?"

"예, 원일입니다. 그런데 어떻게 병원에 계십니까?"

예전 모습을 찾아볼 수 없을 정도로 뼈만 앙상한 안창호는 아스파라거스를 먹으며 한숨을 내쉬었다.

"나도 멀지 않았구나. 네 아버지하고 같은 병이야……."

그는 손 목사가 생전 앓은 만성 위궤양과 간경화증으로 고생하고 있었다.

"그런 말씀마세요. 얼른 털고 일어나셔야지요."

"이제는 힘이 많이 드는구나."

원일은 안창호에게 그동안 겪은 일을 들려주었다. 이야기를 들은 안창호는 원일의 손을 잡았다.

"고생 많았구나. 그러나 너무 상심하지 마라. 조금만 더 참고 지내면 반드시 좋은 날이 올 것이니 그땔 잘 준비하여라."

안창호는 기침을 하며 배를 움켜잡았다.

"이제 쉬셔야 할 것 같습니다."

안창호를 침대에 눕힌 여자는 원일에게 눈짓을 했다.

"선생님, 다시 찾아뵙겠습니다."

원일은 힘겹게 손을 내젓는 안창호를 뒤로 하고 병원을 나섰다. 그런데 며칠 뒤 김의수가 찾아왔다.

"누굴 만났는지 다 알고 있다. 한 번만 더 경거망동하면 연행할 테니 그리 알아라."

김의수가 돌아간 뒤 얼마 지나지 않아 안창호를 간병하는 여자가 원일을 찾아왔다.

"어쩐 일이십니까?"

"도산 선생님께서 운명하셨습니다."

"선생님께서요?"

안창호의 죽음은 가족이나 동지들도 모르게 갑자기 찾아왔다. 병원으로 달려간 원일은 싸늘하게 식은 안창호를 부여잡고 눈물을 흘렸다. 안창호의 죽음으로 큰 충격을 받았지만 홍은혜와의 사랑으로 이겨낼 수 있었다. 홍은혜와 사랑을 이어간 원일은 삼 년을 기다려야 하는 결혼 때문에 조바심을 냈다.

"은혜 씨, 학교는 나중에 다녀도 되니 지금이라도 결혼합시다."

"저는 학교를 졸업한 뒤 결혼할 것입니다. 그러니 지금 결혼하고 싶으면 다른 여자와 하십시오."

결혼 재촉에 화가 난 홍은혜는 그동안 받은 선물과 편지를 돌려보냈다. 홍은혜의 행동에 놀란 원일은 졸업 때까지 기다리겠다는 사과 편지와 함께 그녀가 보낸 물건을 되돌려 보냈다. 한바탕 홍역을 치른 두 사람은 사랑이 더욱 깊어져 이화여전 학생들 사이에 유명인사가 되었다. 매주 이화여전 앞에서 홍은혜를 기다린 원일의 이야기가 학교에 퍼졌기 때문이다. 매주 만나 사랑을 이어가던 두 사람은 삼 년이란 긴 시간을 슬기롭게 이겨내고 1939년 협성신학교에서 결혼식을 올렸다. 정동 제일교회 목사가 주례를 서고 이화여전 교장 아펜젤러가 홍은혜 부친을 대신해 입장해 하객들의 박수를 받았다.

달콤한 신혼 생활 속에서도 원일은 자기 계발에 열중했다. 와세다 대학 정경학부 통신교외생으로 등록해 일 년 동안 공부했다. 그러나 두 사람의 신혼 생활은 일 년 만에 끝나고 말았다. 경성에 생긴 식료품 수출입 회사 동화양행에서 중국 톈진 지사장으로 원일을 뽑았기 때문이다. 윤치창과 친구였던 동화양행 사장이 지점을 맡을 사람을 부탁해서 원일이 추천된 것이다. 중국어는 물론 영어 · 독일어 · 일본어까지 능숙하고 상해에서 항해사로 일해 중국 생활에 어려움이 없는 그의 실력을 확인한 동화양행 사장은 즉시 톈진 지사장에 임명했다.

"일주일 뒤 톈진으로 떠날 준비를 하게."

"총독부가 출국 금지령을 내려서 갈 수 없습니다."

"그건 내가 해결할 테니 출국 준비나 하게."

며칠 뒤 출국 금지령이 풀린 원일은 중국 톈진에 도착해서 산시 성 현지인과 시장 조사를 시작했다. 그러나 현지 직원의 보고서가 시장 내용이 달라 혼자 돌아다니며 목표를 달성했다. 이에 동화양행 사장은 그의 능력을 시험하기 위해 산시 성 성도인 태원 문화를 조사하도록 했다. 원일은 태원 곳곳을 돌아다니고 도서관에서 수집한 자료를 바탕으로 보고서를 만들었다. 보고서를 받아본 동화양행 사장은 꼼꼼한 성격을 높이 사서 상해 지사장에 임명했다.

상해의 젊은 사업가

1940년 일제는 중국 대륙을 삼키기 위해 남쪽 지역을 점령하기 시작했다. 중국 전역에 전쟁 기운이 가득한 가운데 육 년 만에 상해를 찾은 원일은 묘한 감정에 빠져들었다. 양식당과 커피숍, 양장점, 댄스홀이 있는 상해 도심은 활기가 넘쳤지만 시내를 벗어나면 가난한 삶이 맨살을 드러냈기 때문이다. 중일 전쟁이 본격적으로 벌어지면 큰돈을 벌 수 있다고 생각한 그는 틈새시장을 공략하기 시작했다. 중국 곳곳에 전운이 감돌아 전쟁 물자 수요는 늘었지만 유통이 제대로 되지 않아 가격이 널뛰기를 했다. 그는 우선 상해 유통업자들의 경쟁을 막기 위해 수입업자 조합을 만든 뒤 수입품에 수수료를 부과했다. 그리고 이렇게 만든 자금으로 동화양행 사장, 상해 갑부 손창식과 합작 회사를 설립해 시세가 폭락한 전쟁 물자를 사서 되파는 유통업을 시작했다. 전쟁 특수로 생긴 유통 사업은 시장 파악이 무척 중요했지만 이는 투기와 다를 바 없었다. 시간이 지나면서 투자한 사업마다 성공해서 큰돈을 번 그는 상해 무역업자 사이에 유명 인사가 되었다. 한 번은 휘발유 가격이 오를 것을 예상해 매입을 건의했으나 동화양행 사장이 반대해 중단했다. 그런데 며칠 뒤 가격이 치솟아 무릎을 치며 후회하기도 했다. 그러나 사업 수단을 발휘해 돈을 번 원일은 미래를 준비하는 일도 게을리하지 않았다.

"새날이 올 때를 늘 준비하여라."

전쟁에 광분하는 일제의 모습을 본 그는 안창호가 유언처럼 들려준 이야기를 가슴에 새기며 유통업을 통해 번 돈 일부를 충칭에 있는 임시 정부에 보냈다. 또한 생활이 안정되자 시간을 쪼개 상해 세인트존스대학 정경학부 삼학년에 특별생으로 편입해 공부를 시작했다. 또한 경성에서 생활한 홍은혜를 상해로 불렀다. 홍은혜와 맏아들 명원을 다신 만난 그는 상해에 있는 성실의 집에서 생활하게 했다. 그는 그동안 번 돈으로 상해 조계지에 집 두 채를 가지고 있었으나 홍은혜가 낯선 곳에서 적응할 시간이 필요하다고 생각해 성실의 집에서 생활하게 한 것이다.

반년 뒤 홍은혜가 상해 생활에 적응하자 원일은 영국 조계지에 있는 집으로 이사했다. 상해에서 새 생활을 시작한 두 사람은 맏아들 명원과 행복한 시간을 보냈다. 그리고 얼마 뒤 둘째아들 동원을 얻었다. 하지만 상해까지 전쟁 기운이 밀려와 고민하던 원일은 홍은혜와 두 아들을 경성으로 돌려보냈다.

이때 아시아를 하나로 만든다며 대동아공영권을 선포한 일제는 전쟁 물자 생산에 필요한 쇠붙이와 곡물 등을 공출 명목으로 수탈하기 시작했다. 경성에 돌아온 홍은혜는 전쟁 준비에 나선 일제가 군량미를 수탈해 식량조차 구하기 어려웠다. 생활비가 부족해 고민하던 홍은혜는 원일에게 도와달라는 편지를 썼다. 가족의 안정이 우선이라 생각한 원일은 귀국을 결심하고 상해에 벌여놓은 사업을 정리하기 시작했다. 그동안 동업자와 만든 사업체 지분과 이익을 나누면서 다시 올 생각으로 많은 재산을 남겨 놓았다. 대충 사업을 정리한 그는 안동으로 가는 배에 올라 상해를 떠났다.

충무공의 후예, 해방병단

"호외요! 일본 천황 항복!"

안동역(현재 단둥)에 도착해 열차를 기다리던 원일은 신문팔이 소년이 건넨 호외 신문을 펼쳤다. 신문에는 "일본 천황 항복"이란 문구가 또렷하게 적혀 있었다. 갑작스런 상황에 놀란 그는 사방을 두리번거렸다. 이때 "대한 독립 만세"를 외치는 소리와 함께 환호성이 들려왔다. 평소 역을 지키던 헌병 경찰이 보이지 않는 것을 확인한 그는 두근거리는 마음으로 열차에 올랐다. 갑자기 맞은 광복 때문인지 열차 안에는 사람들이 가득차서 발 디딜 틈조차 없었다.

경성으로 오는 동안 그는 많은 생각을 했다. 평생 독립운동에 몸 바친 손 목사와 남편 대신 가족을 위해 희생한 박신일, 앙상한 손으로 거친 숨을 토해내며 나라에 필요한 사람이 되라고 당부하던 안창호의 모습이 머릿속에 가득했다. 또한 날마다 집 앞을 서성거린 형사들의 발자국 소리와 협박으로 가득한 불온한 시간들이 머릿속을 헤집었다.

집에 도착한 그는 가장 먼저 할 일을 정리했다. 그러나 갑자기 맞은 광복으로 세상은 혼란에 빠졌다. 억눌렸던 분노가 한꺼번에 표출되어 일제 잔재라며 전차를 파괴하려는 이가 있는가 하면 법의 심판도 없이 친일파를 처단하는 등 질서와 제도가 한꺼번에 무너졌다. 갑작스런 변화로 세상은 한 치 앞도 분간할 수 없었지만 뜻있는 애국지사들은 국가 재건에 나섰다.

"늘 걸레처럼 살며, 차별하지 않는 사람이 되어라. 힘없는 민족은 언제든 나라를 빼앗길 수 있으니 힘 있는 조국을 만드는 데 온 힘을 기울여라."

"이런 상태가 오래가지 않을 테니 그때를 준비해라."

손 목사와 안창호가 남긴 말을 곱씹으며 앞으로 할 일을 정리한 그는 가족회의에서 해군 창설의 뜻을 밝혔다. 해군을 창설하는 것이 손 목사와 안창호 등 애국지사들의 유지를 받드는 것이라 생각했다.

이튿날 아침 그는 해군 창설에 함께 할 이들을 찾아 나섰지만 쉽지 않았다. 그동안 중국에서 생활해 아는 사람도 드물었고 상의할 사람도 거의 없었기 때문이다. 이때 일본군 학도병 출신인 이혁기가 조선국군 준비대를 창설했다는 소식이 들려왔다. 그러나 각종 첨단 장비를 갖추고 운용해야 하는 해군 창설은 쉬운 일이 아니었다. 일제조차 첨단 장비를 다루는 해군의 특성 때문에 조선인 입대를 불허했다. 일반 선상 업무는 일반 선원도 할 수 있지만 군대를 조직하는 것은 차원이 달랐기 때문이다. 동지 찾기에 실패한 그는 닷새 뒤 매형인 윤치창을 찾아가 자신의 생각을 밝혔다.

"훌륭한 결심을 했네. 그렇다면 유억겸을 만나 보게."

윤치창 친구로 연희전문학교 부학장인 유억겸은 원일도 아는 사이였다. 원일은 유억겸을 찾아가 해군 창설 계획을 밝힌 뒤 함께 할 사람을 소개해 달라고 부탁했다.

"민병증이란 이가 해군 창설에 관심이 많으니 한번 만나 보게."

원일은 유억겸이 소개한 민병증을 찾아가 해군 창군 계획을 밝혔다. 원일보다 다섯 살 위인 민병증은 해양 지식은 없었지만 해군 창설에 관심이 많았다. 이튿날 다시 만난 두 사람은 붓글씨로 쓴 벽보를 거리에 붙이기 시작했다.

조국 광복에 즈음하여 앞으로 나라의 해양과 국토를 지킬 뜻 있는 동지

들을 구함.

이때 원일의 부탁으로 함께 벽보를 붙이러 다닌 진해 고등 해원 양성소 출신 김영철이 종로 4가에서 벽보 한 장을 발견했다.

우리의 바다는 우리가 지키자. 조국의 바다를 지켜 나갈 충무공의 후예를 모집함.

풀이 채 마르지 않은 벽보는 분명 해군 대원 모집 광고였다.
"잠깐만요?"
김영철은 벽보를 붙이고 걸어가는 이를 불러 세웠다.
"무슨 일이십니까?"
"저는 김영철이란 사람인데 선생이 붙인 벽보를 봤습니다. 저도 손원일이란 분과 해군 창설을 준비하고 있습니다. 정 선생의 생각이 저희와 같다면 손원일 씨를 소개하고 싶습니다."
"정긍모라 합니다. 지금 당장 만납시다."
김영철은 정긍모를 원일에게 데려갔다. 정긍모를 반갑게 맞은 원일은 해군 창설 계획을 설명했다.
"정 동지, 우리 함께 힘을 모으는 게 어떻습니까?"
"좋습니다."
진해 고등 해원 양성소 별과(기관과)와 오사카 상선학교를 졸업한 정긍모는 여수와 하카타를 운항하는 슌조마루 호 기관사로 일하다 일제 패망 세 달 전 귀국해서 조선우선주식회사 기관사인 한갑수와 해군 창설을 결심하고 동지를 찾아 나선 것이다.
"해군은 배가 필요하니 우선 조선우선주식회사를 접수했으면 합니다."

원일은 정긍모와 함께 서울역 근처에 있는 조선우선주식회사를 찾아갔다. 일제가 한반도 연근해 운항을 위해 설립한 회사로 사장 김용주에게 해군 참여를 요청했으나 거부당해 발길을 돌렸다. 그리고 사흘 뒤 원일은 안국동 예배당에서 한갑수·민병증·김영철·정긍모와 함께 해사대 간판을 내걸고 해군 창설의 첫 발을 내딛었다. 해사대 대장을 맡은 그는 며칠 뒤 변택주·김정주 등 청년 삼십여 명이 찾아오자, 상해에서 가져온 돈으로 관훈동에 있는 옛 충훈부(조선이 공신에게 포상 업무를 관장하던 관청) 건물로 이사했다.

그러나 얼마 뒤 이백여 명의 젊은이가 찾아와 이들 가운데 팔십 명을 선발해 정긍모 친척의 한옥을 빌려 칠십일 간의 기초 교육을 시작했다. 손 대장은 상해에서 귀국할 때 가져온 돈으로 해사대를 꾸렸으나 대원이 늘어나서 운영비가 금세 바닥나고 말았다. 해사대원 팔십여 명이 하루에 쌀 두 가마니를 먹었지만 일제가 군량미로 징발해 이십 원하던 쌀 한 가마니를 백 원 주고도 살 수 없었다. 운영비가 바닥난 손 대장은 재정 문제를 해결하기 위해 건국 준비 위원회 위원장 여운형을 찾아갔다.

일제의 패전을 예상했던 여운형은 1944년 8월 서울 삼광한의원에서 조선 건국 동맹을 결성한 이듬해 삼월 건국 동맹 산하에 군사 위원회를 만들어 북경, 연안 등에 연락원을 파견해 임시 정부와 화북 조선 독립 동맹 등 외국 단체와 연계를 시도했다. 1945년 8월 15일 아침, 조선총독부 정무총감 엔도에게 치안 유지를 제안받은 여운형은 정치범과 경제 사범 석방, 서울 인구 삼 개월 분 식량을 요구했다. 또한 건설 사업과 교육에 간섭하지 않는 조건으로 치안 유지를 받아들인 그는 매일신보와 경성방송을 접수해 대한 독립 방송을 한 뒤 안재홍과 조선 건국 준비 위원회를 만들었다.

손 대장에게 해사대 상황을 들은 그는 해사대 운영을 자주국방을 다질 기회로 생각했다.

"손 대장이 건국 준비 위원회에 들어와 해사대를 지휘하면 식량을 지원하겠네."

여운형은 건국 준비 위원회를 출범시킬 때부터 해사대 창설을 준비했지만 이를 맡길 사람이 없어 미루고 있었다. 그런데 손 대장이 해사대를 이끌고 나타난 것이다. 하지만 손 대장은 건국 준비 위원회 참여 조건을 내건 여운형의 제안을 고민했다. 정치 조직과 군대 조직은 성격이 전혀 달랐기 때문이었다.

"좋습니다. 그렇게 하겠습니다."

다른 해결책을 찾지 못한 손 대장은 여운형 제안을 받아들였다. 그러나 이때 남한에 진주한 미군이 건국 준비 위원회를 인정하지 않아 고민하게 만들었다. 또한 여운형이 근로인민당을 창당하기 위해 건국 준비 위원회를 떠나 사회주의자가 조직을 장악했다. 이런 상태에서 해군 창설이 불가능하다고 판단한 그는 한 달 만에 건국 준비 위원회를 탈퇴하고 조선 해운 보국단장 석은태를 찾아갔다. 일제가 선원 후생 복지 기관으로 만든 조선 해운 보국단은 일본 추오대 출신으로 계장이던 석은태가 자치위원장을 맡고 있었다.

"해사대에 자금을 지원해 줄 수 있습니까?"

"조선 해운 보국단과 통합하면 지원하겠습니다."

제안을 받아들인 손 대장은 두 단체를 통합해 조선 해사 협회 위원장에 취임한 뒤 조선 해운 보국단 건물로 이사했다. 그러나 상해에서 돌아와 해사대 창설에 매달려 좌골신경통이 발병하고 말았다. 일제에 당한 고문 후유증과 해사대 창설을 위해 무리해서 생긴 병이었다.

"한 달간 무조건 안정을 취하십시오."

의사 권유로 손 위원장이 요양하는 동안 해사 협회는 부위원장 석은태가 운영했다. 그러나 얼마 지나지 않아 자금이 바닥나서 회원들이 해산 농성을 벌이기 시작했다. 한 달 만에 건강을 되찾은 손 위원장이 다시 출근했으나 해사 협회는 해산 위기에 놓이고 말았다. 해사 협회를 살리기 위해 간부들과 매일 해결책을 논의했지만 재정 문제 해결 방법을 찾을 수 없었다. 이때 밖에 외출했던 정긍모가 신문 한 부를 들고 헐레벌떡 사무실에 들어왔다.

"위원장님! 이걸 보십시오."

귀환 동포 구제회에서 일할 선박 기술자를 모집함.

신문에는 귀환 동포 구제회의 선박 기술자 모집 광고가 실려 있었다. 손 위원장은 즉시 화신백화점에 있는 귀환 동포 구제회 사무실을 찾아갔다. 귀환 동포 구제회는 일본에서 귀국하는 동포 수송과 보호를 맡은 단체로 유억겸이 회장을 맡고 있었다. 손 위원장은 유억겸에게 사정을 설명한 뒤 해사 협회 회원들이 귀환 동포 구제회 수송 선단에서 일할 수 있도록 주선해달라고 부탁했다.

"해사 협회 회원들을 부산으로 보내게."

이튿날 유억겸에게 회원들을 부산에 보내라는 소식을 들은 손 위원장은 단장 정긍모와 사십 명을 파견했다. 부산에 도착한 해사 협사 회원들은 일제가 버리고 간 선박 네 척을 수리해서 시모노세키에서 귀국하는 동포를 수송하기 시작했다. 유억겸의 도움으로 위기를 넘긴 손 위원장은 해사 협회 활동을 보장받기 위해 군정청 해사국에 민병증을 보내 상황을 파악하도록 했다. 이는 해사 협회가 남한 유일의 해사 업무 담당 조직임을 알리려는 의도였다. 손 위원장은 군정청 운송국 해사 과장 칼스텐 육군 소령과 군정청장 하지 중장 특별 보좌관인 이묘묵이 해사 업무를 담당한다는 것을 보고 받았다.

이튿날 손 위원장은 군정청에 근무하는 이묘묵을 찾아갔다. 이묘묵은 평양 광성소학교 출신으로 연희전문학교와 미국 마운트유니온 대학을 졸업하고 하지 중장 통역관 겸 특별 보좌관으로 일하고 있었다. 손 위원장보다 일곱 살 위인 그는 어렸을 때부터 집안끼리 왕래해서 잘 아는 사이였다.

"원일 군, 어떻게 여길 왔나?"

"군정청에서 일하신다는 소식을 듣고 찾아왔습니다."

손 위원장은 이묘묵에게 그동안 있었던 일을 설명하고 해사 협회가 군정청의 정식 단체가 될 수 있도록 도와달라고 부탁했다.

"조만간 해사 과장인 칼스텐 소령을 만나게 해줄 테니 돌아가서 기다리게."

이묘묵과 헤어진 손 위원장은 며칠 뒤 칼스텐 소령을 만났다. 군정청 해사 업무 담당 실무자인 그는 손 위원장에게 뜻밖의 제안을 했다.

"해사 협회가 해안 경비와 밀수 단속을 해줄 수 있겠습니까?"

"우린 해군을 만드는 게 목적이지 군정청 심부름을 하려는 게 아닙니다."

손 위원장이 목소리를 높이자 칼스텐은 놀란 표정으로 두 손을 들었다.

"그런 뜻이 아니오. 해사 협회가 해안 경비를 맡아주면 해군이 창설될 때 돕겠다는 뜻이었소."

"좋습니다. 그렇다면 해사 협회가 진해항에 경비대 사령부와 해군병학교(사관 학교 전신)를 만들 수 있게 도와주십시오."

"알겠소, 그렇게 하겠소."

칼스텐은 선박 출입증을 꺼내 뒷면에 진해 군정관에게 이백 명 규모의 해안 경비대 사령부와 병학교 설립에 협조하라는 글을 썼다.

진해 군정관 귀하
미군정청이 진해항에 한국인 해안 경비대와 병학교 설립을 허가했으니
협조바랍니다.

세상에서 가장 넓고 깊은 힘

칼스텐의 메모지를 받은 손 위원장은 1945년 11월 11일 오전 11시, 서울 종로구 관훈동 옛 충훈부 건물에서 조선 해사 협회 대원 칠십여 명과 이동근 미군정청 고문, 해사 과장 칼스텐 소령 내외가 참석한 가운데 해안 도서 순찰 임무를 수행하는 해방병단 출범식을 거행했다. 해방병단 단장을 맡은 원일은 행정 민병증, 항해 김영철, 기관·교육 정긍모와 한갑수, 군사 훈련 김동준과 김정주, 회계 담당에 석은태를 임명한 뒤 단원들을 향해 외쳤다.

"해방병단 단원 여러분! 우리는 조국의 해군 건설에 첫발을 내딛었습니다. 비록 지금은 무기나 식량은 부족하지만 조국의 바다를 수호해 오대양 육대주에 자유와 평화를 전할 수 있도록 모두 단결합시다."

해방병단 출범식을 11월 11일 아홉 시에 거행한 것은 선비 사(士) 자가 반복되어 신사도를 강조하려는 손 단장의 생각이 반영된 것이었다. 원양 항해사 시절 세계 각국을 돌아다닌 그는 해군은 품격을 갖추어야 한다고 생각했다. 해방병단을 출범시킨 손 단장은 미국에서 귀국해 이화장에 머문 이승만을 찾아갔다.

"해방병단 단장 손원일입니다."

"찾아 줘서 고맙네."

이승만은 손 단장을 웃으며 맞았다.

"이번에 젊은이들을 모아 해방병단을 만들었습니다."

"해방병단?"

"삼면이 바다인 우리나라는 강한 해군이 있어야 나라를 지킬 수 있다고 생각합니다. 그래서 해방병단을 창설했습니다."

"손 목사님의 정신을 이어받아 조국에 헌신하니 대견하고 고맙네."

이승만과 헤어진 손 단장은 해방병단 단원들을 데리고 군정청 운수국이 준비한 특별 열차를 타고 진해로 갔다.

그러나 이튿날 새벽, 진해에 도착한 해방병단 단원들은 실망한 빛이 역력했다. 마중 나온 이도 하나 없는 텅 빈 대합실엔 십일월의 차가운 바닷바람만 반겼기 때문이다. 그렇다고 한가한 감상에 빠져있을 시간은 없었다. 해방병단이 진해에 온 것은 해군을 창설할 목적이었기 때문이다. 손 단장은 단원들을 진해역에 대기시킨 뒤 진해여고에 있는 진해 군정청을 찾아갔다. 진해 군정관은 마이어스 준장이 지휘한 미 육군 40사단 포병 장교 에드워드 대위가 맡고 있었다. 손 단장은 에드워드에게 칼스텐이 써준 메모지를 보여 주었다.

"군정청 해사 과장 칼스텐 소령이 써준 진해항 사용 승낙서입니다."

메모지를 읽은 에드워드는 고개를 가로 저었다.

"난, 이런 명령을 받은 적이 없으니 부산 지휘부에 가서 알아보시오."

손 단장은 에드워드의 불성실한 태도에 화가 나서 책상을 내려쳤다.

"이것 보시오. 서울에 전화 한 통만 하면 알 수 있는 것을 부산에 가보라니 말이 되는 소립니까?"

손 단장의 항의에 에드워드는 전화로 메모 내용을 확인했지만 일정을 핑계로 외면했다.

"오늘은 시간이 없으니 내일 다시 만나서 이야기합시다."

"좋소. 내일 다시 올 테니 준비해 주시오."

진해 군정청을 나선 손 단장은 단원들에게 상황을 설명한 뒤 여관에 짐을 풀었다. 저녁을 먹은 단원들이 배정받은 방에 돌아간 뒤 누군가 복도에서 소란을 피우기 시작했다.

"단장 나와!"

이불을 펴고 누워있던 손 단장은 고함소리에 놀라 방문을 열었다.

"무슨 일인가?"

갑작스런 소란에 단원들도 하나둘 방문을 열었다.

"나라를 지키러 온 사람에게 여관 잠이라니? 이런 대접이 말이 됩니까?"

단원 한 사람이 잠자리에 불만을 품고 복도에서 소란을 피운 것이다. 손 단장은 모든 단원에게 방문을 열게 한 뒤 외쳤다.

"우리가 진해에 온 것은 해군 창설을 위해서다. 우리에겐 앞으로도 많은 어려움이 기다릴 것이니 이를 이겨낼 자신이 없는 사람은 지금이라도 돌아가라."

연설을 마친 손 단장은 문을 닫고 잠을 청했다.

이튿날 아침 참모들이 손 단장을 찾아왔다.

"열일곱 명이 귀향하겠다고 합니다."

"그래요? 그럼 이 돈으로 차표라도 끊어 주십시오."

손 단장은 주머니에 있는 돈을 모두 내놓았다. 그러나 돈이 턱없이 부족해서 참모들도 주머니를 털었다.

"부족하겠지만 석은태 동지께서 열차표를 알아봐 주십시오."

회의를 마친 손 단장은 아침밥을 먹고 에드워드를 찾아갔다. 전날과 달리 손 단장을 반갑게 맞은 에드워드는 벽에 걸린 지도 한 곳을 가리켰다.

"해방병단은 이곳을 사용하십시오."

그가 가리킨 곳은 진해항과 멀리 떨어진 내륙이었다.

"해군은 항구가 필요하니 이곳을 사용하게 해주시오."

손 단장은 일본군의 전쟁 공출 물자 보관 창고를 가리켰다.

"항무부 건물은 물자 보관 창고여서 곤란합니다."

"항무부 건물만 사용할 테니 허락해 주시오."

손 단장의 부탁에 에드워드는 고개를 끄덕였다.

"좋소. 그러나 단원들이 물자 보관 창고에 접근하면 사용 허가를 취소할 것이니 그리 아시오."

손 단장이 에드워드에게 항무부 건물 사용 승낙을 받고 자리에서 일어서는 순간 낯선 두 사람이 들어왔다. 이들은 진해 고등 해원 양성소 설립 허가를 받은 방상표와 통역관 김용익이었다. 에두워드에게 방문 목적을 설명한 방상표는 지도에 있는 항무부 건물을 가리키며 사용하게 해달라고 요구했다. 에드워드는 난처한 표정을 지으며 경화동에 있는 일본군 해병단 건물을 사용하도록 했다. 에드워드는 세 사람을 지프차에 태워 건물 위치를 알려 주었다. 건물 구경을 마치고 돌아가던 방상표는 포병 장교여서 해양 업무 처리가 미숙한 에드워드 결정에 불만을 품고 투덜거렸다.

"고등 해원 양성소는 선박 실습 때문에 반드시 항구 옆에 있어야 하는데…!"

"해방병단도 생도 교육을 위해서는 반드시 고등 해원 양성소 건물이 필요합니다."

두 사람이 한 목소리로 진해중학교에 배정된 고등 해원 양성소 건물을 원하자, 에드워드는 고개를 끄덕였다.

"좋소. 만약 진해중학교 교장이 건물을 바꾸겠다면 사용을 승낙하겠소."

"좋습니다. 그건 제가 설득하겠습니다."

방상표는 환하게 웃으며 설득을 자청했다. 이에 손 단장은 고개를 끄덕였다.

"해방병단은 방 선생께 모든 것을 일임하겠습니다."

에드워드와 헤어진 손 단장은 단원들을 데리고 항무부 건물에 들어가 시무식을 거행했다. 태극기를 게양한 손 단장은 단원들을 향해 외쳤다.

"해방병단 단원 여러분! 우리는 드디어 해군 창설의 첫발을 내딛었습니다. 해군 창설 때까지 어려움이 있더라도 모두 힘을 모아 이겨내도록 합시다."

손 단장이 열변을 토하자 미군과 일본군 군복을 짝짝이로 입은 단원들은 환호성으로 답했다. 그러나 건물 한 동만 가진 해방병단은 군함이나 보급도 없는 이름뿐인 군대였다. 또한 건물을 배정받은 뒤에는 칼스텐의 소개장도 효력을 다해 식량 보급에 어려움을 겪기 시작했다. 식량 보급이 제대로 이루어지지 않자 칠십 명이던 단원이 서른일곱 명으로 줄어들었다. 원양 항해사 시절 손 단장이 꾸었던 해양 강국의 꿈을 추위와 허기가 가로막았다. 보급도 제대로 되지 않는 상황에서 그가 할 수 있는 것은 거센 파도와 맞서는 굳은 신념뿐이었다. 그의 신념을 아는 단원들은 담요 한 장으로 겨울바람을 버티며 건물 수리를 시작했다. 손 단장은 식량 문제를 해결하기 위해 서울에 있는 군정청에 지원을 호소했다. 그의 하소연을 들은 칼스텐과 이묘묵의 도움으로 밀가루를 지원받아 단원들의 끼니를 해결했다. 하지만 오랜 시간 바다를 건너며 변질된 밀가루 때문에 단원들의 불만은 계속 되었다. 하지만 곡창 지대인 호남 지방마저 일제의 수탈로 식량난이 심해 군정청이 쌀을 지원할 방법은 전혀 없었다. 이 사이 방상표가 진해중학교 교장 지수성을 설득해서 해방병단은 고등 해원 양성소 건물로 이사했다.

조선 해안 경비대

이때 국군 창설법을 공포한 미군정청은 국방사령부와 경무국, 군무국을 설치하고 사설 단체를 해산하겠다고 발표했다. 그러나 군정청이 사설 단체들의 국방사령부 참여를 유도하기 위해 계속 해산을 미루었다. 이런 군정청의 모습을 알게 된 해방병단 단원들 사이에서 해방병단이 군사 단체로 인정받지 못할 것이란 소문이 퍼져 동요하기 시작했다. 이 소식을 들은 손 단장은 단원들에게 외쳤다.

"내가 있는 한 해방병단의 해산은 절대로 없을 것이니 모두 맡은 임무에 최선을 다해라."

단원들을 안심시킨 손 단장은 이묘묵과 칼스텐의 도움으로 초대 국방사령관인 시크 육군 준장을 만나 해방병단의 군사 조직 승인을 요구했다.

"해방병단은 군정청을 대신해서 해안 순찰을 수행하고 있습니다. 그러니 빨리 정식 군사 조직으로 인정해 주십시오."

"늦어서 미안하오. 운수부와 국방사령부 업무가 분리되면 바로 승인해 주겠소."

시크는 손 단장에게 해방병단을 빠른 시일 내에 정식 군사 조직으로 승인하겠다고 밝혔다. 그리고 이 개월 뒤, 운수부와 국방사령부 업무를 분리한 군정청은 1946년 1월 14일 운수부에 등대 업무를 제외한 모든 해사 업무를 국방사령부로 이관한 뒤 해방병단을 정식 군사 조직으로 승인했다. 이와 함께 해방병단을 총사령부로 개편해 손 단장을 총사령관에 임명한 군정청은 미 해군 예비역 소령 휴지나를 고문으로 파견해 업무를 협의하도록 했다.

해방병단 총사령부 출범 엿새 뒤, 군정청은 국방 경비대(육군 전신)를 군사 단체로 승인하고 남한의 모든 사설 단체를 없앴다. 해방병단이 국방 경비대보다 먼저 군정청의 정식 군사 조직으로 인정받은 것은 손 단장의 적극적인 협상 때문이었다.

해방병단 총사령관에 부임한 손원일은 한 달 뒤 사관 교육 과정을 수립하고 1946년 1월 17일 해군 병학교(현 해군 사관 학교)를 만들었다. 이는 1893년 3월 22일 고종 칙령으로 강화도 갑곶진 근처에 설립된 총제영 학당(해군 사관 학교)이 갑오농민전쟁 때문에 일 년 만에 문을 닫은 반세기만에 이룬 해군 양성 기관이었다.

1946년 2월 8일 고졸 이상 사관후보생 구십 명과 해방병단 병조장과 수병 등 백십삼 명을 항해학과 해병학·대수·물리·국사·군사·통신·기관학 등을 교육시켰다. 손 사령관은 병학교 생도들에게 항해학을 직접 가르쳐 해군의 전문 소양을 전수했다. 삼 년 교육 과정 가운데 기본 교육을 마친 병학교 생도들은 기관, 통신 등 전문 병과로 나뉘어 공부했다. 그러나 군정청의 예산 집행이 제때에 이루어지지 않아 단원들의 불만이 늘어났다. 이에 시크를 찾아간 손 사령관의 시정 요구로 봉급을 받을 수 있게 했다.

이 사이 시크가 물러나고 아서 참페니 육군 대령이 초대 국방사령관에 취임했다. 손 사령관은 해안 경비대 업무를 협의하려고 참페니를 만나러 군정청(중앙청 별관)에 갔다. 막 참페니 방을 들어서려는 순간 누군가 그에게 인사를 했다.

"안녕하십니까?"

조선 국방 경비대 2중대장 정일권 정위(대위)가 낯선 청년과 서있다가 손 사령관을 발견하고 인사한 것이다.

"안녕하시오."

"마도로스 복장은 언제 봐도 멋집니다. 그런데 해방병단은 잘 돼 갑니까?"

손 사령관은 해방병단으로 바뀐 뒤에도 군복이 없어서 항해사 시절 제복을 입고 다녀서 하는 이야기였다.

"마침 잘 만났소. 해방병단에 사람이 없어 큰일이오. 똑똑한 친구들을 국방 경비대에만 보내지 말고 우리한테도 보내주시오."

손 사령관은 정일권과 이야기를 나누다 옆에 서 있는 청년을 바라보았다. 야무지게 생긴 젊은이가 마음에 들었기 때문이다.

"인사하게, 해방병단 사령관이신 손원일 참령(소령)이시네."

"처음 뵙겠습니다. 김성은입니다."

김성은은 태릉 국방 경비대 2중대 소대장을 맡고 있었다.

"자네, 해방병단에서 일할 생각 없나?"

"해방병단이 뭐하는 곳입니까?"

"해군, 조금 있으면 해군으로 바뀔 것이네."

정일권이 대답했다.

"해방병단은 지금 어디에 주둔하고 있습니까?"

"진해에 있네."

"조금 전, 프라이스 대령에게 참위 계급을 받아서 갈 수 없습니다."

1924년 창원에서 태어난 김성은은 만주 하얼빈에 이주했다가 일제 패망 뒤 고려 자위단에서 활동하다 만주군 출신 정일권과 귀국해 국방 경비대에서 일하고 있었다. 평소 고향에 돌아가고 싶었던 그는 방금 전 국방 경비대에 근무하는 조건으로 테릴 프라이스 대령(국방사령부 참모장)에게 참위(소위) 계급을 받은 상태였다.

"해방병단에 갈 마음은 있나?"

옆에 있던 정일권이 웃으며 물었다.

"가능하다면 고향인 창원 근처에서 근무하고 싶습니다."

"창원이 고향인가? 그렇다면 가라우. 갔다가 마음에 안 들면 다시 오면 되잖네. 프라이스 대령한테는 내가 잘 얘기해 놓을 테니."

정일권이 부추기자 김성은은 경례를 부쳤다.

"감사합니다. 그렇게 하겠습니다."

2월 15일 해방병단 입대한 김성은은 손 사령관이 서울에서 모집한 사백 명의 해방병단 단원을 진해로 인솔한 뒤 교육 2중대장을 맡았다. 손 사령관은 해방병단 1기 사관후보생과 수병 교육이 끝나자 사관·하사관·수병의 계급 체계를 갖추었다. 이때 군정청의 계획에 따라 해방병단을 조선 해안 경비대 사령부로 개편했다. 이에 손 사령관은 법무관실(초대 법무실장 김성삼), 헌병대(초대 헌병대장 황운서), 군악대(초대 군악대장 김석창)를 만든 뒤 주요 항구에 기지를 건설하기 시작했다. 또한 미 해군이 만든 인천 월미도 기지(사령관 리스 미 육군 소령)에 해안 경비대원 육십 명을 파견해 함정 수리, 운전·통신 기술을 배우게 한 뒤 인수해 초대 사령에 백진환 정위(대위)를 임명했다.

그러나 해안 경비대는 독립군, 중국군, 일본군, 만주군 출신 육군 장교는 많았지만 해군 출신은 일본군 소좌 출신인 이용운 밖에 없어서 조직을 체계화하는데 한계가 있었다. 일제조차 비밀 무기를 취급하는 해군 기밀 유출을 막으려고 한인을 선발하지 않았다. 태평양 전쟁 말기 일제는 해군 병력을 보충하기 위해 진해 고등 해원 양성소 출신 다섯 명을 임관시키려 했으나 전쟁이 끝나 무산되었다. 손 사령관은 해양 지식을 갖춘 지휘관을 확보하려고 군사영어학교 출신인 이성호 · 김성은 · 신현준 · 홍필훈 등 특임 장교(공식 절차 없이 일본군과 만주군 출신을 주로 선발)를 임관시키고 조함창(공작창) 건설에 나섰다. 진해 항무부 청사 옆에는 일제가 만든 조함창이 있었으나 군정청이 사용을 불허해 접근조차 할 수 없었다. 또한 경제 재건을 이유로 시설을 개인에게 불하하기 시작했다. 조함창 시설이 사라지는 것을 안타까워한 손 사령관은 해안 경비대원들에게 명령했다.

"조함창은 해안 경비대 재산이니 무조건 시설물 반출을 막아라."

그의 명령으로 조함창에 들어갈 수 없었던 개인업자들이 발걸음을 돌렸다.

그러던 어느 날, 한 개인업자가 막무가내로 조함창 진입을 시도했다. 참모들과 회의를 하다 이 사실을 보고 받은 손 사령관은 급히 정문으로 달려갔다.

"누가 대장이야. 빨리 나와!"

개인업자는 정문을 지킨 수병의 멱살을 잡고 흔들었다.

"무슨 일이냐? 내가 조선 해안 경비대 총사령관이다."

"당신이 뭔데, 군정청이 허가한 조함창 출입을 막는 거야!"

"이 시설은 조선 해안 경비대 시설이니 당장 돌아가라."

"너희가 뭔데 명령이야!"

개인업자는 손 사령관 얼굴에 삿대질을 하며 대들었다.

"뭐, 너희들? 우리는 군정청이 인정한 정식 군사 조직이다. 그런데 뭐가 어째?"

손 사령관은 개인업자의 뺨을 후려치며 경비대원들에게 외쳤다.

"조함창은 조선 해안 경비대 시설이니 누구든 행패를 부리면 무조건 체포하라."

결국 개인업자가 발길을 돌렸으나 출입을 막는 것으로 조함창 문제를 해결할 수는 없었다. 손 사령관은 시간이 날 때마다 군정청에 조함창 사용 허가를 요구하고 모든 기자재에 붉은 페인트로 한국 해방병단 영문 약자인 'KCG(Korea Coast Guard)'를 써놓았다. 그 뒤 군정청은 손 사령관의 요구를 받아들여 조함창을 해안 경비대에 넘겨주었다. 조함창을 넘겨받은 손 사령관은 조함청장에 장호근을 임명하고 일제가 버리고 간 폐선을 수리해서 첫 경비정인 충무공정(경비정 PG-313)을 취항시켰다.

전장 46.6미터인 충무공정은 1944년 9월 건조를 시작했으나 한국인 기술자가 파업을 벌여 뼈대만 남은 상태로 방치되었다. 군정청에서 선체를 인수한 손 사령관은 조함창에 수리를 맡겨 1947년 2월 2일 조선 해안 경비대의 첫 경비정인 충무공정을 취항시켰다. 충무공정 취항 닷새 뒤 손 사령관은 해안 경비대 지휘관들과 경비정을 타고 이순신 장군의 위패가 모셔져 있는 통영 충렬사를 참배하고 돌아왔다. 이 사이 해안 경비대원이 천여 명으로 늘어나자 손 사령관은 지역 타파에 나섰다.

"누구든 지방색이나 파벌을 조장하면 즉시 해임하겠다."

그는 손 목사가 유언처럼 남긴 파벌 문제를 없애기로 마음먹고 대원들을 능력에 따라 평가하고 청탁을 없애는 정신 교육을 실시했다. 상해 임시 정부의 골칫거리였던 파벌 문제를 해결하기 위해 손을 걷어붙인 것이다. 이때 손 사령관의 뒤를 이어 해군 병학교장이 된 김일병 부위(중위)에게 통위부(군정청 시대 국방부) 고문인 테릴 프라이스 대령이 찾아왔다. 그는 전임 러치 군정관을 보좌해 김일병과 여러 차례 만난 사이였다.

"러치 전 군정관께서 생전에 보살핀 한국인 청년을 도와주라는 유언을 남기셨습니다. 그러니 이 청년을 해군 병학교에 입학시켜 주십시오."

"죄송하지만 지금은 모병 기간이 끝나 입학시킬 수 없으니 내년에 보내십시오."

"러치 군정관의 유언 때문에 그러니 한 번만 부탁합니다."

프라이스가 물러서지 앉자 김일병은 모자를 벗어 책상 위에 올려놓았다.

"저는 그럴 수 없으니 이 모자를 가져가던지 입학을 포기하던지 하나를 선택하십시오."

김일병의 행동에 놀란 프라이스는 두 손을 들었다.

"미안합니다. 해안 경비대 규칙을 따르겠습니다."

손 사령관보다 일곱 살 많은 김일병은 1927년 길림을 방문한 안창호의 강연회에서 사회를 본 인연 때문에 평소 가깝게 지낸 사이였다. 그런 그의 행동이 널리 알려지면서 청탁 거절은 해안 경비대의 전통이 되었다.

그러던 어느 날 새벽, 홍은혜는 진해에 있는 사령관 관사에서 해안 경비대원들의 아침 구보를 보며 이상하다는 듯 고개를 갸웃거렸다. 경비대원들이 부르는 노래는 일본 군가를 우리말로 가사만 바꾼 것이었기 때문이다.

"여보! 지금 대원들이 부르는 노래는 일본 군가가 아닌가요?"

"맞소. 군가를 만들 사람이 없어서 일본 군가를 우리말로 가사만 바꿔 부르게 하고 있소."

"그럼, 제가 한번 만들어 볼까요?"

"당신이 도와주면 고맙지. 그러나 군가를 만들어도 대원들이 듣고 결정하게 할 것이니 그리 아시오."

손 사령관은 시인과 작곡가에게 군가를 만들어달라고 부탁했지만 아무도 관심을 갖지 않았다. 며칠 뒤 홍은혜는 손 사령관이 쓴 '바다로 가자'와 '해상 행진곡'에 곡을 붙였다.

우리들은 이 바다 위에 이 몸과 맘을 다 바쳤나니
바다의 용사들아 돛달고 나가자 오대양 저 끝까지

우리들은 나라 위하여 충성을 다하는 대한의 해군
험한 저 파도 몰려 천지진동해도 지키자 우리바다

석양의 아름다운 저 바다 신비한 지상의 낙원일세
사나이 한평생을 바쳐 후회 없는 영원한 맘의 고향

나가자 푸른 바다로 우리의 사명은 여길세
지키자 이 바다 생명을 다하여

－해군 군가 "바다로 가자"

홍은혜가 만든 노래는 해안 경비대원들이 들어본 뒤 정식 군가로 불리기 시작했다. 이 사이 손 사령관의 노력으로 인천·목포·묵호·진해·군산·포항·부산에 해안 경비대 기지가 설치되었다. 해군 창설을 향한 손 사령관과 해안 경비대원들의 노력은 조금씩 결실을 맺기 시작했다.

신화의 시작, 대한민국 해군과 해병대

1948년 여름. 임시 정부를 이끌었던 김구가 진해를 찾아왔다. 손 사령관이 어린 시절 '바람'이란 별명을 붙여주었던 그를 맞으려고 해안 경비대의 열병식을 거행했다. 뜻하지 않게 해안 경비대의 열병식에 본 그는 감격해서 손 사령관의 손을 잡고 고마움을 전했다. 손 사령관은 김구가 진해에서 일정을 마치자 충무공정에 태워 통영까지 배웅하고 돌아왔다. 며칠 뒤에는 전국 순회 연설에 나선 이승만이 마산을 찾았다. 이승만은 평소 하지 군정관과 통치 방식을 달리해 지방 군정관들이 방문을 꺼렸다. 그러나 손 사령관은 조국 수호 의지를 알리기 위해 다시 열병식을 거행했다.

"진해 조선 해안 경비대 총사령부에서 박사님을 마중 나왔습니다."

"손 사령관 고맙네. 그런데 대원들의 복장이 왜 이런가?"

열병식에 감격한 이승만은 손 사령관과 악수를 하다 미군과 일본군 군복을 짝짝이로 입은 해안 경비대원들의 모습을 보고 혀를 찼다. 군정청이 최소한의 재정 지원만 하고 군복이나 무기 보급은 전혀 이루어지지 않았다. 이 사실을 알게 된 이승만은 단상에 올라 연설을 시작했다.

"여기 있는 젊은이들은 조국을 지키려는 일념으로 모인 조선 해안 경비대원입니다. 미국에 있을 때 가장 부러웠던 것이 군대였는데 오늘 해안 경비대원들을 보니 감개무량합니다. 이들이 나라를 잘 지킬 수 있게 우리 모두 응원의 박수를 보냅시다."

연설 시작부터 끝까지 해안 경비대를 칭찬한 이승만은 강한 군대만이 조국을 지킬 수 있다고 강조했다. 이승만을 떠나보낸 손 사령관은 얼마 뒤 군정청 결정으로 해안 경비대 사령부를 서울로 옮기고 부령

(중령)으로 진급했다. 그리고 군정청의 유동열 통술부장과 해안 경비대 보급 문제를 논의하던 손 사령관은 열다섯 명의 미 해군 고문단을 만났다.

맥케이브 대령을 단장으로 하는 미 해군 고문단은 손 사령관에게 백 톤급 함정 두 척과 사십 톤급 함정, 연안 순시선 두 척이 전부인 해안 경비대의 사정을 듣고 미 해군이 사용하던 상륙함(LCI) 두 척을 무상으로 지원해 주었다.

이때 조국을 분단시킬 수 없다며 김구가 결사반대한 가운데 치러진 남한 단독 선거에서 이승만이 대통령에 당선되어 정부가 수립되었다. 대통령이 된 이승만은 8월 15일을 정부 수립 기념일로 정해 이범석 국무총리 겸 국방 장관에게 기념행사를 맡겼다. 소식을 전해 들은 손 사령관은 이범석을 찾아갔다.

"총리님, 정부 수립 기념식에 군대 행진을 했으면 합니다."

"그러면 좋은데 군정청이 탐탁찮게 여겨서 걱정입니다."

군대가 공개되면 자신들의 역할이 줄어들 것으로 생각한 군정청은 경비대원의 시가행진을 반대했다. 정부도 미국 원조를 받는 처지여서 군정청의 눈치를 보며 주저했다.

"그 문젠 제가 알아서 할 테니 무조건 모르는 척 하십시오."

"알겠소. 손 사령관이 알아서 하시오."

사령부에 돌아온 손 사령관은 각 기지 요원 오백십구 명을 차출해서 해안 경비대 표식 대신 대한민국 해군 띠를 군모에 두르게 한 뒤 국방 경비대원들과 행진 연습을 시켰다.

8월 15일 정부 수립 기념식에서 군모에 대한민국 해군 띠를 두른 경비대원들의 시가행진을 본 시민과 정부 각료는 뜨거운 박수와 환호를 보냈다.

"국군 창설 전에 해군이 먼저 탄생했구먼."

해안 경비대원들의 행진과 사열에 감동한 이승만은 손 사령관을 향해 환한 웃음을 지었다.

"손 사령관, 정말 수고 많았소."

정부 출범식을 마친 이범석은 손 사령관을 찾아와 상기된 얼굴로 손을 잡았다. 정부가 출범했지만 해안 경비대의 해군 전환은 초겨울 무렵 이루어졌다. 그러나 해안 경비대는 해군 전환 이전에 이미 첫 전투를 벌였다.

1947년 3·1절 기념식을 마친 뒤 제주도 남로당원들을 색출하려는 경찰과 서북 청년단이 무력을 행사해 도민 이십팔만 명 가운데 삼만 명이 희생당하는 일이 발생했다. 그 뒤 제주도민과 남로당 제주도당은 이듬해 4월 3일 무장봉기해 제주도를 무정부 상태로 만들었다. 정부는 제주도의 무장 봉기를 진압하기 위해 10월 20일 국방 경비대 14연대를 출동시켰다. 그러나 여수에 도착한 14연대 1대대 소속 좌익 세력 사백여 명이 반란을 일으켰다. JMS 302 정장인 공정식 대위에게 반란 소식을 보고 받은 손 사령관은 제주 출동 임시 정대 사령 이상규 소령에게 여수항 봉쇄 명령을 내려 첫 전투를 벌였다. 그 뒤 반란군이 지리산으로 도주해 국방 경비대에 임무를 넘긴 해안 경비대원들은 진해 기지로 복귀했다.

이승만 정부 출범 뒤 송호성 국방 경비대장 등과 준장으로 진급한 손 사령관은 해군 첫 제독으로 승진하며 참모 총장에 취임했다. 그의 진급은 각 군 수장은 장군이 맡아야 한다는 정부의 의지가 반영된 것이었다. 참모 총장에 오른 손 제독은 해군 편제를 세분화해 군산 이북 해역은 인천 1정대, 동해안은 부산 2정대, 군산·여수 동쪽 해역은 목포 3정대, 여수 동쪽부터 진해 서해는 진해 훈련 정대가 방어하도록 했다. 또한 인천·목포·묵호·포항 기지를 경비부로 승격시킨 손 제독은 여순 반란 사건 때 임시 정대 사령 이상규의 건의를 받아들여 해병대 창설에 나섰다.

일제가 만주에서 활동한 독립군 토벌을 위해 조직한 간도 특설대 출신인 신현준 중령은 이상규 임시 정대 사령에게 해군 육전대 창설의 필요성을 전해 듣고 손 제독에게 보고해 추진되었다. 원래 해방병단 시절부터 해병대 창설을 꿈꿨던 손 제독은 예산 부족으로 미루다가 이승만에게 보고한 뒤 진해 해군 통제부 참모장 신현준 중령을 사령관에 임명했다. 신현준 사령관에게 해병대 창설을 맡긴 것은 각국 상륙 부대를 직접 연구해 필요한 인원을 선발하게 하려는 의도였다.

1949년 4월 15일 손 제독은 진해 덕산 비행장에서 신현준이 뽑은 해군 교육부장 김성은 소령·만주군 출신 해군 병학교 교관 김동하 소령·인천 정대 고길훈 대위·일본 해군 육전대 출신 안창관 소위 등 26명과 각 부서 하사관 54명, 신병 300명 등 총 380명으로 해병대를 창설했다. 해병대 창설로 해군 모습을 갖춘 손 제독은 경비정이 주력함인 것이 안타까워서 미군 군사 고문단을 만날 때마다 전투함 지원을 요청했다.

몽금포 작전

이승만 정부가 들어선 뒤 단독 정부를 수립한 북한은 수시로 인민군을 앞세워 삼팔선을 침범했다. 정부 수립 일주년을 맞은 해군은 이승만을 위한 관함식(대통령의 함대 검열 의식)을 준비했다. 그런데 8월

10일 해군 인천 경비부에서 보관한 미 군사 고문관인 로버트 준장의 보트가 사라지는 일이 발생했다. 엿새 뒤 이승만 정부 출범 기념 함대 검열 의식을 거행하려던 해군은 발칵 뒤집히고 말았다. 손 제독은 인천 경비부 함정을 모두 동원해 연평도·덕적도·백령도까지 수색했지만 찾을 수 없었다. 화가 난 이승만은 손 제독을 호출했다.

"임자는 어째서 김일성만 도와주나. 동해에선 함정이 월북하고 서해에선 미군 보트가 사라지고…."

대통령 집무실에 들어선 손 제독은 자리에 앉기도 전에 이승만의 호통을 들었다. 보트 도난 사건이 일어나기 전 동해 해군 소속 좌익 승조원이 함정 네 척을 월북시켜 무척 민감한 때였다. 보트를 찾지 못하면 총장에서 물러날 결심을 한 그는 얼굴을 들지 못했다.

"모두가 제 불찰입니다. 어떤 책임도 감수하겠습니다."

"알았으니 나가 보게."

손 제독은 대통령에게 아무 대책도 내놓지 못한 것이 너무나 아쉬웠다. 해사대 시절부터 해군 창설에 모든 것을 바친 그였지만 보트 납북 책임을 지는 것은 총장의 자세라고 생각했다. 하지만 사회 곳곳에서 암약하는 좌익 활동 문제를 부하들만 다그쳐서 해결될 일은 아니라고 생각했다. 그는 무거운 마음으로 경무대를 나섰다.

"총장님, 제가 한번 찾아보겠습니다."

손 제독과 함께 경무대에 갔던 해군 정보감 함명수(소령)가 조심스럽게 입을 열었다. 해군 정보감으로 해결책을 제시하지 못한 그는 굳은 표정으로 손 제독을 바라보았다.

"어떻게 말인가?"

"특공대를 조직해서 북쪽 항구를 모두 뒤져서라도 찾아오겠습니다."

"할 수 있겠나?"

"찾지 못하면 돌아오지 않겠습니다."

"……!"

그동안 군에 암약한 좌익 세력이 경비정 네 척을 납북시키고 아홉 척이 미수에 그쳐 해군 지휘부에서는 북한을 무력으로 응징하자고 주장했다. 결국 마땅한 해결책을 찾지 못한 손 제독은 고개를 끄덕였다.

"이 시간부터 로버트 준장 보트 회수 작전을 함명수 소령에게 일임할 것이니 모두 협조하라."

해군 본부에 돌아온 손 제독은 보트 회수 작전 책임자로 함명수를 임명했다. 함명수는 보트 행방을 확인하기 위해 해군 서해 첩보대 팔학 지구 대장인 이태영 소령에게 소재 확인을 부탁했다. 8월 14일 이태영에게 보트가 황해도 몽금포항에 있다는 정보를 전해 들은 그는 이튿날 새벽 두 시 첩보대원 스무 명을 소집했다.

"지금 몽금포항에 있는 보트를 회수하러 간다. 만약 작전이 실패하면 보트를 파괴하라."

정부 수립 기념 관함식이 열리는 15일 새벽, 충무공정(PG-313)에 오른 해군 특공대는 인천항을 떠났다. 몽금포 작전으로 명명된 보트 회수 작전의 외곽 엄호를 위해 인천 정대 사령관인 이용운 중령이 지휘한 함정 세 척이 호위했고 근접 엄호에는 함명수의 해군 사관 학교 동기 공정식 소령이 지휘한 302정(통영)이 뒤따랐다. 적을 피하느라 새벽 여섯 시 몽금포 외항에 도착한 특공대는 적 경계병에게 발각되어 총격전이 벌어지고 말았다. 적은 항구에 정박 중인 경비정과 해안 초소 경계병이 기관총을 쏘며 대항했다.

"모든 특공대원은 고무보트를 타고 몽금포항에 상륙한다."

명령을 받은 특공대원들은 고무보트 다섯 척에 나눠 타고 몽금포 내항에 접근했다. 특공대를 하선시킨 충무공정이 몽금포항을 벗어나자 근접 엄호를 맡은 302정은 삼십칠 미리 기관포를 발사하며 고무보트 뒤를 따라갔다. 그런데 내항에 접근하던 고무보트 네 척이 기관 고장으로 멈춰서고 말았다.

"물러서지 말고 항구로 돌진하라."

함명수는 자신이 탄 고무보트를 지휘하며 항구에 접근했다. 이 모습을 확인한 적은 함명수가 탄 보트를 향해 사격을 집중했다. 빗발치는 총탄을 뚫고 항구에 접근하던 함명수는 항구에 닿기 직전 허벅지에 관통상을 당해 쓰러졌다.

"고무보트에 접근하라!"

이 모습을 본 공정식은 302정 대원들에게 접근 명령을 내린 뒤 기관포를 직접 쏘며 고무보트에 접근해 함명수와 대원들을 구출해 외항으로 탈출했다. 함명수와 특공대원들을 충무공정에 인계한 공정식은 302정 기관포를 직접 쏘며 다시 항구로 돌진했다. 302정의 돌진에 맞춰 외해에 대기하던 해군 함정들은 일제히 적을 향해 기관포를 퍼부었다. 아군의 엄호 속에 내항에 접근한 302정은 적 경비정 네 척을 침몰시키고 적 다섯 명과 선박 한 척을 나포해 외해로 이동했다. 그러나 로버트 보트는 찾을 수 없었다. 아쉽게도 적이 보트를 대동강을 통해 평양으로 옮겼기 때문이다. 한편 충무공정에 이송된 함명수는 피를 많이 흘려 생명이 위험했지만 승조원들의 수혈로 위기를 넘겼다.

보트를 북에 넘긴 이는 해군 인천 경비부 보트 정장 안성갑 하사였다. 그는 남로당원 여동생을 짝사랑하다 이를 알게 된 북한 공작원이 보트를 납북시키면 결혼시켜주겠다는 꾐에 빠져 일을 벌였다. 보트 회수에 실패한 손 제독은 전투함의 필요성을 절감했다.

해군 최초의 전투함, 백두산함

손 제독은 해방병단 시절부터 전투함을 보유해야 진정한 해군이라고 생각했다. 그러나 해군이 보유한 함정은 미군이 무장 해제한 일본군 소해정(JMS)과 미군 소해정(YMS)을 개조한 경비정 서른일곱 척이 전부였다. 이들 가운데에는 목선인 상륙용 주정과 잡역선·증기선까지 포함된 것이어서 전투함이라 부르기도 민망했다. 해군 주력함인 소해정은 기뢰 제거를 위해 만든 소형 선박이어서 함포 대신 중기관포만 설치할 수 있었다. 미국은 이승만 정부 수립 이듬해 해군에 함정과 무기를 제공하겠다고 약속했으나 시간이 지나면서 평화 분위기를 해친다는 이유로 철회했다. 정부 또한 조선은행 발권으로 재정을 해결해 해군의 전투함 보유는 꿈같은 일이었다.

"전투함 없는 해군은 육군과 다를 바 없습니다."

손 제독은 미국 정치인과 군사 고문단을 만날 때마다 전투함을 지원해 달라고 부탁했다. 돈이 있어도 기술이 부족해 함정을 만들 수 없어서 미군 지원을 받거나 사오는 것 외에는 달리 방법이 없었다. 손 제독은 돈을 모금해 전투함을 직접 사올 계획을 세운 뒤 이승만을 찾아갔다.

"에드미럴(제독) 손, 전투함 구매를 위해 모금 운동을 시작한다는 게 사실인가?"

기분이 좋으면 손 제독을 에드미럴 손이라 부른 이승만은 하얀 이를 드러내며 맞았다.

"전투함 없는 해군은 육군과 다름없다고 생각합니다. 그래서 해군이라도 돈을 모아 전투함을 살 방법을 찾기로 했습니다."

"자네 결심에 감탄했네."

"이제 시작이니 많이 도와주십시오."

"그런데 미국이 전투함을 팔지 않겠다는데 무슨 좋은 생각이라도 있나?"

이승만은 미국이 전투함 판매를 불허한 때여서 해군의 모금 운동을 이해하지 못했다.

"우선 적은 돈이라도 모아서 직접 부딪혀볼 생각입니다. 그런데 국민을 대상으로 국방헌금을 모금하면 좋은데 해군만으론 명분이 약해서 아쉽습니다."

"국방헌금?"

"일제가 해군력을 강화하려고 국민 모금 운동을 벌여 성공한 예가 있습니다."

"그래? 그럼 우리도 한 번 해보세."

이승만은 손 제독의 결심에 감탄하며 적극 돕겠다고 약속했다. 하지만 손 제독은 정부마저 달러가 부족해서 고민한 때여서 이승만의 약속을 인사치레로 받아들였다. 해군 본부에 돌아온 손 제독은 함정 건조 기금 갹출 위원회를 만들어 위원장을 맡은 뒤 모든 해군 장병 봉급 가운데 장교는 매달 10%, 병조장(상사) 7%, 준사관과 사병은 5%를 기금으로 갹출하도록 했다. 이 소식을 전해 들은 홍은혜는 해군 부인회를 조직해 수예품, 의류, 식품 등을 바자회에서 판매한 돈과 해군에 작업복, 장갑, 목도리 등을 납품한 돈을 모아 성금으로 내놓았다. 해군과 해군 부인회가 네 달 동안 만 오천 달러를 모금하자 손 제독은 이승만을 찾아갔다.

"해군과 해군 부인회에서 모금한 만 오천 달러입니다. 이 돈을 전투함 사는 데 보태십시오."

"비서에게 들었네만 짧은 시간에 이렇게 많은 돈을 모금할 줄 정말 몰랐네. 많지는 않지만 이것도 보태서 에드미럴 손이 직접 미국에 가서 군함을 사오게."

이승만은 손 제독에게 봉투 하나를 내놓았다. 해군의 모금 운동에 감동한 이승만은 비서를 통해 어렵게 마련한 돈을 내놓았다. 손 제독은 이승만이 준 돈이 얼마인지 궁금했지만 내색하지 않았다. 이승만과 이야기를 나눈 뒤 관저를 빠져나온 그는 부관을 바라보았다.

"봉투에 든 돈이 얼만지 확인해 보게."

"사만 오천 달러입니다."

"사만 오천 달러?"

육만 달러면 전투함 몇 척은 살 수 있겠다고 판단한 그는 해군 본부에 돌아와 지휘관 회의를 열었다.

"미국에 전투함을 사러 갈 것이니 준비하라."

손 제독은 정부 구매 방식으로 군함을 살 계획을 세운 뒤 미군 고문관인 로빈슨 대위에게 중고 전투함을 찾아봐달라고 부탁했다. 얼마 뒤 로빈슨이 손 제독을 찾아왔다.

"총장님, 뉴욕 롱아일랜드 킹스포인트 대학(해양대학) 실습선 엔슨 화이트헤드 호가 매물로 나왔다고 합니다."

로빈슨에게 엔슨 화이트헤드 호 소식을 전해 들은 손 제독은 10월 1일 여의도 공항을 출발해 미국으로 향했다. 도쿄·앵커리지·미니애폴리스를 거쳐 뉴욕 라 과르디아 공항에 도착한 손 제독은 뉴욕의 화려한 야경을 보며 만감이 교차하는 것을 느꼈다. 원양 항해사 시절 뮌헨을 떠나 베링 해협의 거센 파도를 헤치며 해군 창설을 꿈꾸다 이제는 해군 참모 총장이 되어 전투함을 사러가기 때문이었다. 하지만 마음 한편에선 시내를 벗어나면 제한 송전 때문에 호롱불을 밝히는 현실이 가슴을 짓눌렀다. 그는 미국으로 출국하기 전 장면 주미 대사에게 미국 정부와 군함 판매 협상을 해달라고 부탁했다. 그러나 미국은 평화 분위기를 해친다는 이유로 전투함 판매를 거부했다.

뉴욕 도착 이튿날 아침, 손 제독은 로빈슨 대위와 함께 엔슨 화이트헤드 호가 정박한 뉴저지 주 호보켄 항으로 갔다. 2차 세계 대전 때 전사한 해양대학교 출신 화이트헤드 소위를 기려 '엔슨 화이트헤드'로 명명된 배는 길이 오십삼 미터, 사백오십 톤급 초계함(PC; Patrol Chasre. 18노트)으로 2차 세계 대전에 참전한 뒤 퇴역해 미국 해양대학교 실습선으로 사용하다 방치되었다. 엔슨 화이트헤드 호를 본 손 제독은 만 팔천 달러에 구매 계약을 맺고 해군에 인수단 파견을 명령했다.

며칠 뒤 중위에서 중령으로 구성된 열다섯 명의 인수단이 호보켄 항에 도착해 미국인 작업반장 지시에 따라 선체 내부를 정리하고 배에서 생활하며 수리를 시작했다. 해군 인수단이 전투함 수리에 매달린 사이 손 제독은 이성호 중령과 김동배 소령을 미국 해양대학교에 파견해 삼 인치 함포와 레이더 운용 교육을 받게 했다. 두 달 뒤 수리를 마친 전투함은 박옥규 함장과 이건주 부장이 시험 항해를 마친 뒤 미 해안 경비대 부두에서 명명식을 거행했다.

1949년 12월 26일 장면 주미 대사, 조병옥 유엔 한국 대표, 로빈슨 대위와 교포 삼십여 명이 참석한 가운데 대한민국 최초의 해군 전투함 마스트에 태극기를 게양했다. 해군은 작전명 '701'번을 부여하고 우리 민족을 뿌리를 상징하는 '백두산'으로 명명했다. 그런데 백두산함은 원래 이름 '화이트헤드'를 우리말로 바꾼 것이어서 의미가 남달랐다. 명명식을 마친 백두산함은 박옥규 함장과 이건주 부장 지휘로 뉴욕을 떠나 하와이에서 삼 인치 함포를 장착한 뒤 괌에서 포탄 백 발을 싣고 진해항으로 향했다.

백두산함을 보낸 손 제독은 더 큰 군함을 사기 위해 장면 대사와 국무성을 찾아갔다. 그러나 국무성 한국과장은 미국 정부의 판매 불허 방침을 되풀이했다. 손 제독은 미국의 전투함 판매 불허 사실을 알았지만 구매할 방법이 찾지 못해 무작정 찾아간 것이다.

"미국의 아시아 방어 전략은 소련 팽창을 막는 것인데 전투함을 팔지 않겠다는 것이 말이 되는 소립니까?"

손 제독은 책상을 내려치며 소련 지원을 받는 북한과 맞서려면 대형 전투함이 필요하다고 역설했다. 그러나 국무성 과장이 정부 정책을 바꿀 수는 없었다.

"손 총장, 참으시오. 국무성 과장이 정부 방침을 바꿀 수 없다는 것을 잘 알지 않소. 그러니 다른 방법을 찾아봅시다."

장면은 흥분한 손 제독의 팔을 잡으며 달랬다. 그러나 손 제독은 전투함 판매를 허가하라며 고집을 부렸다. 이 모습을 딱하다는 듯 바라보던 한국과장이 낮은 목소리로 말했다.

"군함을 살 수 있는 방법이 한 가지 있습니다."

"그게 무엇입니까?

손 제독은 반색을 하며 국무성 한국과장을 바라보았다.

"샌프란시스코에 가면 개인업자들이 파는 폐군함이 있으니 그 걸 사십시오."

손 제독의 집념에 감동한 국무성 한국과장은 소개장까지 써주었다.

"여길 가면 개인이 구매하는 조건으로 군함을 살 수 있을 것이오."

손 제독은 환하게 웃으며 한국과장에게 손을 내밀었다.

"화내서 미안하오. 이 은혜는 절대로 잊지 않겠소."

국방성을 나선 손 제독은 장면과 함께 샌프란시스코로 향했다. '배무덤'으로 불린 샌프란시스코 산 피에트로 항에는 미 해군에서 퇴역한 군함들이 빨갛게 녹이 쓴 채 방치되어 있었다. 미국은 2차 세계 대전이 끝나자 함정들의 무장을 해제한 뒤 개인업자에게 불하했다. 함정을 헐값에 불하받은 개인업자는 가난한 남미와 아시아 국가에 배를 팔면서 기술자와 부품까지 공급했다. 항구를 둘러보다 이천삼백 톤급 군함을 발견한 손 제독은 이튿날 허름한 옷으로 갈아입고 선주를 찾아갔다.

"저 배는 얼맙니까?"

"이만 달러만 내십시오."

손 제독이 말없이 웃자, 선주는 고개를 끄덕였다.

"그럼, 만 오천 달러만 내십시오."

"……!"

손 제독은 한참 뜸을 들인 뒤 선주를 바라보았다.

"만 달러면 사겠소."

"만 달러는 안 됩니다. 만 오천 달러도 국무성에서 써준 소개장 때문에 깎아 준 것입니다."

사만 달러로 군함 세 척을 살 수 있겠다고 생각한 손 제독은 웃으며 선주를 바라보았다.

"만 이천 달러에 세 척 사겠소.

"세 척? 좋소."

"대신?"

"대신!"

"배를 롱비치까지 예인해 주는 조건이요."

"배가 스탁턴에 있으니 직접 가져가면 안 되겠소?"

"난, 스탁턴이 어디에 있는지 모릅니다."

손 제독은 예인비가 만만치 않음을 알고 있었다.

"한 척당 천 달러씩 내면 예인해 주겠소."

"배처럼 큰 물건을 팔면 예인은 기본 아닙니까?"

"예인까지 해주면 남는 게 없습니다."

두 사람은 예인비 때문에 실랑이를 벌이기 시작했다. 그러나 세 시간 동안 흥정을 하고도 결론을 내지 못했다. 한참 뒤 선주는 질렸다는 듯 손 제독을 바라보았다.

"좋소. 척당 오백 달러만 내면 예인해 주겠소."

그러나 손 제독은 고개를 가로저었다.

"배를 판 사람이 예인해 주는 것은 당연한 일이라 생각합니다."

손 제독의 고집에 질렸다는 듯 선주가 두 손을 들었다.

"내가 오랫동안 이 사업을 했지만 당신처럼 독한 사람은 처음 봤소. 당신이 원하는 대로 해주겠소."

손 제독은 선주의 승낙이 떨어지기 무섭게 구매 계약서를 작성하고 이승만과 해군에 이 사실을 알렸다. 손 제독의 고집에 감탄한 선주는 수리에 필요한 부속도 싸게 공급하겠다고 약속했다. 손 제독의 억척으로 전투함 세 척을 갖게 된 해군은 갑판 담당 최효용 소령, 기관 담당 최봉림 소령, 통신 담당 김대륜 대위를 파견해 내부 정리를 정리하도록 했다. 그리고 두 달 뒤 해군에서 파견된 인수대원 일흔다섯 명은 로스앤젤레스 롱비치 항에 도착해 배안에서 숙식하며 수리에 매달렸다.

그러던 어느 날, 롱비치 항 관계자가 수리하는 배를 찾아왔다.

"당신들은 어디서 온 사람이오?"

"한국에서 왔습니다."

김대륜의 대답에 항만 관계자는 고개를 갸웃거렸다.

"한국? 당신들은 시계도 없소?"

"우리도 시계는 있습니다. 그런데 왜 묻는 거요?"

김대륜이 손목에 찬 시계를 보여주자, 항만 관계자는 어깨를 들썩이며 고개를 저었다.

"쉬지 않고 일만 해서 묻는 거요."

"우린 독립한 지 얼마 되지 않은 신생국이어서 이십사 시간도 부족합니다."

항만 관계자는 놀랍다는 듯 고개를 끄덕이며 돌아갔다. 며칠 뒤 부품을 사러 간 최효용에게 전투함을 판 선주가 궁금하다는 듯 바라보았다.

"그런데 미스터 손의 계급은 무엇입니까?"

"그 분은 대한민국 해군 참모 총장이십니다."

"해군 참모 총장이 사병처럼 일하다니! 그런 상관을 둔 당신은 정말 행복한 사람이오."

최효용의 설명에 감탄한 선주는 이후에는 알아서 부품값을 깎아 주었다. 이때 백두산함은 시민들의 환호 속에 진해항에 도착했다.

1950년 4월 10일 백두산함이 진해항에 도착하자 해군은 백 미터 밖에 줄을 치고 헌병을 배치했다. 또한 성금으로 산 군함임을 알리기 위해 전국 주요 항구를 돌아다니며 훈련했다. 그러나 백두산함 승조원들은 포탄이 부족해서 삼 인치 함포에 장탄도 하지 않고 사격 연습을 했다. 이때 롱비치 항에서 수리를 마친 세 대의 전투함은 박승규 중령의 시운전 뒤 주포를 장착하고 샌프란시스코 미 해군 전용 부두에서 명명식을 거행했다. 해군 작전명 PC-702(금강산), PC-703(삼각산), PC-704(지리산)를 부여받은 전투함은 샌프란시스코를 떠나 6월 24일 보급을 받기 위해 하와이에 입항했다.

6·25 전쟁 최초의 승리, 대한 해협 해전

해군 전함 세 척이 진해로 항해하는 동안 국지전을 벌이던 북한은 6월 25일 새벽 네 시 삼팔선 전역에서 기습 남침을 개시했다. 미국에 출국하기 전 북한군이 탱크와 비행기를 삼팔선에 배치하고 십오 킬로미터 이내에 사는 주민을 후방으로 이동시킨 것을 해군 첩보부대에서 보고 받은 손 제독은 주문진과 삼척 해안에 초소를 만들어 감시를 강화하라고 지시했다. 또한 부산 2정대(사령관 중령 김충남) 소속 소해정 여섯 척을 동해안에 배치했으나 적의 기습 남침은 전혀 예상하지 못했다. 손 제독이 지휘한 함대가 보급을 위해 호놀룰루에 입항하자 하와이 총영사관은 개인 병원을 운영한 양유찬 박사 자택에서 환영식을 개최했다. 이때 미국에서 귀국하다 잠시 하와이에 체류한 정일권이 손 제독과 함께 참석했다. 함대를 이끌고 귀대하는 해군 장병을 맞은 하와이 교민들은 만세를 부르며 환영했다. 환영식이 무르익을 무렵 김용식 하와이 총영사 표정이 갑자기 굳어졌다.

"대사님, 무슨 일이십니까?"

"손 총장님, 큰일 났습니다. 25일 새벽 네 시에 인민군이 삼팔선 전역에서 기습 남침했다고 합니다."

적의 남침 소식을 전해 들은 손 제독은 급히 함대 승조원들을 소집해 703(삼각산) 함장 박옥규에게 함대 지휘를 맡기고 이승만에게 공로 귀국 요청을 했다.

- 정일권은 비행기로, 손 제독은 함대와 함께 귀국하라.

전쟁 발발로 전투함이 필요하다고 판단한 이승만은 손 제독의 공로 귀국을 반대했다. 훈령을 받은 손 제독은 김영철 대령을 참모 총장 직무 대리에, 인사국장 김일병 대령, 작전국장 대리 김용호 소령, 정보감 함명수 소령, 함정국장 이종우 중령, 통신감 한득순 소령으로 해군 지휘부를 꾸리게 했다. 또한 진해 통제부 사령관 김성삼 대령에게 701함과 YMS-521·518정을 동해에 출동시키도록 했다. 전쟁이 발발해 미 해군이 제공한 함포를 함대에 장착한 손 제독은 급히 진주만을 떠났다.

6월 25일 북한의 주력 부대가 삼팔선을 넘기 한 시간 전, 강릉 주둔 국군 6사단을 고립시키려는 적 게릴라 부대가 선박을 이용해 옥계·삼척·임원에 상륙했다. 이때 동해안 경비는 해군 2정대 소속 경비정 한 척이 묵호와 주문진 해역을 맡고 있었다. 그러나 남침 전날 묵호에 있던 JMS-304정(정장 민현식 소령)은 YMS-509정(정장 김상도 소령)에게 임무를 인계하고 부산 2정대 사령부로 귀대하고 있었다. 부식 수령을 위해 묵호항에 잠시 정박한 YMS-509정 대원들은 주말을 맞아 대부분 외출한 상태였다.

흥남과 원산 등에서 삼십여 척의 발동선에 승선한 적 게릴라 부대원(북한군 766부대원) 천팔백여 명은 어뢰정 네 척의 엄호를 받으며 새벽 세 시 삼십 분 옥계, 경비정 두 척과 발동선 이십 척에 승선한 팔백여 명은 삼척, 오백여 명은 임원에 상륙했다. 또한 육백여 명의 게릴라 부대원을 태운 천 톤급 무장 수송선이 부산 동남쪽을 향해 항해하기 시작했다.

25일 새벽 네 시, 옥계 해안 초소에서 적선 발견 보고를 받은 김두찬(중령) 묵호 경비부 사령관은 해군 본부에 보고한 뒤 509정에게 출동 명령을 내렸으나 대원 소집이 지체되어 여섯 시에 옥계 해역에 출동했다. 두 시간 동안 북상하다 해상에서 괴선박을 발견한 509정은 급히 발광 신호를 보냈으나 반응이 없어서 천 미터까지 접근했다. 이때 509정을 발견한 괴선박이 기관포를 쏘기 시작했다. 이에 맞선 509정은 삼십칠 밀리 기관포를 발사했다. 그런데 철선인 적은 사십 밀리 이연장 기관포를 장착하고도 509정보다 훨씬 빨리 기동했다. 동이 트면서 적선 마스트에 인공기가 걸린 것을 확인한 509정은 오백 야드(457.2미터)까지 접근해 오십 분 동안 기관포를 퍼부었다. 509정의 공격에 피격된 적선은 검은 연기를 내뿜으며 북쪽으로 달아나기 시작했다. 이때 적의 공격으로 선수 갑판이 파괴된 509정은 물이 스며들어 급히 묵호항에 돌아와 수리한 뒤 오후 한 시 옥계 해역으로 출동했다.

두 시간 뒤, 옥계 북쪽 삼천 미터 해역을 지나던 509정은 바닷가에서 하역 작업을 하는 적을 발견해 기관포를 퍼부었다. 이에 놀란 적이 육지로 은신해 다시 해상 경계를 수행하다 오후 다섯 시 적 상륙정을 발견해 파괴하고 발동선 한 척을 노획해 묵호 경비부에 인계했다. 적의 남침을 확인한 진해 해군 통제 본부는 진해항에 정박 중인 백두산함 승조원을 소집했다. 그러나 일요일이라 승조원이 모두 외출해서 오후 두 시가 넘어서야 소집을 완료했다.

"반드시 이기고 돌아와라."

오후 세 시, 백두산함 승조원을 모두 소집한 김성삼(대령) 진해 기지 사령관은 출동 명령을 내렸다. 백두산함은 YMS-512과 진해항을 출항했으나 뒤쳐지자 홀로 동해로 향했다.

오후 일곱 시 삼십 분, 영일만 장기곶 해역을 지나던 백두산함 함교 근무자 김세현 병조장(상사)은 남쪽으로 향하는 괴선박을 발견해 최용남 함장에게 보고했다. 최용남은 백두산함 승조원에게 전투 명령을 내린 뒤 괴선박을 뒤쫓게 했다. 검은 연기를 뿜으며 동해안을 따라 남하한 천 톤급 괴선박은 국기와 선박 이름도 없었다. 빠른 속도로 접근하는 백두산함을 발견한 괴선박은 동쪽으로 항로를 바꿔 달아나기 시작했다. 밤 열두 시, 대마도 인근에서 괴선박을 앞지른 백두산함은 선적 확인 신호를 보냈으나 아무런 응답이 없었다.

"함포 장전!"

국제 신호(조명 신호)까지 무시한 괴선박에 위협사격을 하기 위해 함장의 장전 명령을 받은 함포 장전수는 삼 인치 포탄에 입을 맞추고 장전했다. 이와 함께 백두산함이 괴선박 우현으로 접근하는 순간 괴선박 갑판에 팔십오 미리 함포와 중기관총 두 정, 무장 병력 수백 명이 승선한 것을 확인한 최용남 함장은 진해 통제 본부에 공격 승인을 요청했다.

"적으로 보이는 천 톤급 수송선 갑판에 육백여 명의 병력이 승선해 남하하고 있음. 적으로 판단되니 공격 명령 하달 요망."

"적선으로 판단되면 공격해도 좋다."

26일 새벽 한 시 십 분. 국방부와 해군 통제 본부의 공격 명령을 승인받은 최용남은 승조원들에게 전투 명령을 내렸다.

"꼭 맞아야 한다. 거리 삼천 미터, 철갑탄 준비 완료!"

"발사!"

최용남의 공격 명령에 따라 포술장이 사격키를 당기자 백두산함의 삼 인치 함포가 불을 뿜었다. 그러나 거리 측정을 잘못해서 포탄은 바다에 떨어지고 말았다. 이때 함포 공격에 당황한 적선은 갑판의 모든 등을 끈 뒤 등화관제를 실시했다. 이를 확인한 최용남은 백두산함을 적선에 더 가까이 접근시킨 뒤 다시 공격 명령을 내렸다.

"거리 천오백 미터!"

"발사!"

백두산함에서 발사된 삼 인치 포탄은 어두운 밤하늘을 날아올라 적선 메인 마스트에 명중했다. 메인 마스트가 파괴된 적선은 서치라이트를 켜고 백두산함을 찾기 시작했다.

"라이트를 겨누어라."

적선 육백 야드(약 548m)까지 접근한 백두산함은 최용남의 명령에 따라 다시 삼인치 포를 발사했다. 백두산함을 떠난 삼 인치 포탄은 적선 갑판에 정확히 떨어져 거대한 불꽃을 피워 올렸다. 선체가 피격된 적선은 팔십오 미리 함포와 기관총을 쏘며 대항했지만 백두산함은 최고 속도로 적선 좌현에 접근해 다시 삼 인치 포탄을 연달아 발사했다. 삼 인치 함포 두 발과 기관총 세례를 받은 적선은 두 시간 만에 바다 속으로 가라앉기 시작했다. 적선이 침몰하면서 갑판에 숨어있던 적 수백 명도 바닷속으로 사라졌다. 그러나 적과의 교전으로 백두산함 승조원 전병익 이등병조(병장)와 김창학 삼등병조(하사)가 전사하고 조타실이 파괴되었다.

침몰한 적은 남침과 함께 후방을 교란하기 위해 대마도를 우회해 침투하려던 게릴라 수송선이었다. 첫 해전에서 승리한 백두산함은 전사자를 포항 기지에 내려놓고 동해안을 따라 북진했다. 이때 보급을 위해 괌에 도착한 손 제독은 다시 공로 귀국을 요청했다.

"공로 귀국을 허락해 주십시오."

"해군이 배도 없이 오면 뭐해?"

적의 기습 남침으로 전투함이 필요하다고 판단한 이승만은 손 제독의 공로 귀국을 끝내 거부했다. 결국 손 제독은 미 해군이 제공한 신형 함포와 탄약을 장착하고 괌을 떠났다.

육군 17연대 후송 작전

남침 이튿날 옹진반도에 고립된 육군 직할 17연대의 후송 명령을 받은 해군 참모 총장 직무 대리 김영철은 인천 1정대 소속 LST(상륙함) 한 척을 파견했다. 1950년 1월부터 옹진반도에 주둔한 육군 17연대는 전쟁이 일어나면 해상으로 철수할 계획이었으나 기습 남침한 적 3경비 여단 산하 4개 대대와 T-44 전차를 앞세운 6사단 1연대의 공격으로 1대대장(김희태 소령)이 전사해 2대대장 송호림 소령의 지휘로 사곶항에 도착했지만 철수할 배가 없었다. 17연대가 후퇴하는 길은 옹진반도 동쪽에 있는 부포항과 중앙인 사곶항에서 배를 타는 길 밖에 없었으나 이곳은 수심이 얕아 소형 선박으로 남쪽에 있는 용호도까지 이동한 뒤 대형 선박으로 갈아타야만 했다.

여의도보다 작은 용호도는 김 양식장과 연평도 조기 어장 전진기지로 유명했지만 전쟁이 발발해 대부분의 주민이 피난을 떠나 타고 갈 배가 전혀 없었다. 해군 1정대 사령관 유해거(중령)는 LST 801(천안함)과 소해정, 민간 선박을 징발해 용호도에 보냈지만 접안이 불가능해 해상에 머물렀다. 상황을 파악한 송호림 17연대 2대대장은 옹진 경찰서 김선진 경감에게 용호도에 '대성호'란 기관선이 있다는 소식을 듣고 용호도 지서장 김두의 경사에게 징발을 요청했다. 김두의는 급히 대성호 선주 임훈근을 찾아가 사정을 설명한 뒤 선장 신태원 등 선원 다섯 명과 사곶항으로 갔다. 그러나 사곶항이 집결한 군인, 경찰, 피란민이 뒤엉켜서 혼란스러웠다. 대성호가 외해에 대기하는 것을 확인한 송호림은 질서 유지를 위해 부두에 주차된 차를 불태우고 하늘을 향해 권총을 쏘았다.

"먼저 승선하려는 자는 무조건 사살하겠다. 승선은 군인, 경찰, 민간인 순이며 모두 수송할 것이니 질서를 유지하라."

사곶항은 곧 질서를 되찾았으나 육군 17연대 병력 천삼백여 명과 경찰, 민간인 등 이천여 명을 정원 구십 명인 대성호(이십 톤급)로 옮기려면 많은 시간이 필요했다. 송호림은 적이 언제 상륙할지 모르는 상황을 감안해 용호도까지 왕복 삼십 분 걸리는 시간을 단축시키려고 한 번에 팔십 명씩 태워 얕은 바다에 하선시키는 방법으로 이튿날 새벽까지 실어 날랐다. 그러나 날이 밝으면서 섬에 상륙한 적이 사곶항을 공격해 피란민 오백여 명을 남겨두고 떠났다. 용호도에서 군경과 민간인을 태운 해군 801함은 피란민은 연평도, 17연대와 경찰 병력은 인천으로 수송해 철수 작전을 마쳤다.

그러나 남침 이튿날 적의 공격으로 한강 방어선이 무너지자 이승만은 한강철교를 폭파하게 한 뒤 서울을 빠져나갔다. 28일 새벽 3시 삼팔선을 방어한 육군과 수도권 시민이 피난 준비도 못한 사이 남쪽으로 가는 유일한 다리가 파괴된 것이다. 이승만이 서울을 떠나자 해군은 해군 본부는 전투사령부, 진해 기지는 통제 본부로 전환했다.

이틀 뒤, 수원에서 맥아더 장군과 전황을 논의한 이승만은 정일권을 국군 총사령관에 임명하고 경부선 열차를 타고 대구까지 갔다가 비서들의 충고로 대전 충남지사 관저로 이동했다. 이때 아군 방어선이 뚫려 서울을 점령한 적이 계속 남하하자 이승만은 부산으로 가려다 비서인 황규면에게 경부 국도 추풍령 구간에 적 게릴라가 침투했을 수 있다는 보고를 받았다. 이에 이승만은 전라선을 따라 목포에 도착한 뒤 해군 함정으로 부산에 가기로 계획을 바꾸었다.

7월 1일 새벽 세 시, 장대비를 뚫고 대전을 출발한 이승만이 목포에 도착하자 정긍모(대령) 해군 목포 경비부 사령관은 YMS-514 경비정(삼백이십 톤급, 정장 주철규 소령)에 태운 뒤 소해정 두 척과 YMS-

309 경비정에 호위를 맡겼다. 514정에 승선한 이승만은 장마철의 심한 풍랑을 이겨내고 이튿날 오전 열한 시 부산 경남지사 관저에 도착했다. 이승만이 부산으로 이동한 사이 발동선과 범선을 이용해 김포와 강화도 남단, 아산만에 상륙하려던 적 이천여 명은 인천 해군 1정대에 막히자 육로로 인천을 공격했다. 인천항을 빼앗기면 적이 해상 보급을 할 수 있다고 판단한 유해거 인천 경비부 사령관은 월미도에 임시 사령부를 설치하고 헌병과 정보 요원 이백여 명이 맞섰으나 탱크를 앞세운 적 6사단 13연대에 밀려 군산으로 후퇴했다.

7월 10일 동부 전선을 방어하던 국군 6사단이 후퇴하자 해군 묵호 경비부는 포항 경비부로 이동했다. 이때 임원(강원도 삼척)에 상륙한 적 게릴라 3개 대대 가운데 일부가 울진을 거쳐 영덕, 2개 대대는 구암산을 타고 남하했다. 이에 맞선 남상휘(중령) 포항 경비부 사령관은 묵호 경비부 대원으로 중대 규모 육전대인 용호대(육전대장 강기천 소령)와 진해에서 증원된 병력으로 대대 규모의 강호대를 조직했다. 이때 구암산에 은신한 적 일부가 경주와 포항으로 남하하기 위해 죽장면 감곡리 농가에서 식량 보급을 추진한다는 첩보를 입수한 용호대는 이튿날 새벽 안강에 출동했다. 용호대는 경주 도유동 민가에서 송아지를 빼어 구룡산에 은신한 적을 공격해 여덟 명을 사살했다.

이튿날 강호 3중대는 죽장면 비학산에 숨은 적 백여 명을 미 공군 F-51 편대의 지원을 받으며 공격해 백열한 명을 사살하고 육군 23연대와 함께 영덕으로 남하하는 적 5사단을 저지했다. 이 사이 기관 고장으로 하와이에서 수리에 들어간 704함을 제외한 두 대의 전투함은 7월 15일 오후 세 시 부산항에 입항했다. 해군 참모 총장 직무 대행 김영철 대령은 손 제독을 만갑게 맞았다.

"지금 대통령은 어디 계신가?"

"현재 대구에 계십니다."

손 제독은 7월 9일부터 대구 경상북도 지사 공관에 머문 이승만을 찾아갔다.

"애드미럴 손! 이제야 도착했구먼. 고생 많았네."

"어려운 시기에 늦게 도착해 면목이 없습니다."

"아니야. 이런 때에 전투함 세 척이 도착해서 얼마나 든든한지 모른다네. 그 전함들은 우리 해군과 국민 성금으로 사온 것이라서 가슴 뿌듯하네. 어렵겠지만 온 힘을 모아 꼭 적을 몰아내게."

이승만은 불리한 전황에도 적을 몰아낼 기회라며 손 제독을 위로했다. 그러나 후퇴를 거듭한 국군과 막 참전한 유엔군은 적 주력 부대와 낙동강을 마주한 채 치열한 공방전을 벌였다. 거침없이 남하하던 적은 8월 이후에는 보급이 길어져서 낙동강을 쉽게 돌파하지 못했다. 낙동강을 사이에 두고 적과 치열한 교전을 벌인 아군은 한 발짝도 전진하지 못했다. 이때 낙동강 전선을 책임진 워커 미 8군 사령관이 갑자기 미군의 일본 철수를 선언했다.

"미군이 후퇴하면 우리는 일본을 향해 총부리를 겨눌 것이다."

워커의 발언에 화가 난 이승만은 미군이 철수했다가 다시 참전하면 적으로 간주하겠다고 선언했다. 워커의 철수 발언은 낙동강 전선의 국군을 독려하려는 의미였으나 이승만이 이를 미국의 한국 포기로 받아들여 생긴 오해였다. 거침없이 남하하다 국군과 유엔군의 저항에 막혀 낙동강을 돌파하지 못한 적은 우회 전술을 시도했다. 서부 전선을 맡은 적 6사단(사단장 방호산)은 대전을 우회해 전주·정읍·광주를 거쳐 목포와 순천까지 거침없이 남하했다. 정긍모 목포 경비부 사령관은 적 6사단을 막기 위해 인천·목포 경비부 대원을 모아 목포항 사수 계획을 세웠으나 무기가 부족해 철수 작전을 전개했다. 해군 목포 경비부의 철수를 결정한 손 제독은 백두산함에게 여수 해상을 봉쇄하게 한 뒤 여수항에 보관한 쌀과 유류 등 국유 물자와 육군 병력을 LST 조치원호·안동함 등 여덟 척에 싣고 외해로 이동시켰다. 또한 군산에서 후퇴한 고길훈(소령) 해병 중대를 제주에서 여수로 이동한 해병 7중대(참모장 김성은 중령)와 합류시켜 마산으로 이동하게 했다.

진동리 전투와 귀신 잡는 해병의 신화

적의 남침으로 동해안 상륙을 허용한 해군은 유엔군 참전 때까지 동서 해역을 봉쇄했다. 이때 낙동강 전선의 국군과 유엔군에 막힌 적은 진주로 우회 공격을 시작했다. 적이 진주 공격에 나선 것은 마산을 점령하면 부산을 직접 공격할 수 있었기 때문이다. 마산은 부산 서쪽에 있는 진주와 오십칠 킬로미터 떨어진 곳에 있었다. 더군다나 국군과 유엔군이 낙동강에 방어선을 구축해 진주와 마산은 무방비 상태에 놓여 있었다. 진주를 통해 마산을 점령하면 부산 공격이 가능하다고 판단한 적은 병력을 집중시켰다.

서해안을 따라 남하한 적 6사단은 목포·순천·여수를 점령하고 거침없이 진주를 향해 진격했다. 적의 우회 공격에 놀란 워커 미 8군 사령관은 상주 주둔 미 육군 25사단을 급히 진주로 이동시켰다. 부대장 윌리엄 킨 소장 이름을 따서 킨 특수 임무 부대로 명명된 25사단은 마산 방어를 위해 백삼십 킬로미터를 하루 만에 이동했다.

마산은 낙동강이 창녕에서 밀양으로 흐르는 산악 지형이어서 방어에 어려움이 많았다. 25사단은 산하에 미 24사단 29연대, 87중전차 대대, 김성은 해병대, 육군 민기식 부대, 최천 경무관이 지휘한 경찰대까지 예비대로 편성한 만오천 팔백 명인 반면 적 6사단은 방호산 소장이 이끄는 1, 13, 15 연대로 구성된 약 오천여 명이었다. 마산을 빼앗기면 전쟁이 끝날 수 있다고 판단해 전차부대까지 동원한 워커 8군 사령관은 25사단이 진주와 마산을 잇는 교통 요지인 무촌리를 사수하길 원했다. 그러나 7월 31일 적 6사단(사단장 방호산)에 밀린 미 육군 25사단 예하 19연대가 진주를 빼앗기고 마산 고사리로 후퇴했다.

8월 1일 저녁 김성은 해병대는 진동리 주둔 미 해병 5연대을 지원하기 위해 고사리로 이동하다 생포한 포로를 신문해 적 6사단 정찰 기동대대가 진동리 서남쪽 배둔리(고성군 회화면)로 이동한다는 정보를 입수해 진접면 봉암리 북쪽 능선에 해병 3중대, 후방 고지에 7중대를 매복시켰다. 이때 진주 시내에 일반인으로 위장한 적 편의대가 피란민과 함께 이동한다는 정보를 입수한 김성은은 야간 공격에 대비해 2중대를 서북산 남쪽 부현에 매복시켰다. 마산으로 거침없이 진격한 적 6사단은 중국 공산당의 대장정에 참전했던 조선인 최정예 부대여서 거침이 없었다.

이튿날 새벽 김성은의 예상대로 전차와 사이드카를 앞세운 적 6사단 대대 병력이 해병 7중대 진지를 향해 접근했다.

"7중대는 반드시 적이 사정거리에 들어왔을 때 공격하라."

김성은의 명령을 받은 해병 7중대는 적이 사정거리로 들어올 때까지 기다렸다. 새벽 여섯 시, 해병 7중대는 적 일부가 배둔리 후방으로 이동하는 틈을 이용해 3중대의 박격포 지원을 받으며 두 시간 만에 물리쳤다. 이때 배둔리로 이동했던 적은 아군의 교전으로 판단해 해병 3중대가 매복한 봉암리 능선을 향해 백기를 흔들며 접근했다. 해병 3중대 역시 적이 사정거리에 들어오길 기다렸다가 미 공군의 폭격 지원을 받으며 물리쳤다. 적 대대 병력을 몰아낸 김성은 부대는 급히 함안으로 이동했다.

이튿날 오후 함안에 도착해 미 25사단에 배속된 김성은 해병대는 진동리로 이동하다 덕곡리와 부산리 사이 고지에 매복했다. 진동리에 주둔한 미 27연대는 8월 1일부터 나흘 동안 쉬지 않고 전투를 벌여 몹시 지쳐 있었다. 더군다나 김성은 부대가 도착할 무렵 미 27연대 1대대가 적 1연대에게 아군 병참 요충지인 야반산을 빼앗겨 포위된 상태였다. 마산과 진동리를 잇는 야반산을 적에게 빼앗기면 아군이 고립되어 전멸당할 수 있었다.

"국군 해병대에게 야반산 공격을 맡길 것이니 반드시 점령하시오."

다급해진 25사단장은 김성은 부대에게 야반산 공격을 맡겼다. 공격을 맡은 김성은 부하들에게 반드시 탈환할 것을 명령했다. 그러나 적 6사단은 서부 전선 최정예 부대였다.

"해병대에겐 승리뿐 후퇴는 없다. 반드시 야반산 고지를 되찾아라."

이튿날 새벽, 야반산 공격에 나선 해병 7중대는 적이 점령한 취봉(405고지)을 기습 공격 두 시간 만에 점령해 미군에 인계했다. 그리고 수리봉·서북산 등 진동리 서북방 주요 고지를 하나씩 점령하기 시작했다. 함안군 군북면 중암리에선 부대를 정비하는 적 백아홉 명을 사살하고 포로 여섯 명, 전차 두 대, 트럭 네 대, 지프차 두 대, 기관총 여덟 정, 장총 열아홉 정, 따발총 스물여덟 정, M1소총 세 정, 카빈소총 여덟 정, 권총 두 정을 노획했다. 나흘 동안 김성은 해병대는 미 25사단과 함께 진동리로 진격한 적 6사단을 괴멸에 가까운 타격을 주었다.

해병대의 승리 소식이 부산에 알려져 학도병의 지원이 줄을 이었고 감격한 이승만은 전투에 참가한 해병대원 전원에게 일 계급 특진을 명령했다.

진동리 전투에서 해병대가 적 6사단에게 치명적인 타격을 가해 미 25사단은 진주까지 진출했다. 그러나 이때 낙동강 동부 전선을 방어한 국군 3사단이 포항 장사동에서 적 4사단에게 포위 공격을 당해 괴멸에 가까운 패배를 당한 뒤 후퇴했다. 이로 인해 아군의 낙동강 방어선이 무너지면서 낙동강 서북방 돌출부인 박진으로 적이 도하하기 시작했다.

8월 13일 다급해진 미 8군 사령관은 마산을 방어 작전으로 전환하고 미 25사단 19연대를 영산강 지구에 투입했다. 이에 따라 김성은 부대는 진해 덕산 비행장으로 이동해 정비에 들어갔다. 만약 적 6사단이 목포를 점령하지 않고 마산을 직접 공격했으면 아군은 방어 시간이 부족해서 부산이 함락될 수 있었다. 그러나 적이 목포와 여수를 차례대로 점령하며 사흘을 허비해서 국군과 유엔군에게 마산을 방어할 시간을 벌어 주었다. 진동리에서 크게 패한 적은 전략을 바꿔 무방비 상태인 통영반도를 점령해 거제도·마산·진해만을 공격할 계획을 세웠다. 적의 전술을 파악한 손 제독은 부대 정비를 마친 김성은 해병대에게 방어하도록 했다.

"김성은은 즉시 거제도로 이동해 통영에 침투한 적을 제압하라."

적의 우회 공격을 예상한 손 제독은 김성은 부대에게 거제도에 상륙해 통영으로 진출하려는 적을 제압하게 했다. 이때 사천까지 진격했던 미 해병 5연대가 마산으로 후퇴한 사이 적 대대 병력이 통영반도를 기습 공격했다. 경찰과 해군 백여 명이 지킨 통영반도 입구 원문 고개를 기습 점령한 적은 시내까지 순식간에 장악했다. 해군의 함포 지원까지 받은 아군 백여 명이 원문 고개를 빼앗겨 낙동강 방어선의 한 축이 무너진 것이다. 통영을 점령한 적은 폭이 좁은 견내량(통영 앞바다) 해협을 건너 거제도를 점령해 마산항과 진해항을 봉쇄한 뒤 김해를 통해 공격하면 부산 점령이 가능했다.

8월 17일 새벽 세 시. 해군 수송함인 FS 평택호를 타고 진해를 떠난 김성은 부대는 통영반도 동북방에 있는 지도 해역에 도착했다. 김성은은 통영반도 북동쪽 장평리에 정찰대를 보내 상황을 살핀 뒤 거제도를 방어하기보다 통영에 상륙해 적을 공격하는 것이 더 유리하다고 판단해 PC-703함을 통해 손 제독에게 상륙 승인 요청을 했다. 통영을 점령한 적의 퇴로가 원문 고개 밖에 없어 이곳을 봉쇄하면 포위 공격이 가능하다고 판단한 것이다. 그러나 손 제독은 미 공군이 통영 폭격을 준비하고 있어서 상륙 작전을 반대했다.

"미 공군이 통영을 공습할 예정이니 해병대원들은 현 위치를 고수하라."

손 제독은 김성은 부대가 통영에 상륙 뒤 미 공군 폭격으로 아군 사상자가 발생할 것을 걱정했다. 또한 김성은 부대가 통영에 상륙하면 미 공군의 폭격 계획을 조정해야 하므로 부하들을 사지로 내몰수 없었던 것이다. 그러나 김 성은은 손 제독의 만류에도 해병대의 통영 상륙을 끈질기게 요구했다.

"통영 상륙 후 원문 고개를 점령하면 시내 적을 괴멸시킬 수 있으니 반드시 상륙 승인 바람."

"좋다. 그러나 미군 공습 시 외곽에서 대기하라."

김성은의 끈질긴 통영 상륙 작전 요청을 승인한 손 제독은 이들을 엄호하기 위해 703함·FS 평택호 등 해군 함정 일곱 척을 파견했다. 또한 적의 지원병 파견을 저지하기 위해 공군에 이동로의 초계 비행을 요청했다.

8월 17일 오후 여섯 시. 512정과 FS 평택호에 승선한 김성은 부대는 해군 함정들이 매일봉·남망산·부도에 함포 사격을 퍼붓는 가운데 통영반도 동북방 장평리에 상륙했다. 그리고 해병 3중대에게 원문 고개, 7중대에게 상륙 작전 핵심 고지인 매일봉을 점령하게 했다. 이에 맞춰 통영 해안에 머문 703함에게 남망산 남쪽 적 진지에 함포 공격을 퍼부어 기선을 제압했다. 해병대가 통영항 정면으로 상륙할 것으로 판단한 적이 병력을 통영 남해안 일대 고지에 집결시켜 함포 공격이 가능했다.

통영에 상륙한 해병대가 원문 고개와 매일봉을 점령한 이튿날 김성은 부대는 통영 시내로 진격했다. 이에 원문 고개를 빼앗겨 포위된 적은 목선 세 척으로 해상 탈출을 시도했으나 해군 504정과 512정의 공격으로 모두 수장되었다. 통영을 점령해 상륙 작전을 마친 김성은 부대는 원문 고개 적 사백육십구 명 사살, 여든세 명 생포, 기관총 백스물여덟 정, 소총 백일곱 정, 권총 열세 정, M1 소총 세 정, 기관총 열네 정, 박격포 두 문, 차량 열두 대를 노획했다.

김성은은 해병대가 통영 시내를 점령한 뒤 적에게 무참히 살해당한 경찰과 우익 인사 시신이 널려 있는 것을 발견했다. 이런 상황에서 양민과 적 부역자를 제대로 처리하지 못하면 더 큰 혼란이 생긴다고 판단한 그는 포로와 부역자를 경찰에 인계하는 행정 지침을 통영 읍장에게 일임하고 해병대는 전투에만 전념하라는 행동 지침을 세웠다. 그의 빠른 판단으로 통영은 안정을 되찾았다.

이때 해병대의 상륙 작전을 취재한 미 종군 기자(뉴욕 헤럴드 트리뷴지) 마가릿 히긴즈가 "귀신도 잡겠다"라는 제목의 기사를 써서 "귀신 잡는 해병"이란 별명을 붙여 주었다. 통영 상륙 작전은 손 제독과 김성은, 그리고 해군과 해병대원의 불굴의 의지로 이룬 승리였다.

서해 도서 점령과 엑스레이 작전

마산 진동리와 통영 상륙 작전으로 해군과 해병대가 승전보를 전했으나 낙동강 전선은 여전히 지루한 공방전을 계속했다. 돌파구를 찾지 못한 맥아더 유엔군 사령관은 적이 예상할 수 없는 곳에 상륙 작전을 전개해 한 번에 전세를 역전시킬 계획을 구상했다. 그는 서울에서 삼십이 킬로미터 떨어진 인천에 국군과 유엔군을 상륙시켜 적 보급을 차단한 뒤 낙동강 전선의 적을 협공하면 전세를 한꺼번에 뒤집을 수 있다고 생각했다. 그러나 미 합동 참모 본부와 미 극동 해군은 수로가 좁은 인천 앞바다에 대형 함정 진입이 어렵고 적이 기뢰를 부설하면 접근이 불가능하다고 판단했다. 또한 조수 간만의 차가 크고 갯벌이 넓어서 물때를 놓치면 상륙한 병사들이 적에게 노출되어 위험에 빠진다고 생각했다. 상륙에 성공해도 바닷물이 들어오는 아홉 시간 동안 지원병과 보급이 끊겨 전력이 분산되므로 군산이나 아산만에 상륙하길 원했다.

"적은 모든 부대를 낙동강 전선에 보내 총력전을 펼치고 있다. 후방에 예비 병력이 없을 때 상륙 작전을 전개하면 전세를 역전시킬 수 있다."

맥아더의 주장을 트루먼 대통령과 미 합동 참모 본부, 심지어는 그의 참모들까지 반대했지만 인천 상륙 작전만이 전황을 바꿀 유일한 방법이라고 주장했다. 그의 이러한 집착은 미 육군 사관 학교를 수석 졸업하고 삼십대에 사단장, 제2차 세계대전에 참전해 열여섯 개의 훈장을 받고 최연소 소장 진급과 육군 사관 학교장, 육군 참모 총장에 오른 자존심이 발동한 것이다. 그의 사관 학교 동기 아이젠하워는 겨우 과락을 면한 뒤 쉰한 살에 대령에 진급했지만 2차 세계 대전 참전 삼 년 만에 오성 장군이 되었다. 또한 자신의 부관 출신 조지 패튼(당시 소령)마저 전쟁 영웅으로 불린 것도 자존심을 자극했다.

맥아더의 상륙 작전을 예상한 손 제독은 서해 도서 점령 계획인 북진 작전을 전개했다. 해군은 전쟁 발발 뒤 해상 경계와 진지 포격, 기뢰 제거 등을 통해 제해권을 장악했지만 일부 서해 도서를 점령한 적이 주민을 방패로 포대를 설치해 접근이 어려웠다. 손 제독은 해군 육전대를 조직해 서해 주요 섬을 점령한 뒤 이를 거점으로 후방 교란과 정보 수집에 나서기로 결심하고 미 해군 96·97 기동 전대 사령관인 루시 중령을 통해 미 극동 해군에 알렸다.

8월 16일 서해 도서 점령에 나선 이희정(중령) 702 함장은 701·704함·513·301·307·309·313 경비정에서 승조원을 차출해 육전대를 조직했다. 각 함정 당 열 명, 승조원이 많은 704함은 사십 명으로 중대 규모의 육전대를 조직한 이희정은 702함 항해장 장근섭 중위를 중대장에 임명했다.

이틀 뒤 새벽, 이희정의 성을 따서 '이 작전'으로 명명된 서해 도서 점령 작전을 위해 해군 육전대는 덕적도로 향했다. 덕적도에는 인천 해역을 감시하기 위해 적 소대 병력과 좌익 청년으로 구성된 자위대가 지키고 있었다. 해군 301, 309 경비정에 승선해 701·702·704함과 영국 경순양함 케냐, 캐나다 구축함 아다바스칸의 함포 지원 속에 덕적도 남동쪽 진리에 기습 상륙한 해군 육전대는 적 스물여섯 명을 사살하고 일곱 명 생포한 뒤 섬에 구금된 주민 아홉 명을 구출했다. 이튿날 섬 청년들에게 치안을 맡긴 해군 육전대는 대이작도에 상륙해 적 일곱 명을 사살하고 의용대원 스물네 명을 생포했다. 그러나 덕적도는 인천 해역과 팔십여 킬로미터 떨어져 있어서 감시가 쉽지 않았다.

"덕적도는 인천과 너무 멀리 있어서 감시하기 어려우니 영흥도 점령

승인 바람."

"영흥도 점령을 승인한다."

손 제독에게 영흥도 점령을 승인을 받은 해군 육전대는 기습 상륙을 시도했다.

대부도 옆에 위치한 영흥도는 서울시 인민위원장인 이승엽 고향이어서 좌익 의용대원 삼십여 명이 지키고 있었다. 덕적도에서 육상 전투를 경험한 해군 육전대는 영흥도 북쪽 해안에 기습 상륙 이틀 동안 적 여섯 명 사살, 서른세 명 생포, 스물여덟 정의 무기를 노획했다. 또한 좌익 의용대원에게 구금된 국군 포로 네 명을 구출해 함정으로 복귀했다.

한편 8월 12일 크로마이트로 명명된 인천 상륙 작전을 승인받은 맥아더는 인천 지역 정보 파악에 나섰다. 그러나 미군 첩보대가 우리말과 지리에 서툴러 어려움을 겪고 있었다. 맥아더는 루시 중령을 통해 손 제독에게 수도권 적 정보 수집을 요청했다. 손 제독은 맥아더의 정보 수집 요청을 받고 인천 상륙 작전이 진행된다는 사실을 짐작했다. 이승만에게 이 사실을 보고한 손 제독은 급히 해군 정보국장 함명수(소령)를 호출했다.

"서울, 인천 등의 적 정보를 수집할 첩보대를 조직하라."

함명수는 수도권 적 정보 수집을 위해 네댓 명이 한 조를 이룬 첩보대 세 팀을 조직하기로 하고 해군 인천 경비부 소속 정보국 특수 공작팀인 해양공사 소속 김순기 중위를 부산 광복동에 있는 중국집으로 불러냈다.

"이유는 묻지 말고 가장 믿을 수 있는 첩보대원 대여섯 명을 모집하라."

함명수는 해군 정보국 소속 임병래 소위와 장정택 소위에게도 같은 지시를 내렸다. 엑스레이 작전(X-Ray Operation)으로 명명된 정보 수집 작전에는 함명수를 중심으로 정보 장교 김순기 중위, 장정택 · 임병래 소위, 김남규 · 정성원 · 박원풍 · 차성환 · 한유만 · 홍시욱 병조장, 최규봉 켈로 부대장과 대원 두 명 등 군무원 일곱 명이 차출되었다.

"국가와 민족을 위해 우리는 적지로 간다."

8월 18일 새벽 한 시. 손 제독에게 출동 보고를 마친 함명수는 대원들의 머리카락과 손발톱을 깎아 보관한 뒤 팔십 톤급 어선 백구호를 타고 자갈치시장을 떠났다. 백구호에는 적의 공격에 대비해 자폭용 폭탄을 설치했다. 또한 가족에게 작전 내용을 알리지 않아 장정택 소위는 결혼할 여자에게 파혼을 당했다.

엿새 뒤 덕적도에 도착한 해군 첩보대는 인천과 멀리 떨어져 있어서 정보 수집에 어려움이 많았다. 함명수는 거점을 옮기기로 마음먹고 손 제독에게 이를 보고했다.

"지휘소를 영흥도로 옮길 예정이니 승인 바람."

"좋다. 영흥도로 이동하라."

손 제독에게 영흥도 이동 승인을 받은 함명수는 영흥초등학교에 지휘소를 설치하고 첩보대원에게 처음으로 작전을 설명했다.

"이번 작전은 서울과 경인 지역의 적 배치 상황과 방어 · 보급 시설, 해안 지형, 기뢰 부설 여부와 밀물과 썰물 때의 해안 길이까지 수집한다."

함명수는 김순기 · 임병래 팀에게 정보 수집을, 장정택 팀에게는 통신과 정보 분석을 맡겼다. 김순기와 임병래 팀은 인민군 군복으로 위장한 뒤 덕적도에서 징발한 선박으로 인천에 잠입해 해군 정보국 조직원으로 활동한 김모·권모 정보원을 만났다. 피란을 가지 못해 북한군 내무서 보안서원으로 일한 이들은 해군 첩보대에게 통행증을 만들어 주고 자신의 집을 은신처로 제공했다. 해군 첩보대는 두 사람의 도움을 받아 인천과 서울은 물론 수원까지 드나들며 적 배치 상황과 장비, 진지 위치, 월미도 해안 방어 시설 정보 수집을 위해 노동자로 변장한 뒤 갯벌 높이까지 쟀다. 이렇게 수집한 정보는 항공 촬영이나 감청으로는 얻을 수 없는 것들이었다.

해군 첩보대가 정보 수집에 매달리는 동안 맥아더는 구체적인 상륙 작전을 준비하기 시작했다. 8월 25일 대구 미 8군 사령부 회의실에서 각 군 참모 총장인 손 제독, 정일권(육군), 김정렬(공군)에게 작전을 설명한 맥아더는 국군은 해군과 해병대만 참가시키겠다고 밝혔다. 이는 상륙 작전 경험이 없는 육군 상황을 반영한 것이었다. 그러나 정일권이 상륙 훈련을 받는 조건으로 육군 17연대를 추천해 포함시켰다. 회의를 마친 손 제독은 미 극동 사령부와 정보 교환을 위해 인천 정대 510 정장 함덕창(대위)과 통역관을 도쿄 인근에 정박한 엘도라도 함에 파견했다.

이튿날 상륙 작전 정보 수집 임무를 맡은 미 극동 사령부 소속 정보 장교인 클라크 해군 대위와 혼 육군 소령, 포스터 육군 중위는 사세보 항에서 영국 구축함 체러티를 타고 부산에 도착해 전 해군 중령 연정, 전 육군 중령 계인주, 켈로 부대원(KLO부대; 미군이 이북 출신으로 만든 첩보부대) 이십여 명과 해군 703함을 타고 영흥도에 도착했다. 이들은 해군 첩보대가 수집한 정보를 미 합동 참모 본부에 보냈다. 8월 28일 미 합동 참모 본부는 해군 첩보대가 수집한 정보를 바탕으로 크로마이트(Chromite) 작전으로 명명된 인천 상륙 작전의 세부 계획을 수립했다. 이와 함께 맥아더는 영흥도 주둔 미군 첩보대원에게 팔미도 등대를 점령하라고 명령했다.

9월 11일 밤. 맥아더의 명령을 받은 영흥도 미군 첩보대 최규봉 켈로 부대 고트대장은 대원 스물다섯 명을 데리고 팔미도에 상륙해 적 다섯 명을 사살하고 등대를 점령했으나 점등 명령이 없어 귀대했다. 이때 신성모 국방 장관이 진해 주둔 해병대원을 왜관으로 이동시키라고 명령했다.

"해병대원들은 무조건 진해에 대기하라."

손 제독은 급히 해병대원들에게 대기 명령을 내린 뒤 직접 진해에 가서 미 해군 함정 피카웨이 호에 태워 부산으로 이동했다.

맥아더는 조수 간만의 차가 큰 인천 수로를 빨리 상륙할 수 있도록 유엔군을 10군단으로 편성해 오전과 오후 두 차례에 걸쳐 상륙시키기로 했다. 알몬드 중장을 10군단장에 임명한 그는 미 해병 1사단(사단장 스미스 소장) 예비대로 국군 해병대(신현준 대령)·육군 15연대(백인엽 대령)를 편성했다. 국군 해병대 포함 총 칠만 오천 명이 참가하는 상륙 작전의 목표 지점은 인천 월미도였다. 국군과 유엔군은 상륙 즉시 교두보를 확보한 뒤 최단 시간에 김포 비행장과 서울을 점령해 낙동강 전선의 적을 협공할 계획이었다.

장사동 상륙 작전과 함께 시작된 인천 상륙 작전

인천 상륙 작전에 참가하기 위해 낙동강 전선에서 부산으로 이동한 미 해병 1사단 5연대는 예하에 배속된 국군 해병대에 M1·카빈·브라우닝 자동 소총을 지급하고 각 대대에 우수 하사관을 파견해 사격 지도를 했다. 또한 중대 공용 화기로 삼십 구경 경기관총과 육십 미리 박격포, 각 화기 중대(4·8·12중대)에 팔십일 미리 박격포, 대전차 로켓포, 오십 구경 중기관총을 지급해 미 해병대 체제로 개편했다. 그러나 국군 해병대 사령부가 보급을 직접 담당해 미군은 "한국 해병 연대" 또는 "한국 해병 1연대"라고 불렀다.

미군 해병대와 상륙 훈련을 마친 국군 해병대 3개 대대 가운데 사격 성적이 가장 좋은 3대대는 미 해병 1사단 5연대 예비대에 편성되어 오후 상륙하게 되었다. 인천 상륙 작전은 미 해병 5연대 대대 병력이 청색 해안인 월미도에 상륙해 교두보를 확보하면 오후에 월미도와 만석동 사이 적색 해안에 미 해병 5연대 1·2대대와 국군 해병 3대대, 미 해병 1연대는 인천 남쪽 청색 해안에 상륙할 계획이었다. 상륙지 가운데 적색 해안과 청색 해안은 주력 부대의 돌격 해안, 녹색 해안과 황색 해안은 군수 지원 해안으로 정했다. 맥아더가 인천 내항인 황색 해안과 군수 지원 보급지인 녹색 해안으로 나눈 것은 좁은 인천 수로를 짧은 시간에 점령하려는 의도였다. 만석동 적색 해안 상륙을 맡은 국군 해병 3대대는 미 해병 5연대와 함께 인천 시가지 적 소탕 임무도 맡았다.

"이번 상륙 작전 지점은 인천 월미도입니다."

9월 13일 미 해군 기함에서 열린 한미 지휘관 회의에서 맥아더는 손 제독에게 상륙 지점이 월미도임을 처음으로 밝혔다. 회의를 마친 뒤 모든 참석자는 작전 내용에 대해 비밀 엄수 서약 문서에 서명했다. 곧이어 미 해병 1사단 5연대 본부에서 열린 한미 작전 회의에서 미 해병 여단장 크레이그 준장은 신현준 해병대 사령관과 핵심 참모만 참석한 가운데 세부 작전 내용을 교환했다.

상륙 작전이 시작되자 손 제독은 동대신동 관사에서 생활한 박신일을 찾아가 큰 절을 올리며 작별 인사를 했다.

"어머니, 오랫동안 못 뵐 것 같습니다. 곧 전쟁터로 떠나 언제 다시 뵐지 모르겠지만 제 걱정 마시고 만수무강하십시오."

"나라를 위해 죽으러 간다는데 내가 어찌 막을 수 있겠느냐? 꼭 네 아버지 같구나."

박신일에게 작별 인사를 마친 손 제독은 홍은혜와 자식들에게 중요한 회의가 있어서 며칠 동안 못 온다고 이른 뒤 집을 나섰다. 국군 해병대 이천팔백 명와 미 해병 5연대를 태운 APD(상륙 수송함) 세 척, LSD(거대 상륙선) 한 척, 피카웨이 등 APA(인원 수송선) 네 척, LST(전차 상륙함) 열두 척이 부산을 떠났다. 수송선이 작전 지역으로 이동하는 동안 비밀 유지를 위해 상륙용 주정 기관병에게도 작전 내용을 알리지 않았고 선내엔 통행금지가 실시되었다.

"15일 자정을 기해 팔미도 등대를 점등하라."

인천 상륙 작전을 위해 국군과 유엔군을 태운 수송선이 북상하자 맥아더는 영흥도에 대기한 미군 첩보대원들에게 팔미도 등대 점등을 명령했다.

14일 오후 일곱 시 삼십 분. 일본에서 등대 조작 훈련을 마친 켈로 부대 최규봉 고트대장·클라크·혼·포스터·연정·계인주는 권총과 대검, 수류탄으로 무장하고 팔미도에 상륙해 밤 열한 시 삼십 분 등대를 점령했다.

"해군 첩보대는 즉시 철수하라."

인천 상륙 작전이 시작되자 손 제독은 영흥도 주둔 해군 첩보대에게 철수 명령을 내렸다. 이때 해군 첩보대가 영흥도에 주둔한 것을 뒤늦게 눈치챈 적 대대 병력이 진두리에 상륙해 공격을 시작했다. 해군 첩보대원 열한 명은 적 상륙전에 철수했으나 임병래 소위와 홍시욱 등 첩보대원 일곱 명과 의용대원 삼십여 명은 섬에 고립되었다. 적과 맞설 변변한 무기조차 변변치 않아서 대항하는데 한계가 있었다. 적이 포위망을 점점 좁혀오자 임병래가 외쳤다.

"내가 적을 유인할 테니 그 사이에 모두 섬을 탈출하라."

"나도 남을 것이니, 빨리 철수하라."

임병래의 외침에 홍시욱이 남겠다고 자청했다. 잠시 뒤 두 사람은 권총을 쏘며 어둠속으로 사라졌다. 총소리를 들은 적이 두 사람을 뒤쫓는 사이 남은 대원들은 십리포 해안에 숨겨 놓은 보트를 타고 탈출에 성공했다. 그러나 적 아홉 명을 사살하며 버틴 임병래와 홍시욱은 포위망을 뚫지 못해 마지막 남은 실탄으로 자결해 짧은 생을 마쳤다. 두 사람은 생포될 경우 상륙 작전이 알려질 것을 우려해 스스로 목숨을 끊은 것이다. 임병래와 홍시욱이 대원들을 탈출시킨 사이 팔미도 등대를 점령한 미군 첩보대원들은 고장난 등대를 수리해 불을 밝힌 뒤 성조기를 내걸었다.

팔미도 등대에 성조기가 내걸린 사이 포항 장사동에서는 육군 유격대의 상륙 작전이 전개되었다. 포항 북쪽 이십오 킬로미터 지점인 장사동은 삼면이 산으로 둘러싸인 작은 어촌으로 인천 상륙 작전의 위장 작전이었다. 원래 장사동 상륙 작전은 미군이 참여할 예정이었으나 낙동강 전선의 아군을 이동시킬 수 없어서 급조된 학도병을 파견했다. 작전에 참가한 육군 유격대는 적의 주요 보급로를 점령해 낙동강 전선의 국군 3사단을 지원하는 임무를 맡았다.

9월 14일 오후 네 시. 학도병으로 구성된 팔백여 명의 국군 유격대는 부산에서 해군 수송선 문산호를 타고 이튿날 새벽 상륙지 해안에 도착했으나 태풍 케지아의 영향으로 짙은 안개와 파도가 심해 배를 제대로 접안할 수 없었다. 그러나 유격대장 이명흠은 문산호 선장의 의견을 무시하고 무리하게 상륙 명령을 내렸다. 이명흠 대위의 이름을 따 '명(明) 부대'로 명명된 육군 유격대는 훈련이나 전투 경험이 전혀 없는 고등학교 이·삼학년생으로 구성된 학도병 부대였다.

이때 유격대 상륙에 놀란 적 대대 병력은 유엔군 대부대가 상륙한 것으로 판단해 거세게 저항했다. 적의 강력한 저항과 높은 파도를 이겨낸 대원들은 육지에 닿기 전에 전사하고 문산호는 좌초되었다. 태풍 때문에 접안이 불가능하다며 상륙 장소를 바꾸자는 문산호 선장 요구를 이명흠이 거부해서 탈이 난 것이다. 이명흠은 불안한 접안을 해결하려고 육지와 육십 미터 떨어진 문산호를 밧줄로 연결해 상륙을 시도했다. 그러나 대원들은 높은 파도에 휩쓸려 익사하거나 적의 총탄에 낙엽처럼 쓰러졌다. 이명흠은 유격대 상황을 미군에 알리려고 전마선 (작은 배) 한 척을 징발해 부상병 스무 명을 태워 보냈으나 이마저 전복되어 여덟 명이 익사했다. 어렵게 상륙한 유격대원들은 적 진지와 보안대를 공격했지만 적의 반격에 밀려 결국 바닷가에 고립되고 말았다. 이때 문산호에 파견된 미 해군 소속 쿠퍼 상사에게 유격대 상황을 입수한 해군은 해난 구조함 인왕산함과 JMS-304를 급파했지만 날이 어두워서 철수했다. 이에 해군은 다시 조치원호를 파견하고 장사동 해안에 항공기를 보내 의약품과 탄약, 그리고 구조대 지원 내용을 담은 전단을 뿌렸다.

이튿날 아침 장사동 해상에 도착한 미 해군 구조함(함장 피어드 소령) 두 척과 국군 LST(상륙함) 세 척이 구조에 나섰다. 미 해군 구조함장 피어드는 직접 조치원호를 운전해 육지와 삼십육 미터 떨어진 곳에 접안한 뒤 밧줄을 연결해 유격대원들을 구조하기 시작했다. 미 해군의 함포 사격과 항공 폭격 지원을 받아 육백칠십 명을 구조했으나 아군의 대규모 상륙 작전으로 판단한 적이 지원병까지 파견해 유격대원 삼십여 명을 놔두고 퇴각했다. 무리한 상륙 작전으로 많은 학도병이 전사했지만 포항과 영천 적 보급로를 차단해 포항과 경주 주둔 적 2개 연대와 탱크 네 대를 영덕으로 유인하고 보급 창고와 의무 시설 등을 파괴했다. 장사동 상륙 작전에서 유격대원 백삼십구 명이 전사하고 구십이 명이 부상당했다. 원래 작전명 '174'로 명명된 장사동 상륙 작전은 인천 상륙 작전을 위장하기 위해 미 8군이 참가할 예정이었으나 학도병 부대인 '명부대'가 대신하면서 많은 사상자가 발생했다. 한편 인천을 향해 북상한 국군과 유엔군 수송함은 영흥도 해역에 도착했다.

15일 새벽 두 시 이십 분. 이슬비가 내리는 가운데 계획보다 한 시간 사십 분 늦게 영흥도에 도착한 맥아더는 망원경으로 팔미도 등대에 걸린 성조기를 확인하고 진격 명령을 내렸다.

"모든 수송선은 월미도 해안에 집결하라!"

팔미도 해역에 도착한 7개국 연합 함대가 인천 해역에 접근하자 미군 항공모함을 이륙한 함재기가 월미도를 폭격하기 시작했다. 이를 신호로 각 수송함은 월미도 해역에 접근했다. 스트러블 제독이 지휘한 미 해군 7합동 기동대 항공모함과 구축함, 순양함의 엄호 속에 261척의 수송선이 인천 앞바다에 도착했다. 미 해군 15항공모함 소속 F4U 콜세어 함재기 열 대가 월미도에 폭탄을 퍼붓자 미 해병대원을 태운 상륙 주정이 월미도 해안으로 접근했다. 한 시간 뒤 미 해병 5연대 3대대가 전차 아홉 대를 앞세우고 월미도에 상륙하자 미 해병 5연대 2개 대대는 APA(상륙함) 헨리코 하선망을 타고 LCVP(상륙정)로 이동했다. 인천 외해에 머문 미 7함대 소속 함정들이 상륙 대원을 엄호하기 위해 함포를 퍼부었다. 이때 국군 해병대원들의 귓가에 엄숙하고 격앙된 목소리가 들려왔다.

"해병대원 여러분, 해군 참모 총장 손원일 제독입니다. 우리는 지금 인천 앞바다에 와 있습니다. 드디어 오늘 우리는 인천 상륙 작전을 감행하게 되었습니다. … 이번 작전을 반드시 성공시켜 불법 남침한 적을 분쇄해 위기에 처한 조국과 민족을 구하고 정의와 자유를 회복하는 계기가 되었으면 합니다.…"

손 제독은 긴장한 부하들의 마음을 풀어주기 위해 선내 방송을 준비한 것이다. 이때 보급품을 실은 해군 함정 아홉 척은 덕적도, 여섯 척은 청도에 대기하고 있었다. 원래 김일성도 맥아더의 상륙 작전을 예상했지만 예비 부대까지 낙동강 전선에 보낸 상태여서 이를 막을 병력이 없었다. 이런 약점을 알고 있었던 맥아더는 9월 4일부터 열흘간 F4U 콜세어 함재기를 동원해 인천·군산·삼척을 폭격했고, 상륙 작전 사흘 전에는 영국 특수 부대(SAS)를 군산에 침투시켰다가 장비를 남겨 놓고 후퇴해 혼란을 유도했다. 이틀 전에는 미 해군 미주리 호를 삼척에 파견해 함포 사격을 퍼부었고 낙동강 전선 유엔군 총지휘관인 워커 미 8군 사령관은 기자 회견을 통해 10월 중순 총반격하겠다고 밝혔다. 이 소식을 들은 김일성은 유엔군의 총반격 이전에 전쟁을 끝내기 위해 후방 예비 부대까지 낙동강 전선에 투입했다. 그러나 14일 미군 폭격기가 하루 종일 월미도를 폭격하고 유엔군 함정이 인천 해역으로 이동한다는 보고를 받은 김일성은 급히 스탈린에게 도움을 요청했다. 하지만 후방 병력이 부족해 국군과 유엔군의 상륙 작전을 막을 수 없었다.

미 해병대가 월미도에 상륙해 교두보를 확보한 오후 두시 삼십 분. 유엔군은 적색과 청색 해안에 함포 사격을 퍼부었다. 이를 신호로 국군 해병 3대대와 국군 17연대, 미 7보병 사단이 상륙정으로 이동했다. 미군 지휘부 기함에서 이 모습을 지켜보던 손 제독은 급히 해병대원들이 탄 상륙정으로 이동해 월미도에 상륙했다. 마침 작전 회의를 하려고 손 제독을 찾던 맥아더는 망원경으로 월미도 해안을 살펴보다 손가락으로 한 사람을 가리켰다.

"부관, 저기 있는 지휘관은 누구인가?"

망원경으로 해안가를 살핀 부관은 놀란 표정을 지었다.

"해군 참모 총장 손원일 제독이십니다."

평소 지휘관의 솔선수범을 강조한 손 제독은 한시라도 빨리 서울을 탈환하기 위해 부하들과 함께 상륙한 것이다.

오후 다섯 시 이십 분. 국군 해병대와 육군 17연대가 거점을 확보하자 미 해병 1연대는 청색 해안, 미 해병 5연대는 적색 해안에 상륙해 인천 시가지 적 소탕에 나섰다. 미 해병 5연대 예비대로 적색 해안에 상륙한 국군 해병 3대대는 미 해병 2개 대대와 응봉산 서북쪽 해안을 수색하고 부대 정비에 들어갔다.

이튿날 부평 인근에 지휘소를 설치한 손 제독은 공격 방향을 협의하기 위해 미 해병 5연대 지휘소를 찾았다. 지휘소에서 망원경으로 부평 평야에 진입하는 적 탱크 아홉 대를 미군 전투기가 네이팜탄과 로켓포로 파괴하는 것을 본 손 제독은 탄성을 질렀다. 이때 짙은 선글라스를 쓴 맥아더가 미 극동 사령부, 10군단 참모, 신문기자들과 나타나 악수를 청했다.

"이번 작전은 국군의 우수성을 잘 보여주었습니다. 또한 해군 첩보대의 활약도 훌륭했습니다. 그들이 지금 여기에 없어 유감이지만 첩보대원과 애드미럴 손, 신현준 해병대 사령관에게 미국의 영예인 실버스타 훈장을 상신했습니다."

"부족한 국군을 잘 봐주셔서 감사합니다. 한 가지 부탁을 드린다면 저희 한국군이 서울 탈환에 앞장서도록 도와주십시오."

"좋습니다. 그렇게 하겠습니다."

두 사람은 화기애애한 분위기 속에 덕담을 나누었다. 그리고 손 제독이 10군단장 알몬드 장군과 악수를 나누는 순간 옆에 있던 젊은 장교가 경례를 붙였다.

"안녕하십니까? 제독님!"

그는 미 해병대 전투복을 입은 미 해군 대위 윌리엄 해밀턴 쇼였다.

"아, 쇼 대위! 반갑습니다. 이 부대 소속입니까?"

쇼는 미 해병 1사단에 소속되어 한국 해병대와 전투 협조 업무를 맡고 있었다. 손 제독은 쇼와 반갑게 악수를 나눈 뒤 신현준 해병대 사령관에게 전황을 보고 받고 김포공항으로 향했다. 도박에 가까웠던 인천 상륙 작전 성공은 미 해군 소속 윌리엄 해밀턴 쇼 대위 때문에 이목을 끌었다. 그는 대한민국을 두 번째 조국으로 생각해 하버드대 철학박사 과정을 중단하고 미 해병 1사단에 자원입대했다. 입대 전 이미 노르망디 상륙 작전에 미 해군 장교로 참전했던 그는 전역했다가 인천 상륙 작전에 참가하려고 재입대한 것이다.

윌리엄 해밀턴 쇼

인천 상륙 이튿날 김포비행장을 점령한 국군과 유엔군은 경인 국도 우측에 미 해병 1연대, 좌측에 미 해병 5연대가 포진해 사흘 만에 영등포를 점령했다. 이들과 진격한 국군 해병 1·2대대는 행주산성 방향으로 도하를 시도했으나 적의 강력한 저항에 막혀 실패했다. 아군의 한강 도하가 지체되자 유엔군 지휘부는 손 제독에게 시가지 폭격을 제안했다.

"적 지원대가 서울에 도착하기 전에 시가지를 폭격합시다."

한강 도하가 지체되어 적 지원군이 도착할 것을 우려해 내린 제안이었다.

"서울 시가지 폭격은 절대로 안 됩니다. 그렇게 되면 무고한 시민 피해가 너무 크니 아군이 한강을 건널 때까지 기다립시다."

시가지 폭격을 반대한 손 제독은 국군 해병대에게 한강 도하를 재촉했다.

이튿날 새벽 손 제독의 재촉에 화답이라도 하려는 듯 국군 해병대는 적의 강력한 저항을 뚫고 능곡 부근에 상륙해 수색 방향으로 진격했다. 그러나 아군이 예상한 것과 달리 강북의 적은 각 고지에 참호를 파고 저항해 아군의 진격은 더뎠다. 이때 미 해병 5연대에 배속된 윌리엄 해밀턴 쇼 대위는 미 보병 7연대의 진격 방향을 조율하려고 녹번리(현재 은평구 녹번동)로 정찰을 나갔다가 적에게 저격당해 스물아홉의 짧은 생을 마쳤다.

1921년 미 북감리회 선교사로 평양 등에서 선교와 교육 사업을 한 아버지 윌리엄 쇼(한국 이름 서위렴) 때문에 평양에서 태어난 윌리엄 해밀턴 쇼는 고등학교를 졸업하고 2차 세계 대전에 미 해군 장교로 참가했다가 전역한 뒤 귀국해 군정청 경제협력청(ECA)과 진해 해군 병학교 교관으로 일했다. 그 뒤 하버드대 철학과 박사 과정을 공부하다 남침 소식을 듣고 자원입대해 맥아더 참모로 일했다. 영어와 한국어, 국내 지리, 해군 사정에도 밝아 맥아더의 정보 장교에 임명된 그는 아버지 윌리엄 쇼에게 보낸 편지에 한국에서 태어난 것을 자랑스러워했다.

아버지 어머니! 지금 한국인들은 전쟁 중에 자유를 지키려고 분투하는데 제가 이들를 돕지 않고 전쟁 뒤 선교사로 일하는 것은 양심상 도저히 허락할 수 없습니다.
　　　　-1950년 6월 해밀턴 쇼가 자신의 부모님께 보낸 편지의 일부

"나는 한국에서 태어났으니 한국 사람입니다. 조국에 전쟁이 일어났는데 어떻게 마음 편히 공부할 수 있겠습니까? 평화를 되찾은 뒤 공부해도 늦지 않다고 생각합니다."

인천 상륙 작전 당일 윌리엄 해밀턴 쇼는 이성호 해군 중령에게 선봉에 설 것을 다짐했었다. 그가 전사한 이틀 뒤(24일) 서울 서부 지역을 맡은 미 해병 5연대는 적 25여단 이천오백여 명이 지킨 연희 고지를 점령하고 도심을 향해 진격했다. 이에 따라 영등포에 주둔한 미 보병 7사단 일부 병력은 서울 외곽 경비를 위해 수원으로 남하했고 마포를 점령한 미 해병 1연대는 미 해병 5연대와 시가지 공격을 시작했다. 그러나 서부 지역을 맡은 미 해병대의 진격이 지체되자 알몬드 10군단장은 미 보병 7사단 예하 32연대와 국군 17연대를 서빙고 지역에서 협공하게 하고 서울 북쪽은 미 해병 7연대와 국군 해병 5대대, 중앙은 미 해병 5연대와 국군 해병 1대대, 남쪽은 미 해병 1연대와 국군 해병 2대대가 공격하도록 했다.

이때 인천 상륙 뒤 곳곳에서 포로와 부역자가 학살당한 것을 본 손 제독은 서울 수복 과정에서 생길 혼란을 해결하기로 마음먹었다. 포로와 부역자 학살을 방치하면 서울 수복 뒤 더 큰 혼란이 일어날 수 있다고 생각한 그는 수색에 있는 해병대 사령부로 김성은 대령을 호출했다. 그는 진동리 전투와 통영 상륙 작전의 공로를 인정받아 대령으로 진급했고 지휘 부대도 독립 해병 5대대로 개편된 상태였다. 손 제독은 해병대 참모장 김대식(중령)을 해병 5대대장에 임명하고 김성은에게 참모장을 맡겨 포로와 부역자 학살 문제를 해결하도록 했다.

"인천 상륙 작전 이후 많은 포로와 부역자가 학살당한 것을 보았네. 김 대령이 통영에서 했던 것처럼 수도권의 포로와 부역자 처리 문제를 해결해 주게."

"알겠습니다. 명령대로 전 장병에게 알리겠습니다."

손 제독의 명령을 받은 김성은은 수도권에 진주한 모든 국군에게 포로와 부역자는 반드시 법에 따라 처리하라는 지침을 내렸다.

9월 25일 저녁, 미 보병 32연대와 국군 17연대가 남산을 점령하고 국군 해병 2대대가 원효로와 삼각지를 돌파하자 적은 철수를 위한 지연작전을 전개했다. 이때 용산역을 우회해 서울역을 점령한 국군 해병 2대대 5중대(중대장 박성철 중위)는 남대문 옆 건물에 진지를 구축한 적의 강력한 저항에 막혀 전진하지 못했다. 시가지 점령이 지체되면 적의 증원 병력이 도착할 것으로 판단한 유엔군 지휘부는 손 제독에게 또다시 폭격을 제안했다.

"시가지 폭격은 절대로 안 됩니다. 아군의 진격을 기다립시다."

시가지 폭격을 반대한 손 제독은 서울역 상황을 알아보기 위해 해병 2대대(대대장 김종기 소령) 지휘소가 있는 후암동으로 향했다. 시가전이 한창인 때에 국군 최고 지휘관이 홀로 최전선을 시찰하는 것은 위험한 일이었다. 권총만 휴대하고 연락 장교와 함께 지휘소를 나선 손 제독은 얼마 못가서 지뢰에 막혀 건물에 몸을 숨겼다. 이때 남대문 방향을 포격하던 미군 탱크가 손 제독이 숨은 건물을 향해 포탄을 발사했다. 폭발음과 함께 무너진 건물더미에서 수십 명의 적이 나뒹굴었다. 다행히 손 제독이 서울역을 시찰한 지 얼마 지나지 않아 해병 2대대는 지뢰와 바리케이드로 저항한 적을 물리쳤다.

중앙청에 걸린 태극기

이튿날 저녁, 해병대가 서울역을 점령했지만 세종로의 각국 대사관엔 인공기가 휘날리고 있었다. 조선호텔에 지휘소를 설치한 김종기(소령) 해병 2대대장은 중앙청 공격을 위해 예하 지휘관들을 소집해 작전회의를 열었다.

"원래 중앙청 공격은 미 해병 5연대 몫이지만 대통령께서 국군이 태극기를 걸어야 한다고 생각해 상금 삼천만 원까지 걸었으니 반드시 해병대가 점령해야 합니다."

마침 취재를 위해 회의에 참석한 박선환 종군기자에게 중앙청 점령계획을 들은 6중대 1소대장 박정모(소위)가 자리에서 일어났다.

"대대장님, 상금은 관심이 없지만 중앙청 점령과 태극기 게양은 반드시 제 손으로 할 수 있게 허락해주십시오."

김종기는 박정모의 중앙청 공격 자청을 해병대 사령관인 신현준에게 보고했다.

"6중대 1소대에게 중앙청 공격을 맡기겠다."

9월 27일 새벽 세 시, 중앙청 공격을 승인받은 박정모는 태극기를 몸에 두르고 두 시간 만에 중앙청을 점령했다. 그리고 양병수 이등병조(병장)·최국방 견습수병(이병)과 파괴된 돔 계단을 어렵게 올라가 여섯 시 십 분 태극기를 게양했다. 날이 새기 전 적 주력 부대가 미아리 고개를 넘어 후퇴하자 국군과 유엔군은 시가지 잔적 소탕 작전을 전개했다.

아군이 서울 도심 대부분을 점령해 치안 유지 포고문 발표가 급하다고 판단한 손 제독은 사관 학교를 막 졸업한 연락 장교와 파고다공원(현재 탑골공원) 앞으로 정찰을 나갔다. 이때 건물에 숨어 있던 적 저

격병에게 연락 장교가 저격당하고 말았다. 손 제독은 급히 연락 장교를 업고 지휘소로 돌아와 위기를 넘겼다.

이튿날 손 제독은 시내 적이 모두 후퇴하자 서울 입성 국군 최고 지휘관 자격으로 치안 유지 포고문을 발표했다.

- 친애하는 서울 시민 여러분! 9월 28일을 기해 국군과 유엔군이 수도 서울을 완전히 탈환했습니다. 시민 여러분께서는 안심하고 질서 회복에 협력해 주시기 바랍니다.

벽보로 만들어진 포고문이 거리 곳곳에 나붙었다. 시내를 시찰하다 종로 경찰서 앞에 살해된 삼십여 구의 부역자 시신을 본 손 제독은 더 이상 무고한 시민이 살해되는 것을 막기로 마음먹었다.

공산군에 협력한 사람이라도 이북으로 도망가지 않은 사람은 함부로 죽이지 마라.

무고한 시민의 죽음을 막지 못하면 치안 유지가 불가능하다고 생각한 그는 수복 지역 국군에게 부역자는 반드시 경찰에 넘기라는 포고령을 발표했다. 부역자 처리 지침을 내린 그는 급히 부산에 있는 이승만을 찾아갔다.

"애미럴드 손, 고생 많았네. 비서를 통해 서울 상황은 대충 들었네."

국무 회의를 마치고 집무실에 혼자 있던 이승만은 손 제독을 반갑게 맞았다. 서울 수복 소식을 간단하게 보고한 손 제독은 부역자 처벌 문제를 언급했다.

"지금 무엇보다 시급한 것은 수복 지역의 부역자 처단을 막을 치안 부대를 보내는 일입니다.

"부역자 처단을 막는 이유가 무언가?"

"부역자 대부분은 살기 위해 적을 도왔다고 주장합니다. 어쩔 수 없이 적에게 협조한 사람은 정상을 참작해 줘야 더 큰 혼란을 막을 수 있다고 생각합니다."

손 제독의 이야기를 들은 이승만은 조병옥 내무 장관과 신성모 국방 장관을 불러 수복 지역 치안부대 파견과 부역자 처벌 지침을 내렸다. 한편 서울을 수복한 국군과 유엔군은 28일 탈환식 준비를 마쳤다.

이튿날 손 제독은 이승만과 함께 맥아더가 보낸 전용기를 타고 김포 공항에 도착했다. 오전 열 시 삼십 분, 도쿄에서 먼저 도착한 맥아더는 이승만과 세종로 국회 의사당에서 열린 수도 탈환식에 참석했다. 맥아더는 이승만과 정부 요인, 주한 외교관, 손 제독 등 국군과 유엔군 지휘관 앞에서 연설을 시작했다.

"대통령 각하! 본인은 국제 연합을 대표해서 대한민국 정부가 수도 서울을 되찾은 것을 기쁘게 생각합니다. 또한 대통령께서 헌법이 정한 임무를 잘 수행해 어려운 난제들을 잘 해결하시길 기원합니다."

맥아더에 이어 단상에 오른 이승만은 한동안 말을 잇지 못하다 유엔 군의 노고를 치하하고 맥아더에게 태극 무공 훈장, 미 해병 1사단과 미 보병 7사단에게 부대 표창을 했다. 탈환식이 열린 거리에는 석 달 동안 적 치하에서 숨죽이며 살아온 시민들이 태극기를 흔들며 환영했다.

서울 탈환식을 마친 맥아더는 이승만에게 서울 행정권을 넘기고 유엔군 총사령부가 있는 도쿄로 돌아갔다. 그러나 그를 기다린 것은 국회 의사당에 너무 큰 성조기를 달아 미국 전쟁으로 보이게 했다는 미 국방부와 국무부의 항의 전문이었다. 뒤 이어 도착한 트루먼 대통령의 축하 전문엔 인천 상륙 작전이 세계 전쟁사에 길이 남을 일이라며 맥아더와 미 극동군 지휘관을 일일이 열거하며 칭송했다.

인천 상륙 작전 이전 맥아더는 수도권 적을 오천 명으로 예상했으나 영등포 팔천 명, 한강 이북 이만 명, 수원 지역 만 명, 오산 지역 삼천 명 등 수도권에만 약 사만 명이 주둔해 국군과 유엔군의 서울 점령에 많은 시간이 걸렸다. 그러나 국군과 유엔군은 적 사살 만 사천여 명, 포로 칠천여 명, 전차 육십여 대를 파괴하는 전과를 올렸다.

10월 초 적이 북으로 도주한 뒤 해군은 마산 경찰서에서 부역자를 인계받았다. 이때 친정인 마산에서 하룻밤을 보내게 된 홍은혜는 이른 새벽에 들려온 아이들의 울음소릴 듣고 밖으로 나갔다. 부둣가에는 형제자매로 보이는 아이들이 죽은 여인을 앞에 두고 눈물을 흘리고 있었다. 홍은혜는 아이들에게 다가갔다.

"무슨 일로 우는 것이냐?"

"며칠 전 엄마가 경찰서에 잡혀갔는데 이렇게 돌아가셨어요!"

홍은혜는 아이들의 엄마가 인민군을 도운 부역자란 이유로 부둣가에서 살해당한 것을 알게 되었다. 홍은혜는 이 사실을 손 제독에게 알렸다.

"여보, 마산에서 인민군에게 부역했다는 이유로 많은 사람이 학살당하고 있어요. 이들이 어쩔 수 없는 상황에서 벌인 일 때문에 죽임을 당하니 눈을 뜨고 볼 수가 없네요."

홍은혜에게 부역자 학살 소식을 전해 들은 손 제독은 김일병 진해 통제부 사령관에게 마산 지역 부역자 사백여 명을 조함창에서 일할 수 있도록 하라고 부탁했다. 부역자들을 한 곳에 수용해 학살을 막으려는 조치였다. 조함창에 들어간 부역자들은 함정을 수리하며 생활하게 되었다.

"부역자들을 관심을 가지고 지켜봐 주시오."

손 제독은 조함청장인 장호근 대령에게 재차 지시했다. 그런데 며칠 뒤 부역자를 인계했던 마산 경찰서에서 이들을 총살하겠다며 다시 보내달라고 요구했다.

"이들은 대부분 어쩔 수 없이 부역했고 지금은 반성하고 있으니 죽일 수 없다."

손 제독은 경찰의 요구를 거부하고 이들 가운데 열심히 일하며 반성한 사람을 차례대로 석방했다. 그러나 이 사실이 알려지면 문제가 된다고 생각해 비밀리에 추진했다. 그가 부역자 문제를 중요하게 생각한 것은 개인적인 보복 심리가 작용해 수복 지구에 혼란이 계속될 것을 걱정했기 때문이다.

지체된 북진과 중공군 참전

인천 상륙 작전을 마치고 인천에 집결한 해병대 2대대는 잔적 소탕을 위해 목포로, 1대대는 묵호, 3대대와 5대대는 원산 상륙 작전을 위해 진해로 이동했다. 또한 상륙 작전에서 전투병과 보급품 수송한 해군 함정이 자대에 복귀한 가운데 소련과 중국은 유엔군이 삼팔선 이북을 넘으면 참전하겠다고 으름장을 놓았다. 소련과 중국의 경고로 전쟁이 자칫 세계 대전으로 번질 것을 우려한 유엔 안전 보장 이사회는 북진을 미루었다. 이 사이 낙동강 전선에 고립된 적은 산을 타고 북으로 후퇴했다. 이 사실을 뒤늦게 알게 된 이승만은 국군 총사령관 정일권을 호출했다.

"왜 북진하지 않는가. 내 말을 들을 텐가. 맥아더 말을 들을 텐가?"

북진을 머뭇거리는 국군 모습에 화가 난 이승만은 정일권 국군 총사령관에게 호통을 쳤다. 이때 동부 전선을 맡은 김백일 육군 1군단장의 북진 건의를 정일권이 마지못해 구두로 승인해 북진이 시작되었다. 국군이 삼팔선 이북으로 진격하자 뒤늦게 트루먼의 명령을 받은 유엔군도 삼팔선을 넘어 진격했다. 국군과 유엔군이 앞 다퉈 북진을 시작하면서 봉쇄 구역이 사라진 해군은 유엔군 도움을 받아 기지 수복에 나섰다.

유엔군의 북진으로 자신감을 얻은 맥아더는 미 극동군 지휘관 회의에서 미 10군단과 국군 해병대의 원산 상륙과 동시에 미 8군이 평양을 공격할 것이라고 밝혔다. 그러나 북한군이 소련에게 지원받은 기뢰 삼천 발을 동서 해안에 부설해 미 해군 구축함 브러시와 맨스필드, YMS-504(개성)가 파손되고 미군 소해함 맥피와 YMS-509(가평)은 침몰했다. 기뢰 때문에 아군 피해가 계속 늘어나자 손 제독은 어선에 어망을 달아 기뢰를 제거하게 했다. 또한 소해정 YMS-501·502·503·507·513·514 등으로 구성된 소해 정대(사령관 윤영원 중령)를 창설해 적의 기뢰 작전에 대응하기 시작했다.

10월 10일 국군 1군단이 원산을 점령하자 맥아더는 10월 26일 계획했던 원산 상륙 작전을 행정 상륙으로 전환했다. 국군 1군단이 원산을 점령하자 이승만은 북한 지역의 시정 방침을 공표하고 각 지역에 파견할 행정관을 임명했다.

10월 16일 국군 1군단이 함흥, 미 1군단이 평양을 점령하자 손 제독은 이승만과 함께 원산, 평양 시민 환영 대회에 참석했다. 그러나 이때 생각지도 못한 상황이 전개되었다.

"삼팔선 이북에 미군정을 실시하겠다."

유엔 한국 소위원회는 북한 수복 지구에 대해 미 8군의 군정을 결정했다.

"무슨 소리야. 이북도 우리 땅인데. 유엔군은 우릴 도우러 온 군대이니 이북 주권은 당연히 우리 정부가 행사해야 한다."

삼팔선 이북의 군정 소식에 이승만이 반발했지만 10월 21일 평양에 도착한 미 1군단은 각지에 군정 기관을 설치했다. 이들은 또한 국군 2군단이 북진하며 조직한 주민 자치 기구를 흡수해 이승만이 파견한 행정관이 행정력을 발휘하지 못하고 돌아오기 시작했다. 그러나 대응할 명분을 찾지 못한 이승만은 손 제독과 함께 맥아더 전용기로 함흥 시민 환영 대회에 참석해 미국이 보낸 은성 무공훈장을 신현준 해병대 사령관에게 수여했다. 국군과 유엔군의 북진에 맞춰 해군은 장전 · 원산 · 진남포 등 주요 항구에 전진 기지를 설치하기 시작했다.

그러나 시월 말이 되면서 새로운 전운이 감돌기 시작했다. 10월 25일 운산에서 중공군이 처음 발견된 것을 보고 받은 손 제독은 긴장하기 시작했다. 만약 중공군의 참전으로 전세가 역전되면 군대 철수뿐 아니라 피란민 후송 대책도 세워야 했기 때문이다. 그의 우려는 생각보다 빨리 찾아왔다.

북한의 남침 일조차 몰랐던 마오쩌둥은 대만 침공을 위해 군인들의 제대를 연기시켜 이십오만 명의 동북 특수 부대인 30군을 창설했다. 그가 대만 공격을 결심한 것은 자신들 대신 유엔 안전 보장 이사회 상임 이사국이 된 때문이었다. 기습 남침으로 남하하던 북한군의 진격 속도가 8월부터 더뎌지고 낙동강 전선에서 고전하는 것을 보고 받은 그는 참전을 고민하기 시작했다. 9월 15일 맥아더의 인천 상륙 작전으로 허를 찔린 김일성이 중공군 참전을 요청하자 그는 부대를 정비한 뒤 참전할 시점을 저울질하기 시작했다.

10월 1일 국군과 유엔군이 삼팔선을 넘어 압록강과 두만강을 향해 빠르게 북진하자 동북 30군을 압록강 이북에 배치한 그는 군과 정치 지도자를 소집했다. 그리고 파니카르 주중 인도 대사를 통해 미국에 유엔군이 압록강까지 진격하면 참전할 것임을 밝혔다. 하지만 그의 생각과 달리 대부분의 중공군 지휘관과 정치 지도자는 참전을 반대했다. 이들의 반대에도 참전을 결심한 그는 유엔군과의 전쟁에 부담을 느껴 참전 부대 이름을 '인민 해방군'이 아닌 조선 인민을 자발적으로 돕는 지원병이란 의미인 '중국 인민 지원군'으로 붙였다. 이때 인민 지원군 총사령관에 임명된 린뱌오(임표)가 참전에 불만을 품고 신병 치료를 이유로 모스크바로 떠나 펑더화이(팽덕회)가 대신 맡게 되었다.

10월 19일 새벽, 중국 인민 지원군 30군 사령관 펑더화이는 심양 동북군구 사령관 가오강(고강)에게 압록강 도강 계획을 보고 받고 MiG-15기 네 대의 호위를 받으며 압록강을 건넜다. 1차로 동부 30군 이십오만 명을 신의주에 매복시킨 그는 일주일 뒤 도착한 지원병 십만 명을 유엔군 진격 방향인 신의주 · 청성진 · 중강진을 우회해 매복시켰다. 압록강을 건넌 중공군이 적유령 산맥에 은신해 유엔군 동태를 살피는 동안 미군 첩보 부대는 이들이 만 명도 되지 않는다고 보고했다.

맥아더는 중공군이 국공 내전(대장정) 때 즐겨 쓴 은닉 전술을 전혀 알지 못했다. 결국 압록강까지 진격했던 유엔군은 10월 25일부터 11월 1일까지 중공군의 1차 공세에 밀려 청천강 이남으로 후퇴했다. 갑자기 나타났다 사라지는 중공군 전술에 당황한 국군과 유엔군은 대응 방법을 찾지 못했다. 아군이 우왕좌왕하는 사이 중공군은 다음 장소로 이동해 공세 준비를 했다. 북진 초기 중공군 참전에 신중했던 유엔군 지휘관들은 치고 빠지는 작전을 국지전으로 판단해 1차 공세 때 호되게 당한 국군 2군단의 보고마저 핑계로 판단했다. 중공군 참전을 믿지 않은 유엔군 지휘부는 정보 부족으로 자신의 판단이 정확하다고 단정했다. 이는 인천 상륙 작전을 성공시킨 맥아더의 자만심이 부른 결과였다.

"늦어도 성탄절까지 미국에 돌아갈 것이다."

중공군의 참전을 파악하지 못한 맥아더는 전용기를 타고 압록강을 선회한 뒤 미 10군단 사령부에 도착해 장병들에게 추수감사절까지 전쟁을 끝내겠다고 밝혔다. 11월 24일 부대 정비를 마친 미 10군단은 박천-영변-구장-덕천-영원을 잇는 청천강 북서부 지역에서 한만 국경을 향해 총공격을 시작했다. 중공군 전력을 과소평가한 미국 언론도 맥아더 말을 인용해 대부분의 미국인은 전쟁이 끝났다고 생각했다. 맥아더의 호언장담으로 중공군의 1차 공세 때 호된 신고식을 치른 국군 2군단마저 아군 포로가 복귀하는 것을 보고 상황을 낙관하기 시작했다.

그러나 부대를 정비한 중공군은 국군과 유엔군의 반격 지점에 병력을 매복시켜 포위 작전을 전개했다. 이를 위해 중공군은 국군과 유엔군 공격 방향을 우회해 평양과 원산 후방 서부 전선에 열여덟 개 사단, 동부 전선에 열두 개 사단을 배치했다. 이런 때에 국군과 유엔군의 공격은 적 포위망에 스스로 들어가는 것과 같았다. 하루 만에 압록강까지 진격한 국군과 유엔군은 후방에서 꽹가리와 나팔을 불며 달려드는 중공군의 공격으로 순식간에 청천강 방어선이 무너져 평양을 빼앗기고 말았다. 또한 퇴로가 막힌 국군과 유엔군이 함흥과 원산으로 이동해 고립을 자초했다. 국군과 유엔군이 함흥과 원산으로 이동하자 적은 무방비 상태인 삼팔선 부근까지 남하한 뒤 병참 지원을 기다리며 숨고르기에 들어갔다.

흥남 철수 작전

"우리는 전혀 다른 전쟁에 직면했다."
나흘 뒤 워싱턴에 중공군 참전을 보고한 맥아더는 고민에 빠졌다.

미 10군단이 원산과 흥남 사이 육로와 철길을 적에게 빼앗겨 완전히 포위되었기 때문이다. 이에 미 해군 90기동대 사령관 도일 제독은 7함대 중순양함 세인트폴과 구축함 젤러스을 파견해 함포 지원을 했고, 미 해군 기동대의 헨리코 함과 APA(공격 수송선) 네 척, AKA(공격 화물선) 두 척, APD(고속 수송선) 한 척을 원산에 파견해 철수 작전을 전개했다.

서부 전선을 맡은 미 해병 1사단마저 동부 전선으로 후퇴해 미 10군단에 배속된 국군 해병대는 원산 방어에 나섰다. 동양(원산 서쪽 45km 지점)에 있던 해병 3대대(대대장 김윤근 소령)는 마전리(원산 서쪽 26km)에 주둔한 1대대, 해병대 사령부와 합류해 함흥으로 이동하며 미 3사단 예하 7연대를 엄호했다. 해병 5대대(대대장 김대식 중령)는 함흥으로 이동하다 흑수리(함흥 서북쪽 25km)에서 중공군에게 포위된 미 육군 7연대를 엄호한 뒤 해병대 사령부, 2대대(대대장 소령 염봉생)와 함께 함흥 서북쪽에 있는 지경(함흥 서남쪽 10km)을 방어했다. 다급해진 알몬드 10군단장은 함흥 사수를 위해 흥남 동북쪽에 국군 1군단, 서쪽에 미 7사단, 서남쪽에 미 3사단과 미 해병 1사단, 지경 남쪽에는 국군 해병대와 미 3사단을 배치했다. 그러나 미 3사단을 제외한 모든 아군이 원산 인근 덕원까지 밀려 적 일부가 원산 동쪽 시내에 출몰했다.

국군과 유엔군이 중공군 참전을 확인한 것은 10월 25일이었다. 그때 중공군 실체를 확인한 손 제독은 각 군 총장 회의에서 국군과 유엔군 대형이 무너지면 병력 수송보다 민간인 수송이 더 큰 문제라고 밝혔다. 손 제독이 해군과 해병대에게 원산 앞바다(영흥만)에 있는 여도·대도·소도·신도·황토도·웅도, 황해도에 있는 교동도·백령도·대청도·초도·석도, 함경북도 명천 앞바다에 있는 길주양도·명천양도를 점령한 것은 병력과 민간인 수송에 대비하기 위해서였다.

국군과 유엔군이 원산과 흥남 지역에 고립되자 미 극동 해군 사령관 조이 제독은 상륙 기동 부대 사령관 도일 제독에게 해상 철수의 모든 권한과 항공·함포 통제권을 부여했다. 12월 10일 미 해군이 철수 준비를 시작했으나 시간이 지나면서 국군을 따라나선 피란민이 계속 모여들었다. 하지만 선박이 부족해서 이들을 철수 계획을 세울 수 없었다.

"피란민 수송은 해군의 책임감을 시험하는 것이다. 뜨거운 동포애로 한 사람의 피난민이라도 더 구출하라."

손 제독은 해군 단독으로 피란민을 수송하는 방법밖에 없다고 판단하고 동해와 서해에서 작전 중인 해군 지휘관에게 사용 가능한 모든 선박을 징발하라고 명령했다. 또한 미 10군단장 알몬드 소장 통역관 현봉학을 설득해 미 해군이 피란민을 수송할 수 있도록 협조를 요청했다. 현봉학은 피란민 철수 문제를 알몬드에게 설명했으나 10군단 병력조차 철수를 장담할 수 없는 상황에서 피란민 수송 문제를 섣불리 약속할 수 없어서 계속 답변을 이루었다. 또한 적 편의대가 피란민 틈에 섞여 있을 것을 우려해 병력 후송에만 관심을 쏟았다.

"적이 북쪽 전역을 점령하면 피란민의 대량 학살이 예상되는데 어떻게 그냥 놔두고 갑니까?"

손 제독에게 거제도와 인천 상륙 작전 이후 수도권에서 벌어진 부역자 학살 이야기를 들은 현학봉은 알몬드에게 십만 명이 넘는 파난민이 남쪽으로 가길 원한다고 설득했다.

크리스마스 공세 닷새 뒤 맥아더의 명령으로 방어 작전으로 전환해 서부 전선의 미 8군은 재빨리 후퇴했지만 동부 전선을 맡은 10군단은 함흥과 흥남에 갇혀 꼼짝도 할 수 없었다. 이때 혜산진까지 북진했던 미 보병 7사단이 함흥으로 후퇴하고 합수와 청진까지 진출했던 국군 3사단과 수도 사단은 미 중순양함 세인트폴과 구축함 젤러스의 함포 지원을 받으며 성진으로 이동했다. 이 사이 함흥에 도착한 미 보병 7사단은 흥남 주둔 미 3사단과 미군 전차 부대의 엄호를 받으며 홍천호와 조치원호를 타고 후퇴했다.

그러나 함흥과 흥남에는 유엔군 사천여 명과 장비 만 이천여 톤이 후송을 기다렸다. 도일 미 해군 제독은 압록강함(PF-62 함장 박옥규 대령)과 백두산함(PC-701 함장 최용남 중령)에게 성진 해안을 봉쇄하게 한 뒤 노블 함과 상선 두 척에 국군 3사단과 수도 사단 일부 병력을 후송하게 했다. 또한 원산에 도착한 APA(공격 수송선) 두 척과 일본 선박 통제국 소속 수송선 한 척, 해군 삼랑진호, 홍천호에 국군 수송을 명령했다. 시시각각 국군과 유엔군이 배를 타고 남쪽으로 후퇴했지만 국군 해병대는 여전히 원산 인근에 남아 있었다.

원산 북쪽을 방어한 국군 해병 3대대는 미 3사단을 엄호하며 대대 본부·10중대·화기 중대와 함께 원산항으로 이동했다. 이때 9중대(중대장 황영 중위)는 박격포로 무장한 적 천여 명이 원산 시내를 공격하자 네 시간 동안 맞서서 물리쳤다. 또한 이튿날 새벽 적이 원산 서북쪽으로 진출하자 원산비행장을 방어한 해병 1대대장(고길훈 소령)은 각 수색 분대와 3중대(중대장 이봉출 중위)를 출동시켜 교란 작전을 벌인 뒤 명사십리로 이동해 해군 함정으로 후퇴했다. 성진과 원산 지역 철수는 순조롭게 진행되었지만 평야를 낀 흥남 지역 철수는 쉽지가 않았다.

맥아더가 흥남항을 국군과 유엔군의 철수 거점으로 정한 것은 10군단 사령부와 유엔군 항공 통제소인 미 해병 항공 전투 비행단이 연포 비행장에 주둔했고 대형 수송선 접안이 가능한 경사면 부두 열네 곳과 콘크리트 부두 네 곳, 계류장 일곱 곳이 있었기 때문이다. 흥남 철수 작전의 전권을 부여받은 도일 제독은 힐렌코에터 제독이 지휘한 미 극동 해군 90기동 전대와 8함포 지원 전대는 10군단 포병 연대 지원을 받아 흥남 외곽을 쉬지 않고 포격했다.

해군은 유엔군 철수를 지원하기 위해 왜관호(FS, 초계함)·단양호 (LST, 상륙함)·조치원호(수송선)와 대형 발동선 열일곱 척을 파견했 다. 또한 PC-702(금강산함)는 흥남 인근에서 징발한 선박과 삼랑진 호에 전투병과 피란민을, 홍천호는 함흥 주둔 육군 15병원 요원과 환 자를 후송했다. 이때 홍천호에 승선한 해군 사관 학교 4기생들은 진해 복귀 이튿날 압록강함(PF-62함, 호위함)에 다시 승선해 철수 작전에 참가했다. 그러나 유엔군 지휘부는 적의 공격과 선박 부족으로 모든 화물을 수송할 수 없다고 판단해 미 해군 UDT(특수전 전단 수중 폭파 팀) 대원과 10공병 대대를 투입해 다이너마이트 사백 톤, 폭탄 이백이 십칠 톤, 휘발유 이백 드럼을 설치해 흥남항을 폭파했다. 흥남항이 거 대한 불길에 휩싸인 것을 확인한 알몬드 10군단장은 90기동 전대 도일 사령관 일행과 함께 흥남항을 떠나 철수 작전을 마쳤다.

흥남 철수 작전에 참가한 수송선 백아홉 척은 병력 십만 오천 명, 차 량 만 칠천 오백 대, 화물 삼십오만 톤을 수송했다. 또한 손 제독과 현 봉학의 노력으로 피란민 구만 천여 명이 남쪽으로 수송되어 자유를 찾 았다. 이때 연포 비행장에서 수송기로 철수한 국군 해병대 사령부와 2·5대대는 부산 수영 비행장에 도착했으나 일부 병력은 활주로가 짧 아 일본 규슈 비행장에 내려 함정을 타고 귀대했다. 흥남 철수 작전을 마친 해군은 서울에서 많은 피란민을 수송했는데 이들 가운데 김생여, 김천애, 이상춘 등은 해군 군악대를 조직해 순회공연을 벌여 병사들의 사기를 북돋웠다.

국방 장관 임명을 거부한 손 제독

중공군의 참전으로 국군과 유엔군이 후퇴를 결정하자 이승만은 1950년 12월 국회를 통과한 국민 방위군 설치법을 근거로 전투병을 보충하려 했다. 전쟁 초기 남한 대부분이 적에게 점령당해 병력 보충이 어려웠던 문제를 해결하기 위해 국민 가운데 열일곱 살부터 마흔 살까지 병역 미필 남자 이백사십만 명을 경상도와 제주도 등에 분산시켜 교육시킨 뒤 전선에 투입할 계획을 세웠다. 이를 위해 이승만은 급히 수도권에서 오십만여 명의 국민 방위군을 소집했다. 그러나 전국 주요 도로가 군사 작전에 사용되어 수송할 방법이 마땅치 않았다. 더군다나 국민 방위군 지휘관 대부분이 민간인이어서 병력 후송 경험도 없었다.

원래 국민 방위군은 정치 기반이 약했던 이승만이 청년 단체를 통합해 만든 대한 청년단이 모태였다. 통합 초기 이백만 명인 대한 청년단 단장이 된 이승만이 정치에 이용한다는 비판을 받자 1950년 1월 단장제로 바꿔 신성모·안호상·김윤근에게 맡겼다. 그러나 인천 상륙 작전 이후 압록강까지 북진했던 국군과 유엔군이 중공군에 밀려 후퇴하자 이승만은 12월 21일 국민 방위군 설치법을 통과시켜 대한 청년단 단장이던 김윤근을 준장에 임관시켜 사령관, 윤익헌을 부사령관에 임명했다.

일제 강점기 전국 씨름 대회에서 여덟 번이나 우승했던 김윤근은 1948년 이승만이 대동 청년단을 방문했을 때 눈에 띄어 발탁되었다. 용인 출신인 윤익헌은 경성 제일고보 동맹 휴학 사건으로 퇴학당한 뒤 황포 군관 학교를 거쳐 광복군 사령관인 지청천(일명 이청천) 장군 밑에서 무장 투쟁을 하다 광복 청년회, 대동 청년단, 대한 청년단 등에서 일한 뒤 부사령관에 임명되었다. 이승만은 국민 방위군 핵심 요원만 현역에서 차출하고 지휘관 대부분은 대한 청년단 출신으로 채웠다.

　서울 지역 국민 방위군 오십만 명과 전국에서 소집된 백만 명이 넘는 방위병을 한꺼번에 대구·부산·제주 등에 보내면서 예산은 고작 오십만 명 기준으로 삼 개월 분인 이십구억 원만 편성해 의식주도 해결할 수 없었다. 이런 상황에서 수백 명씩 산길로 이동한 국민 방위병은 추위를 견디며 식량을 스스로 조달해야 했다. 정부의 지시만 있고 지원은 없는 상황에서 서울을 떠난 오십만 명의 국민 방위병은 추위와 배고픔을 구걸과 약탈로 해결하며 목적지에 도착한 이는 약 이십만 명뿐이었다. 국방부는 이동 중 사라진 삼십만 명의 국민방위병을 단순 낙오자와 도망자로 분류해 천이백삼십사 명이 사망했다고 발표했다.

　그러나 사건을 조사한 국회 내무 위원장 발표는 전혀 달랐다. 수도권 국민 방위군 가운데 오만 명 이상이 질병과 비인간적인 대우로 죽고, 이십만 명은 굶주림과 동상으로 불구자가 되었다고 밝혔다. 병사 한 명이 소중한 때에 삼십만 명의 예비 병력이 총 한 번 쏴보지 못하고 전투 불능 상태에 빠진 것이다. 이는 국민 방위군 간부들이 예산을 착복해서 생긴 인재였다.

　국민 방위군 지휘관들은 군복도 제때에 지급하지 않고 하루에 주먹밥 세 개와 소금국만 준 뒤 불만을 제기하면 좌익분자로 몰아 몽둥이로 구타해 사망자가 속출했다. 조사를 통해 국민 방위병이 부당한 대우를 받아 집단 탈영한 것을 확인한 야당 국회 의원들은 이들의 처우 개선을 요구했다.

　그러나 김윤근 사령관과 국방 장관 신성모는 불순분자와 간첩의 책동 때문에 벌어진 일이라며 책임을 회피했다. 또한 국회 조사로 국민 방위군 간부들의 예산 횡령 사실이 밝혀졌지만 이승만은 이를 대충 조사하게 한 뒤 일부 간부에게 징역 4~6개월만 선고한 뒤 사건을 끝내려 했다. 사건을 책임져야 할 신성모는 사건을 숨기려고 김윤근을 도피시킨 뒤 윤익헌의 단독 범행을 주장하는가 하면 사건을 다룰 군사 법정 재판장을 자신의 친구인 국방부 정훈국장 이선근을 임명해 재판 삼일 만에 김윤근 무죄, 윤익헌 징역 삼 년 육 개월을 선고하도록 했다.

삼 개월 뒤 국민 방위군 의혹 특별 조사 위원회 엄상섭 의원은 김윤근, 윤익헌, 재무실장 강석한, 조달과장 박창언, 보급과장 박기환 등이 십억여 원을 착복한 뒤 이승만 정치 조직에 수천만 원을 건넨 사실을 밝혀냈다. 이에 이시영 부통령과 국방장관 신성모는 사건 책임을 지고 물러나고 김윤근·윤익헌·강석한·박창언·박기환은 총살당했다. 그러나 불법 자금을 받은 국방부와 육군 본부는 조사도 하지 않고 사건을 마무리했다. 신성모에 이어 국방 장관에 임명된 이기붕마저 국민 방위군 사건과 거창 양민 학살 사건으로 해임되자 이승만은 손 제독을 호출했다.

"손 제독! 작금의 정치 문제를 해결해 줄 사람은 자네뿐이라 생각하니 국방 장관을 맡아 주게."

이승만은 전쟁 중에 벌어진 부정부패 사건을 손 제독의 입각으로 해결하려 했다.

"전쟁 중에 군인이 입각하는 것은 국민에 대한 도리가 아니라고 생각합니다."

손 제독의 이야기를 들은 이승만은 한숨을 내쉬었다.

"모두가 원하는 자리를 어째서 자네만 거부하는가?"

"전쟁 중에 군인이 할 일은 적을 물리치는 일이기 때문입니다."

며칠 뒤, 국방 장관에는 육군 출신 신태영이 임명되었다. 국방 장관을 임명한 이승만은 다시 손 제독을 호출했다.

"손 총장, 지금 계급이 뭔가?"

"중장입니다."

"중장? 그러면 대장으로 진급하는 게 어떤가?"

"그건 안 됩니다."

"어째서 말인가?"

"지금 전쟁을 지휘하는 미 해군 사령관이 중장이므로 제가 진급하면 불편해 할 것입니다."

이승만은 추락한 정치력을 손 제독을 이용해서 되찾으려 했으나 이마저도 실패했다. 국방 장관 입각을 거부한 손 제독은 해군력 강화에 힘을 쏟았다. 전쟁이 한창이지만 해군이 사용하는 물자 대부분은 미군이 지원한 것이어서 우선 해군 함정에 사용할 수 있는 디젤 기관 개발 계획을 세웠다. 그는 상해 중앙대학 시절 자신에게 수학을 가르쳐 준 서재현을 해군에 입대시킬 계획을 세웠다. 그의 중학교 사 년 선배인 서재현은 미적분을 가르쳐준 인연뿐 아니라 대학에서 공학을 전공해서 언젠가 국가에 필요한 일을 해야 한다고 생각했다. 특히 그의 조부 서경조는 우리나라 최초의 목사였고 그의 부친은 상해 임시 정부에 참여한 독립운동가여서 두 집안이 서로 잘 아는 사이였다.

황해도에서 태어난 서재현은 열네 살 때 상해로 이주해 동지대학교 부속 중학교와 동지대학 공과대를 졸업하고 동지대 교수인 리스트(독일인) 밑에서 삼 년간 조교로 일했다. 그 뒤 중국 정부의 자원 위원회 산하 공장에서 공무처장으로 일하다 일제의 패망으로 귀국했다. 소식을 들은 손 제독이 세 번이나 해군 입대를 권했으나 거부당했다. 그가 해군 입대를 거부한 것은 대학 동기 동창이며 친구인 장호근(해군 조함청장)이 불편해 할 것이란 염려 때문이었다. 인천 조선기계제작소에서 일하다 전쟁 발발로 부산에 피란 온 것을 알게 된 손 제독은 다시 찾아가 입대를 권유했다. 결국 손 제독의 권유를 받아들인 서재현은

1951년 1월 해군 특교대 11기로 입대해 삼 개월 간의 기본 군사 훈련을 마치고 사회 경력을 인정받아 중령으로 임관해 조함창 설계 실장에 부임했다. 그 뒤 부창장을 거쳐 대령 진급 뒤에는 진해 공창장에 부임하여 선박용 디젤 기관 개발에 나섰다.

제2차 인천 상륙 작전

1951년 1월 말 중공군의 참전으로 후퇴를 거듭했던 국군과 유엔군은 오산·장호원·제천·영월·삼척을 잇는 전선에서 전열을 가다듬어 반격을 준비했다. 이때 인천을 점령한 적은 해군과 유엔군 포격을 피하기 위해 해안에 지뢰를 매설하고 인천 기상대에서 월미도까지 참호로 연결한 뒤 전차 한 대와 팔십이 미리 야포 여덟 문, 박격포, 중기관총으로 포대를 구축했다. 인천 해안 봉쇄 임무를 맡은 YMS-510정(정장 함덕창 대위)은 인천 기계 제작소 인근을 공격해 범선 열 척을 격침시켰다. 이때 미 해군 서해 방어 부대인 95기동대 사령관(스미스 제독)이 함덕창에게 인천 적 정보 수집을 요청했다. 함덕창은 510정 대원으로 조직한 육전대를 인천에 상륙시켜 생포한 포로에게 정보를 수집할 계획을 세웠다.

1월 27일 새벽 일곱 시. 미 95기동대에서 개인 화기와 사십 미리 포탄 천 발, 이십 미리 포탄 이천 발을 지원받은 510정은 만조(6시 58분~7시 36분) 시간에 맞춰 구명보트로 대원들을 상륙시켰다. 상륙한 육전대원들은 교통호에 숨은 적을 기습 공격해 마흔일곱 명을 사살하고 북한군과 중공군 병사 한 명씩을 생포해 귀대했다. 함덕창은 생포한 포로를 신문해 중공군 주력 부대 배치 상황을 파악한 뒤 미 해군 95기동대에 알려 진지를 파괴하게 했다. 510정의 기습 상륙 작전을 보고 받은 손 제독은 전공 축하 전문과 표창 전보를 보냈다. 또한 미국 방송국이 이 작전을 세 시간짜리 다큐멘터리로 방영해 큰 반향을 일으켰다.

기습 상륙 작전으로 자신감을 얻은 해군은 701함(함장 노명호 소령)을 기함으로 YMS-510정 · JMS-301정(정장 박기정 대위) · 302정(정장 홍원표 대위) · 306정(정장 박기전 대위) · 310정(정장 모예진 대위)으로 인천과 강화도 해역을 봉쇄한 뒤 국군과 유엔군의 영등포 진격에 맞춰 미 중순양함 헬레나(CA-75)와 구축함 행크, 영국 순양함 벨파스트 등 95 · 14기동대와 함께 인천의 적 초소를 잿더미로 만들었다.

2월 3일 새벽, 유엔군 95 · 14기동대와 연합해 월미도 적 포대를 파괴한 PC-701 노명호 함장은 덕적도에서 주변 도서 확보와 정보 수집을 하던 해병 독립 중대장 김종기(소령)에게 수도권 적이 아군의 반격에 동요하고 있음을 보고 받았다.

"지금 아군의 반격으로 수도권 적이 불안해 하니 인천에 육전대를 상륙시켜야 합니다."

"그렇다면 즉시 덕적도 주둔 해병 독립 중대를 상륙시켜라."

노명호는 김종기에게 덕적도 주둔 독립 해병 중대를 인천에 상륙시켜 교란 작전에 나서도록 했다.

닷새 뒤 노명호, 미 순양함 헬레나 함장과 상륙 작전을 논의한 김종기는 덕적도 해병 독립 중대 수송을 위해 해군 301정을 파견했다. 그러나 덕적도 해병대원들이 섬에 분산되어 있어서 모두 소집하는데 시간이 걸렸다. 인천 해역은 조수 간만의 차가 심해 오후 네 시까지는 대원들을 팔미도로 수송해야 했다. 대원들을 수송할 시간이 부족하자 노명호는 701함 승조원 가운데 칠십 명을 급히 선별해 김종기와 함께 먼저 상륙시키고 덕적도 해병 중대는 소집하는 대로 추가로 상륙시키기로 했다.

2월 10일 오후 네 시. 캐나다 구축함에서 자동 소총을 지원받은 해군 육전대는 302정과 발동선을 타고 701함·301정·306정 등 해군 함정 엄호를 받으며 두 시간 만에 만석동에 상륙했다.

"지금부터 아군의 지원은 없으니 각자 밤 열한 시까지 인천 기상대로 이동한다. 그때까지 도착하지 않은 대원은 전사자로 간주할 테니 그리 알아라."

김종기에게 작전 설명을 들은 육전대원들은 대병력이 상륙한 것처럼 위장하기 위해 "대대 앞으로", "중대 앞으로" 등 함성을 지르며 기상대 고지로 돌진했다. 김종기는 이동 중에 생포한 적을 심문해 아군 대병력이 상륙했다고 판단한 적이 후퇴한 것을 확인하고 기함에 알렸다. 밤 아홉 시가 지나면서 집결지에 모인 해군 육전대원은 불을 피우고 군가와 만세를 부르며 세를 과시했다. 육전대의 기상대 점령 사실을 발광 신호로 기함에 알린 김종기는 밤새도록 대원들과 시가지의 적을 소탕하고 인천 시청에 임시 본부를 설치했다.

2월 10일 9시를 기해 대한민국 해군이 인천을 점령했으니 시민들은 안심하고 생업에 종사하라.

해군 육전대가 인천을 점령하자 노명호는 701 함장 자격으로 인천 시민들에게 포고문을 발표했다. 인천을 점령한 육전대는 적의 반격에 대비하기 위해 고장난 적 탱크와 야포를 수리해 곳곳에 배치한 뒤 이튿날 아침 덕적도 해병 독립 중대가 상륙하자 경비 업무를 넘겨주고

701함에 복귀했다. 닷새 뒤, 항구 시설을 복구하기 위해 상륙한 유엔군에 경비 업무를 넘긴 해병 독립 중대는 해군 군산 경비부 재건을 위해 인천을 떠나 제2차 인천 상륙 작전을 마쳤다.

해군의 날개 해취호와 최초의 병원선

해군 육전대가 제2차 인천 상륙 작전을 마칠 무렵 부산항에 십자무늬가 새겨진 배 한 척이 등장했다. 이 배는 넉 달 전 원산 앞바다에서 기뢰 제거 작업을 하다 피침된 오백이십 톤급 FS(상륙함) 영등포호를 병원으로 개조한 것이었다. 한 척의 배도 아쉬운 상황에 오백 톤급 함정을 폐기할 수 없었던 손 제독은 영등포호를 병사들의 치료와 제대자의 심신 안정을 위한 병원으로 개조한 것이다. 병원선 내부 시설은 부산에서 유명한 '고 외과' 시설을 옮겨와 내과 · 외과 · 이비인후과 · 치과 · 엑스선과 · 수술실까지 갖추었다. 의료진은 외과 전문의 김하동, 서울의대 송호성 교수, 이비인후과 권위자 정기섭 등이 일하다 현역 군의관으로 교체되었다.

간호는 해군에서 양성한 편남분 · 이완숙 중위 등이 맡았으나 전투가 고지전으로 바뀌면서 부상병이 늘어나 일손이 부족했다. 이에 홍은혜가 중심이 된 해군 부인회까지 환자를 돌보았다. 해군 부인회는 소설책과 시집 등 교양서적과 신문, 잡지 등을 모아 도서실을 만들고 시계 기술자를 데려와 제대 군인의 직업 교육까지 실시했다. 이때 부상병을 돌본 이화선은 간호 장교조차 힘겨워한 중증 환자를 헌신적으로 간호해 '천사 아줌마'로 불렸다.

원산 마르다 신학교 출신인 그녀는 월급도 받지 않고 병원선의 궂은 일을 하는 것이 알려져 자원봉사자와 해군 어린이 음악대, 해군 정훈 음악대 등이 찾아와 부상병들의 심신을 안정시켰다.

부산항에 등장한 해군 병원선에서 병사들을 치료하는 사이 흥남 철수 작전을 마친 PF-62(압록강함)이 잠시 목포항에 정박했다. 이때 압록강함 전기 사관으로 근무한 조경연 중위는 우연히 목포항에 방치된 미 공군 소속 AT-6기를 발견해 함장 박옥규 중령에게 기체 인수를 건의했다.

인천 상륙 작전 이후 국군과 유엔군의 북진 때 신의주에서 정찰 비행을 마치고 귀대하던 AT-6기는 연료 부족으로 해남에 불시착해 목포항에 옮겨져 폐기 처분될 상황에 놓여 있었다. 평소 항공기 제작에 관심이 많았던 조경연은 기체를 인수해 해군 정찰기로 개조하자며 인수를 건의했다. 이를 보고 받은 손 제독은 미 공군에 기체 인수 요청을 했다.

"기체를 진해 조함창에 보낼 테니 함재기로 잘 개조해 보게."

해군 특별 간부 후보생으로 입대한 조경연은 어려서부터 항공기 제작에 관심이 많아 고향에서 '비행기 만드는 사람'으로 불렸다. 그는 진해 고등 해원 양성소 학생 시절 오토바이 엔진으로 비행기를 만들어 논에 멍석을 깐 활주로에서 시험하는가 하면 세 개의 자동차 엔진을 연결해 제작하기도 했다.

해방병단 시절부터 함재기에 관심이 많았던 손 제독은 진해 조함창에 항공반을 설치한 뒤 조경연을 책임자로 임명했다. 미 공군에 교육 목적으로 사용하는 조건을 달아 AT-6기 기체를 인수한 손 제독은 항공반을 지원하기 위해 일본군 진해 항공창 출신 기술 문관 열네 명을 선발했다. 이들 가운데 배종민과 김종진은 항공기 부품 제작 경험이 많아 큰 도움이 되었다. 진해 조함창에서 항공기를 만들기 시작한 해군 항공반은 1951년 8월 15일 해군 1호기를 완성하는데 성공했다. 기체에 착륙용 알루미늄 보트를 달아 물에 착륙할 수 있게 만든 해군 1호기는 진해 미 공군 18전폭기 조종사 듀피 대위의 시험 비행 뒤 정찰기로 사용할 수 있다는 평가를 받았다.

열흘 뒤, 해군 1호기 명명식에 참석한 손 제독은 항공반의 노고를 치하하고 바다의 독수리란 뜻의 '해취호'로 명명했다. 날개에 태극무늬가 선명하게 새겨진 해취호는 기념 비행에서 공중을 선회한 뒤 진해 앞바다에 착륙해 참석자들의 박수를 받았다. 해취호 취항으로 함재기 보유의 꿈을 키운 해군은 공군 파견 항공 정비사 조용익 소령과 조종사 박기수 대위를 복귀시켰다. 일본군 항공기 정비사와 조종사로 복무한 두 사람은 듀피 대위에게 비공식 훈련을 받고 해취호에 탑승해 함대 해상 지원과 연락 업무를 수행했다. 그러나 세 달 뒤 시계 불량으로 진해 해군 사관 학교 앞바다에 불시착해 박기수와 조용익이 순직해 짧은 생을 마쳤다. 비록 짧은 경험이었지만 엔진만 있으면 언제든 함재기를 만들 수 있다는 자신감을 갖게 된 해군은 항공대의 꿈을 키우기 시작했다.

해군 첫 공대함 전투와 무적 해병 신화

중공군 참전으로 반전을 거듭한 전선은 국군과 유엔군의 반격으로 삼팔선 부근에서 고지전으로 바뀌어 사상자가 속출했다. 이때 동서 해안에서 기뢰 제거와 제2 인천 상륙 작전을 성공적으로 마친 해군은 손 제독이 수립한 동서 해안 전략 도서 확보 작전에 나섰다. 서해에 독립 해병 41중대, 동해에 독립 해병 42중대를 배치한 손 제독은 서해 도서인 교동도 · 백령도 · 석도, 원산 앞바다 영흥만 일대 신도와 여도 등

일곱 개 섬을 점령하도록 했다. 또한 4월 11일 압록강 하류인 신미도에 적 미그 15기가 추락한 정보를 입수한 손 제독은 서해에서 작전 중인 압록강함(함장 이재송 중령)에 기체 인양 명령을 내렸다.

백령도 해역 경계 임무를 수행하던 압록강함은 급히 대청도로 이동해 영국 구축함 와라문가와 작전을 논의했다. 이틀 뒤 JMS-308(토성) · 309(대동강) · YMS-512(구월산) · 515(경산)와 신미도 인근 소화도에 도착, 이학홍 갑판 사관 등 여덟 명을 상륙시켜 상황을 파악한 압록강함은 미그 15기 잔해 수색에 나섰다. 그런데 이때 해상에 머물던 압록강함 승조원들은 미 해군 상륙함(LST)이 버린 휘발유 사십 드럼을 발견해 이를 건져 갑판에 쌓아 놓았다. 이 모습을 본 이재송은 휘발유 통을 빨리 바다에 버리라고 명령했다.

"왜 아까운 기름을 버리라고 하십니까?"

"적기가 공습하면 함선이 불바다로 변하니 빨리 버려라."

이재송은 압록강 하류인 안동에 적 공군이 주둔하는 것을 알고 있었다. 그곳의 적기가 압록강함을 공습할 수 있다고 판단해 대공 경계를 강화하도록 했다. 그러나 그의 예상은 너무나 빨리 찾아왔다.

이튿날 아침 미그기 수색 작업을 준비하는 압록강함을 향해 미그기 네 대가 날아왔다.

"항해사는 전 속력으로 해로를 빠져나가라."

이재송은 항해사에게 빨리 좁은 해로를 벗어날 것을 명령했다. 그러나 적기 두 대가 압록강함 좌현 후미를 선회하며 폭탄과 기관총을 퍼부어서 선체에 물이 차기 시작했다. 공습에 당황한 압록강함 승조원들은 삼 인치 함포 마개를 벗기지 못해 대응사격을 하지 못했다.

1차 공습을 마친 적기가 상승하는 순간 압록강함 승조원들은 삼 인치 함포 마개를 벗긴 뒤 포탄을 발사해 한 대를 명중시켰다. 함포에 피격된 것을 확인한 나머지 적기 세 대가 한꺼번에 압록강함 좌현으로 강하하며 폭탄과 기관총탄을 퍼부었다. 압록강함 승조원들은 적기를 향해 삼 인치 함포를 연속 발사해 다시 한 대를 명중시켰다. 함포에 피격된 적기가 검은 연기를 내뿜으며 사라지자 나머지 두 대도 퇴각해 첫 공대함 전투를 마쳤다.

십여 분간 벌어진 공대함 전투에서 압록강함은 적기 한 대 격추, 한 대를 피격시켰으나 승조원 여덟 명이 부상당하고 좌현이 크게 부서져 물이 차올랐다. 이재송은 부상자를 급히 영국 순양함에 옮긴 뒤 미 해군 ATF(예인선)의 도움을 받아 철수했다. 압록강함의 미그기 인양은 실패했지만 해군의 첫 공대함 전투를 벌였다.

어느덧 초여름으로 변한 전선은 전쟁 발발 일 주년을 맞았다. 삼팔선 부근에서 적과 치열한 고지전을 벌이던 국군과 유엔군은 전투가 차츰 잦아들자 휴전 회담을 제안했다. 그러나 적은 휴전 회담을 이용해 부대를 정비하며 반격할 계획을 세웠다. 이에 맞선 국군과 유엔군은 북한군 12사단이 지킨 양구 북동쪽 해안 분지인 대암산·도솔산·대우산의 요충지를 점령해 휴전 회담을 유리하게 이끌 계획을 세웠다. 마침 중공군 일부가 전력이 약한 국군 방어 지역을 공격해 인제군 현리와 속사리까지 진출했으나 일주일 만에 후퇴하며 방어 작전을 전개했다.

이때 미 10군단은 휴전 회담하는 제안하는 동시에 아군이 화천 저수지에서 양구·원통을 잇는 서부 전선과 국군 1군단이 점령한 강원도 간성을 잇는 전선을 캔자스 선(Kansas Line, 주저항선)으로 설정했다. 그러나 북쪽 비무장 지대와 경계 공간을 고려했을 때 최소한 모든 전선을 약 삼십이 킬로미터를 더 확보해야 했다. 알몬드 10군단장은 '철의 삼각지'로 불린 철원·김화·금성의 서부 전선과 화천 저수지에서 고성을 잇는 중동부 전선을 캔자스 선으로 다시 설정하고 미 해병대에 배속된 국군 해병대에게 인제군 서화리를 점령하라고 명령했다.

서울·원산·사리원·평양을 잇는 교통 요지인 철의 삼각지와 인제·화천 저수지에서 양양을 잇는 전선을 점령하는 '돈틀리스 작전(Operation Dauntless, 불굴 작전)'은 4월 유엔군 사령관이었던 리지웨이 장군이 수립했으나 뒤 이어 미 8군 사령관에 임명된 밴 플리트가 전쟁 확대 방지를 위해 극동 미군의 주저항선 이북 공격 때 반드시 승인을 받게 해서 지체되었다.

6월 1일 5월 대공세를 마치고 병단(약 7개 사단 병력, 12만 명) 규모의 병력을 지원받아 부대 정비를 시작한 중공군은 화천 저수지 북쪽에 위치한 양구와 원통의 각 고지를 북한군 12사단에게 방어를 맡겼다. 첩보를 입수한 국군과 유엔군은 돈틀리스 작전을 개시했다. 그런데 임진강·철원·김화·화천 저수지를 잇는 철의 삼각지에 갑자기 연기 장막이 나타나기 시작했다. 장마철이 시작되어 비와 안개가 잦은 때에 연기를 피워 국군과 유엔군은 지상과 항공 관측을 못해 화력 지원을 받을 수 없었다. 적의 연막 작전은 중공군의 첫 참전 때 청천강 근처에서도 벌인 예가 있어서 국군과 유엔군은 특별 신호로 받아들였다.

적이 해안 분지를 이용해 보급 기지를 만든 정보를 보고 받은 알몬드 10군단장은 도솔산 점령을 위해 국군 해병 1연대를 예비대로 정하고 미 해병 1사단 산하 5·8연대에게 공격을 맡겼다. 그러나 적 12사단은 천 미터가 넘는 대암산(1,314m) 능선에 참호와 교통호를 연결한 뒤 지뢰와 부비트랩으로 난공불락의 방어선을 구축해 점령에 실패했다.

이틀 뒤인 6월 3일 미 해병 1사단장은 광치령·대암산·도솔산·대우산 정면에 있는 대암산 공격을 국군 해병대(연대장 김대식 대령)에 맡겼다. 김대식은 사흘 동안 해병 3개 대대에게 도솔산 공격을 맡겼으나 많은 사상자만 남긴 채 역시 실패하고 말았다. 닷새 동안 밤낮없는 공격에도 고지 탈환에 실패한 김대식은 미 해병 1사단장에게 야간 공격을 건의했다.

"주간 공격으론 승산이 없으니 야간 공격을 하겠습니다."

"국군은 야간 전투 경험이 없어서 사상자만 늘어날 것이니 다른 방법을 찾아봅시다."

"다른 방법은 없다고 생각합니다. 그러니 야간 공격을 승인해 주십시오."

"좋소. 그러나 기회는 단 한 번뿐이오."

김대식의 끈질긴 요구에 미 해병 1사단장은 마지못해 야간 공격을 승인했다. 야간 공격은 포병과 공군 지원을 받을 수 없어 부대가 전멸할 수 있는 위험한 작전이었다. 그러나 다른 방법을 찾지 못한 김대식은 이튿날 새벽 두 시 아군의 지원 없이 대암산 공격에 나섰다. 아군이 지형을 몰라 야간 공격을 못할 것이란 심리를 역이용한 공격에 적은 결국 세 시간 만에 많은 전사자만 남기고 후퇴했다. 대암산을 점령해 사기가 오른 해병대는 14일 북서쪽에 있는 도솔산(1,148m) 공격에 나섰다.

도솔산은 해안 분지를 살필 수 있고 양구에서 해안 분지, 노전평으로 이어진 도로를 통제할 수 있는 전략적 요충지였다. 그러나 도솔산은 천 미터가 넘는 고지답게 산세가 험하고 골짜기가 좁아 한꺼번에 많은 병력과 장비가 통과할 수 없었다. 김대식은 문제를 해결하기 위해 부대를 셋으로 나눠 공격하기로 결정했다.

이튿날 새벽 공격에 나선 해병 2대대가 도솔산 입구 고지를 확보하자 사흘 뒤 중간 목표 고지 공격을 맡은 3대대는 포병과 항공 지원 없이 적을 몰아내고 교통호를 구축했다. 이에 김대식 연대장은 중대 병력을 투입해 도솔산을 완전히 점령했다. 천혜의 요새인 대암산 공격 열이레 만에 해병대는 적 2개 사단이 방어한 도솔산 지구 스물네 개 고지를 모두 점령했다.

7월 1일 손 제독은 신현준 해병대 사령관과 함께 도솔산을 방문해 미 해병 1사단장 제럴드 토마스 소장, 해병 1연대장 김대식, 해병대원을 격려했다. 부산에 돌아온 손 제독은 이승만에게 도솔산 전투에서 혁혁한 전공을 세운 해병대원들을 시찰할 것을 권했다. 건의를 받아들인 이승만은 미군 헬기로 도솔산에 도착해 해병대원들을 격려하고 직접 쓴 '무적 해병'이란 휘호를 하사했다. 또한 트루먼 대통령은 해병대 참모장 김성은 대령과 연대장 김대식 대령에게 은성 무공 훈장, 각 대대장과 통신 장교에게는 동성 무공 훈장을 수여했다. 해병대가 해발 천 미터 이상 전략 요충지를 모두 점령해 휴전 회담을 유리하게 만들었다. 도솔산 지구 전투에서 해병대원 칠백 여명이 전사했지만 적 사살 이천삼백 여명, 포로 마흔네 명, 무기 이백여 점을 노획했다.

군의 정치 참여 반대

해병대가 도솔산 전투를 치르는 동안 해군은 원산만과 성진·장산곶·순위도 등 동서 해안에 함정을 파견해 적 진지와 병력 집결지, 포대를 파괴하고 해안에 설치된 기뢰 제거 작전을 수행했다. 이때 수심이 얕고 섬이 많은 서해안에 작고 빠르며 강력한 화력을 갖춘 고속정이 필요하다고 생각한 손 제독은 미 해군이 일본 사세보 항에 보관하고 있던 PT정(어뢰정, 고속정) 네 척을 인수했다. 네 척의 고속정은 2

차 세계 대전 때 미 해군이 어뢰 공격을 막기 위해 건조한 소형 함정으로 정장이 좌·우현에 설치된 오 인치 로켓포를 직접 발사할 수 있고 함미에 사십 미리 단열포와 쌍열포 두 문, 좌·우현에 이십 미리 단열포로 무장해 강력한 화력을 자랑했다. 또한 어뢰를 제거하면 승조원 열일곱 명을 태우고도 시속 오십 노트(1노트; 1,852미터)로 달릴 수 있어서 해안 공격에 안성맞춤이었다.

해군은 PT-23정(갈매기, 정장 신광영)·PT-25정(기러기, 정장 박성극)·PT-26정(올빼미, 정장 구자학)·PT-27정(제비, 정장 이학홍)을 서해 대청도, 동해 여도 등 전진 기지에 배치해 낮에는 보급품을 수송하게 하고 밤에는 적 집결지와 해안 포대, 그리고 '기차 사냥'으로 불린 보급품 수송 열차를 파괴했다. 선체가 가벼우면서도 강력한 무장을 갖춰 해안에 재빨리 접근할 수 있는 PT정은 동해안을 따라 남하하는 적의 군수 물자 수송 열차를 파괴했다.

적은 아군의 공습을 피하기 위해 야간에 손전등 신호에 맞춰 보급품을 수송했다. 이때 해안에서 적을 감시한 아군이 조명탄 신호를 보내면 PT정이 재빨리 접근해서 로켓포 공격으로 파괴했다. 이와 함께 PT-23·26정은 미 해군과 대청도(서해) 근해에 있는 마합도, 옹진반도, 부포리 해안(해주만)에 있는 적 포대와 막사 그리고 범선을 파괴했다.

해가 바뀌어 전투가 잦아든 1952년 1월 18일 이승만은 재집권을 위해 직선제 개헌을 추진했다. 그러나 다수당인 야당이 이를 부결시키자 이승만은 심복인 김창룡과 원용덕을 호출했다.

함경도 영흥 출신인 김창룡은 만주군 헌병 오장을 하다 일제 패망 뒤 월남해서 정보 부대 소대장으로 일했다. 그 뒤 전쟁 이듬해 이승만 눈에 띄어 육군 특무대장에 발탁되었다. 벼락출세한 그는 이승만이 정부를 부산으로 옮겨서 생긴 반대 여론을 무마하기 위해 군내 적

색분자 색출과 무장 공비 사건을 조작하는 정치 공작을 수행해 신임을 얻었다.

이승만 정부 군부 실세인 원용덕은 서울에서 목사 아들로 태어나 세브란스 의학 전문학교를 졸업한 뒤 강릉에서 개원 일 년 만에 일제가 만주에 세운 만주군에 입대했다. 이 년 뒤 만주 육군 군의학교를 거치지 않고 중교(中校, 중령)로 특별 임관한 그는 만주군 내 조선인 최고참 장교가 되었다. 일제 패망 뒤 만주 신경(현재 장춘)에서 정일권 등과 교민 보호 빙자 단체인 동북 대한민국 보안사(일명 신경 광복군)를 만들어 변신을 시도하다 소련군에게 무장 해제 당한 뒤 월남해서 군정청의 친미 세력 확보 계획에 따라 백선엽·백인엽·김백일 등 일본군 출신 국방 경비대 양대 세력인 만주군 출신 대부가 되었다. 그는 만주 봉천 군관 학교와 신경 군관 학교 출신은 아니었지만 서른일곱 살에 중교가 되어 스물여덟 살에 중위와 대위였던 박정희나 정일권과는 격이 달랐다.

미 군정청은 국방 경비대를 만들면서 미국에 우호적이고 영어에 능한 장교를 선발하기 위해 만주군 출신 원용덕, 일본군 출신 이응준, 중국군 출신 조개옥에게 추천권을 맡겼다. 그러나 조개옥은 독립군과 중국군 출신이 중국 국공 내전에 참가해서 추천할 사람이 거의 없었다. 반면 원용덕과 이응준은 일제 패망 뒤 귀국한 일본군과 만주군 출신을 적극 추천했다. 군정청이 급히 만든 군사영어학교(현 육군 사관 학교)는 입학 정원과 교육 기간도 없이 필요에 따라 수시로 선발했다. 또한 군사영어학교 책임자인 리스 소령이 교감 원용덕에게 모든 운영을 맡겨 첫 임관 장교 백열 명 가운데 일본군 출신 여든일곱 명, 만주군 출신 스물한 명이 졸업할 수 있었다.

목사 아들로 십삼 년 동안 만주군 장교로 근무해 군사 지식과 영어에 능하고 반공을 이유로 월남해서 군정청의 요건을 모두 갖춘 원용덕은 초대 조선 국방 경비대 사령관과 조선 경비 사관 학교장, 8연대장을 맡았다. 그 뒤 대령으로 진급해 2여단장이 된 그는 여순 반란 사건을 진압하며 김백일 5여단장과 출세 경쟁을 벌이기도 했다. 이런 행적 때문에 반민족 행위 특별 조사 위원회의 조사도 받지 않은 그는 육군 본부 호국군 참모부장을 마치고 전역했다가 1951년 준장으로 복귀해 해체된 2군단을 재건해 부군단장을 하다 신태영 국방 장관 보좌관으로 일하며 이승만의 신임을 얻었다.

개헌에 실패한 이승만은 원용덕과 김창룡에게 여론을 조작해 야당 국회 의원을 체포하게 했다. 원용덕과 김창룡의 사주를 받은 국민회·조선민족청년단(족청)·대한 청년단·노동 총연맹 등 어용 단체와 백골단·땃벌떼·민족자결단 등 정치 깡패들은 부산 시내를 돌아다니며 관제 데모를 하며 국회 의사당을 포위해 야당 국회 의원 소환과 국회 해산을 요구했다. 이들의 관제 데모를 핑계로 장면 국무총리를 해임한 이승만은 개헌에 반대한 장택상을 내무 장관에 임명하고 공비 소탕과 치안 유지를 구실로 부산·경남·전남북에 계엄령을 선포한 뒤 원용덕을 계엄 사령관에 임명했다. 계엄 사령관이 된 원용덕은 버스에 탄 야당 국회 의원 열 명을 구속하고 대통령 직선제 발췌 개헌안을 통과시켰다. 1952년 7월 7일 발췌 개헌안 공포로 대통령 출마가 가능해진 이승만은 자신의 정치력을 과시하려고 국방 장관 명의로 육군 참모 총장(이종찬)에게 사단 병력을 부산에 파견하라고 명령했다.

"전쟁 중에 군인의 본분을 망각하고 정치에 관여하는 것은 건군 역사상 불식시킬 수 없는 오점을 남길 수 있고 누란의 위기에 처한 국가 운명을 멸망의 심연에 빠뜨리는 한을 남기게 될 것입니다."

이종찬이 전쟁 중이어서 후방에 병력을 보낼 수 없다고 거부하자,

이승만은 화를 내며 호출했다.

"귀관은 어째서 대통령의 명을 거역하고 나라에 반역하려 하는가?"

"군인은 정치인의 사병이 아니므로 정치에 개입하는 것은 부당하다고 생각합니다."

이종찬에게 무안을 당한 이승만은 육군 참모 차장 백선엽을 불렀다.

"당장 이종찬을 체포해서 군의 모범으로 삼아라."

즉석에서 백선엽을 육군 참모 총장에 임명한 이승만은 이종찬 참모 이용문 작전국장과 김종면 정보국장을 직위 해제했다.

일제 강점기 법무대신이었던 이하영 손자인 이종찬은 일본 육군 사관 학교를 졸업하고 소좌로 임관해 남태평양 뉴기니에서 근무했다. 그러나 특별한 친일 활동이 드러나지 않아 반민 특위 조사에서 친일 혐의를 벗었다. 평소 조부의 친일 활동을 부끄러워했던 그는 귀국 후 삼년 동안 은거하다 육군 참모 총장까지 진급했으나 군의 정치 중립을 주장하다 쫓겨났다. 이종찬을 해임한 이승만은 자신의 힘을 과시하려고 각 군 참모 총장을 호출했다. 손 제독은 급히 대통령 관저로 갔다. 그가 도착했을 때에는 최용덕 공군 참모 총장과 백선엽 육군 참모 총장이 기다리고 있었다. 이승만은 방에 들어오는 손 제독을 뚫어지게 바라보았다.

"정부 내에서 헌병 총사령부를 만들자는 의견이 있는 데 임자는 어찌 생각하는가?"

"대통령 직속으로 헌병 총사령부를 만들면 일제가 국왕 직속으로 헌병대를 만들어 생긴 오류를 범할 수 있다고 생각합니다."

이승만은 얼굴을 붉히며 최용덕과 백선엽을 바라보았다.

"두 사람은 어찌 생각하는가?"

"손 제독과 같은 생각입니다."

"저도 그렇습니다."

"그렇다면 이 문제는 더 이상 거론하지 않겠네."

손 제독의 반대에 화가 난 이승만이 방을 나가 회의는 싱겁게 끝나고 말았다. 그러나 이승만은 원용덕과 김창룡을 앞세워 야당 국회 의원을 가택 연금하고 관제 데모로 여론을 조작했다.

며칠 뒤 손 제독은 국민 방위군 사건으로 장관에서 물러난 이기붕의 연락을 받고 대신동 집을 찾아갔다. 이기붕의 집에는 김창룡이 앉아 있었다.

"무슨 일이십니까?"

"각하께서 손 제독을 신임하시니 부탁 하나 합시다. 각하께서 특무대장에게 야당 의원 사상 검증을 맡겼는데 아무 문제가 없어 곤란한 모양이니 손 제독이 대신 보고해 주시오."

이승만은 김창룡에게 개헌을 반대한 야당 의원의 사상을 검증해 체포하도록 했다. 그러나 야당 의원들의 사상에 아무 문제가 없어 곤란해진 김창룡이 이기붕에게 보고를 대신 부탁한 것이다. 하지만 이기붕도 국민 방위군 사건 때문에 이승만 눈 밖에 나서 직접 보고하기가 껄끄러웠던 것이다.

"대통령께서 특무대장에게 명령한 것을 제가 보고하는 것은 적절하지 않다고 생각합니다."

"특무대장도 성과가 없어 곤란한 모양이니 한 번만 부탁합시다."

"……!"

손제독이 침묵으로 일관하자 이기붕은 손을 잡고 사정했다.

"특무대장 사정도 있으니 한 번만 부탁합시다."

"좋습니다. 그러나 이번 한 번 뿐입니다."

이튿날 손제독은 이승만을 찾아가 야당 의원 사상에 아무 문제가 없다고 보고했다. 이승만은 얼굴을 붉히며 손 제독을 외면했다.

"그럼, 다른 사람을 시켜서 다시 알아보겠네."

며칠 뒤 이승만은 손 제독을 다시 호출했다.

"임자는 어째서 야당 말만 듣고 다녀?"

이승만은 손 제독이 자리에 앉기 전에 화부터 냈다. 그런데 프란체스카 여사가 방에 들어왔다.

"총장님, 오늘은 대통령께서 몸이 많이 편찮으셔서 화를 내면 안 되니 이만 돌아가시지요."

손 제독은 대통령 관저를 나서며 누군가 다른 보고를 했음을 직감했다. 그런데 며칠 뒤 국방부 직원이 손 제독을 찾아왔다.

"총장님, 배 한 척만 내주십시오."

"무슨 일인지 모르나 지금은 전쟁 중이므로 그럴 수 없다고 전하시오."

"국방부 지시를 안 된다고 하시면 어떡합니까?"

일개 국방부 직원이 해군 참모 총장에게 국방부 운운하는 모습을 본 손 제독이 외쳤다.

"윗사람을 모시려면 똑바로 해. 누가 멋대로 국가 시설을 마음대로 사용해. 가서 안 된다고 전해."

국방부 직원이 돌아간 뒤 정치 파동에서 수완을 발휘한 원용덕은 국방부 산하에 2개 중대 규모의 헌병 총사령부 사령관에 취임했다. 정치 파동으로 세상이 혼란스러웠지만 가을을 맞은 전선은 평온함을 되찾았다. 이때 손 제독은 미 해군 참모 총장 초청으로 신현준 해병대 사령관과 미국을 방문하게 되었다. 전쟁이 끝나지 않았지만 우방국 초청을 거절하지 못해 미국에 간 그는 샌디에이고 미 해군 기지에서 교재를 살펴보다가 놀라고 말았다. 출국 전 그는 신미도에서 미그기 회수 작전을 수행하다 공습으로 피침된 압록강함(PF-62함)을 요코스카 미 해군 기지에서 수리하게 했다. 그런데 어찌된 일인지 두 달이 지나도록 귀대하지 않아 그 이유를 함장에게 물었었다. 그런데 미 해군 교재에 압록강함의 전투 상황이 자세히 실려 있었던 것이다. 손 제독은 교재를 해군이 사용할 수 있게 한 뒤 뉴욕으로 향했다.

손 제독의 뉴욕 안내를 맡은 이는 전 해군 고문관 네시 대령이었다. 그는 해군에 여러 차례 미군 함정을 지원하도록 도와줘서 손 제독과 가깝게 지낸 사이였다. 오랜만에 만난 두 사람은 이런저런 이야기를 나누다 대통령 선거로 화제가 바뀌었다. 마침 미국은 대통령 선거가 열리는 해여서 만나는 사람마다 누가 당선될지 궁금해 했다.

"이번 대선에서 누가 당선될 것 같습니까?"

"별일 없으면 트루먼이 계속 집권할 것 같습니다."

네시는 트루먼이 나토 사령관을 역임한 아이젠하워를 이길 것이라고 호언장담했다.

"총장님께서는 누가 당선될 것으로 생각하십니까?"

"지금은 국제 정세가 불안해서 리더십이 뛰어난 아이젠하워가 대통령에 당선될 것이라 생각합니다."

손 제독의 이야기를 들은 네시는 이해가 되지 않는다는 듯 어깨를 들썩였다.

"그럼 우리 누가 당선될지 내기합시다."

"내기요?"

"맞춘 사람에게 오십 달러 주기로 말입니다."

"그럽시다."

손 제독은 웃으면서 화답했다. 그리고 손 제독이 뉴욕 방문 일정을 모두 마친 날 저녁 네시가 오십 달러를 내놓았다.

"총장님께서 이겼습니다."

대통령 선거가 끝난 것을 떠올린 손 제독은 네시 어깨를 토닥거렸다.

"그럼, 내가 승리 축하주로 샴페인 한 잔 사겠소."

손 제독은 네시와 샴페인을 마시고 귀국했다. 이때 전선의 전투가 잦아들어 널문리(판문점의 옛 지명)에서는 휴전 회담이 계속 열렸다. 회담 소식이 전국에 알려지면서 휴전에 반대하는 시민과 학생이 거리에서 매일 시위를 벌이기 시작했다.

전쟁 포로 석방과 손원일 국방 장관

1953년 6월 전쟁이 삼 년을 넘기면서 진행된 휴전 회담에서 양측 대표는 서로 유리한 주장만 내세워 진전이 없었다. 이때 정부는 영국 엘리자베스 여왕 대관식 사절단으로 백두진 국무총리와 신익희 국회 의장을 파견하기로 결정했다. 마침 영국 해군 초청을 받은 손 제독도 함께 가게 되었다. 휴전 회담이 끝나지 않은 때여서 자리를 비우기 어려웠지만 유엔군 파견 감사 표시로 응했다. 매일 휴전 반대 시위가 거세지는 가운데 이승만은 여론을 잠재우려고 원용덕 헌병 총사령관을 호출했다.

"휴전 협정 조인 전에 전쟁 포로를 석방하라."

"알겠습니다. 각하!"

처음부터 휴전을 반대했던 이승만은 국민의 비난 여론을 바꾸기 위해 전쟁 포로 석방을 지시한 것이다. 대통령 관저를 나선 원용덕은 미군 몰래 전국 포로수용소 경비를 맡은 국군 헌병들에게 6월 18일 새벽 두 시를 기해 전쟁 포로를 탈출시키라고 명령했다. 원용덕의 지시를 받은 헌병들은 부산·대구·광주·마산·거제도에 있는 수용소 전기를 차단하고 포로들을 탈출시켰다. 뒤늦게 포로 탈출을 확인한 미군은 탱크와 헬리콥터까지 동원해 수색했지만 모두 사라진 뒤였다.

미군이 반공 포로 탈출에 민감했던 것은 북한이 이를 빌미로 휴전 회담을 거부하면 전쟁을 끝낼 수 없다고 생각했기 때문이다. 미국인 대부분이 전쟁이 끝났다고 믿는 상황에서 분위기가 바뀌어 비판 여론이 늘어날 수 있었기 때문이다. 처음부터 북진 통일을 주장하며 휴전을 반대한 이승만은 북송을 거부한 포로 삼만 오천여 명 가운데 이만 칠천 명을 탈출시켜 자유를 찾아 주었다. 그러나 미국을 비롯한 우방국은 국제 법까지 어기면서 포로를 석방한 이승만을 이해하지 못했다.

"전쟁 포로를 석방한 이유가 뭡니까?"

"……?"

영국 여왕 대관식에 참석한 세 사람은 기자들에게 둘러싸여 포로 석방 문제를 해명하느라 진땀을 흘렸다. 전쟁 포로 석방으로 세계 여론이 들끓는 가운데 이승만은 백두진 국무총리에게 미국을 방문해 석방 취지를 설명하게 하고 두 사람은 귀국하라는 훈령을 보냈다. 남은 일정을 취소하고 귀국한 손 제독은 이승만을 찾아갔다.

이승만은 손 제독 옆에 앉은 뒤 무릎에 손을 얹었다. 그의 이런 행동은 뭔가 중요한 이야기를 할 때의 습관이었다.

"손 제독, 이번에는 꼭 맡아 주게."

"무엇을 말입니까?"

"국방 장관 말일세. 지금 정부는 전쟁 포로 석방 문제로 복잡하다네. 미국이 신임하는 애드미럴 손이 문제를 맡아서 해결해 주게."

"이제 막 해군이 제 모습을 갖추어 가는 때라 할 일이 많습니다. 그러므로 해군을 위해 계속 일하고 싶습니다."

"애드미럴 손 마음 잘 아네. 하지만 국방 장관을 하면서도 얼마든지 해군을 위해 일할 수 있으니 잘 생각해 보게."

갑자기 장관 입각 제안을 받은 손 제독은 아무 말도 하지 않았다. 해방 조국에 강한 해군을 만들겠다는 신념을 한 번도 잊어본 적이 없었기 때문이다. 또한 전쟁 중에 입각하는 것은 군인의 본분이 아니라고 생각했다. 그렇다고 어려움에 빠진 정부를 모른 척하는 것도 예의가 아니라고 생각했다.

"사흘만 생각할 시간을 주십시오."

"알았네. 그러겠네."

대통령 관저를 나온 그는 집에 머물며 많은 생각을 했다. 모두가 원하는 장관이지만 전쟁 중에 사리사욕만 챙긴다는 말을 듣고 싶지 않았다. 또한 미군 구식 함정으로 전쟁을 치르는 상황에서 강한 해군을 만들려면 정치력을 발휘하는 것도 중요하다고 생각해 결정이 쉽지 않았다.

사흘 동안 깊은 고민에 빠졌던 그는 이승만을 찾아갔다. 그를 맞은 이승만은 말없이 눈치를 살폈다. 그동안 대장 진급도, 장관 입각도 거부한 그의 고집과 신념을 잘 알고 있었기 때문이다. 그가 말없이 앉아 있자 이승만은 답답하다는 듯 바라보았다.

"생각해 보았나?"

"말씀대로 따르겠습니다."

"잘 생각했네. 이번에도 거절하면 어쩌나 하고 걱정했네."

대통령 관저를 나온 손 제독은 해군에 이 사실을 알렸다.

1953년 6월 30일 때 묻은 군모를 벗은 그는 이승만 정부의 다섯 번째 국방 장관에 취임했다. 그는 국방 장관 취임사에서 포부를 밝혔다.

"중대한 시기에 부족한 제가 국방의 중책을 맡은 데 대해 위로는 국민과 대통령 그리고 국군 장병들의 기대에 어긋나지 않도록 정예군을 만드는 데 최선의 노력을 다하겠습니다."

취임식을 마친 손 장관은 후임 해군 참모 총장에 박옥규 소장을 임명했다. 손 장관은 해사대 결성 때부터 한마음 한뜻으로 일한 정긍모를 참모 총장으로 생각했었다. 그러나 박옥규는 정긍모보다 열세 살 많은 연장자이며 1함대 사령관이어서 고민 끝에 그를 추천했다. 박옥규는 해군 내 유일한 선장 출신으로 전투함 운용술이 뛰어나 해군 발전에 크게 기여했다. 또한 손 장관은 삼십대인 강영훈(소장) 육군 본부 인사국장을 국방부 차관에 임명하려 했다. 하지만 강영훈이 야전군 사단장을 원해 대신 육군 법무감을 지낸 이호를 임명했다. 며칠 뒤 국방 장관이 되어 현황 파악에 바빴던 손 장관은 국회에 불려갔다.

"장관이 어떻게 했기에 군인들이 시내 한복판에서 군수품을 빼돌립니까?"

군 후생 사업을 조사하던 국회 의원들이 동경호텔 앞에서 군수품을 내리는 군용차를 발견해 국회를 소집한 것이다. 손 장관은 잠시 생각에 잠겼다. 군에 지급하는 장병의 하루 부식비 이십육 원이 터무니없이 부족한 것을 알고 있었기 때문이었다. 그래서 일부 부대에서는 부족한 부식비를 해결하려고 군수품을 내다 팔아 문제를 해결했다. 이는 명백한 불법 행위지만 열악한 정부 재정 때문에 생긴 것이어서 장병들만 탓할 수 없었다.

"의원 여러분! 군에서 보급품을 빼돌린 것을 인정합니다. 그러나 지금 사병들에게 지급되는 하루 식비가 얼만지 아십니까? 이십육 원입니다. 이 돈으로 장병들에게 세 끼를 해결하라는 것은 굶으면서 나라를 지키라는 것과 같습니다. 여러분께서 집에서 따뜻한 밥을 드실 때

나라를 지키기 위해 모인 군인들은 식비가 부족해서 마음껏 먹지도 못합니다. 군인들이 보급품을 빼돌린 것은 부족한 식비를 해결하려다 생긴 일이니 이 문제를 해결해 주신다면 저는 장관에서 물러나겠습니다."

손 장관의 설명이 이어지자 국회 의사당이 술렁거렸다. 이는 일부 국회 의원도 알고 있었지만 정부 재정이 부족해서 생긴 문제여서 해결할 방법이 없었다.

"지난겨울에는 국군의 사정을 알고 있었던 벤플리트 미 8군 사령관과 해군 고문단이 기름을 지원해서 추위를 이겨낼 수 있었습니다. 의원님들께서는 장병들의 어려움을 이해하시어 반드시 해결 방안을 만들어 주시길 바랍니다."

손 장관의 답변을 들은 국회 의원들은 아무 말도 못하고 회의를 마쳤다. 이때 전국으로 번진 휴전 반대 시위가 더욱 거세졌다.

"휴전 반대! 통일이 아니면 죽음을 달라!"

손 장관이 군 보급품 판매 문제로 곤혹을 치르는 동안 전국으로 번진 휴전 반대 시위는 더욱 격렬해졌다. 1951년 겨울 시작된 휴전 반대 시위는 손 장관이 입각한 뒤 전국으로 번졌다. 서울 지역 중고생들은 외신 기자가 머문 조선호텔과 반도호텔 앞에서 통곡하는가 하면 부산에서는 영어로 쓴 휴전 반대 피켓이 등장했다. 처음부터 휴전 회담에 반대했던 이승만은 휴전 협정 문서에 도장을 찍지 않겠다면서 대표 파견도 거부했다. 그러나 손 장관은 조국의 운명이 걸린 휴전 회담을 유엔 대표에게만 맡길 수 없다고 생각해 초기부터 참관인 자격으로 참석했다.

"휴전 반대는 이해하지만 유엔 대표에게 모든 회담을 맡기면 절대로 안 됩니다. 지금이라도 대표를 파견해서 휴전 회담 내용이라도 파악해야 합니다."

"내 손으로 조국을 두 동강 내는 문서에 도장을 찍을 수 없네. 그러니 손 장관이 알아서 처리하게."

이승만은 끝내 휴전 회담 대표 파견을 거부했다. 그러나 1953년 7월 27일 오전 10시 판문점에서 유엔군 사령관과 조선 인민군 총사령관, 중국 인민 지원군 사령관이 정전 협정에 서명했다. 이승만과 국민의 반대 속에 수백만 명의 생명과 재산을 앗아간 전쟁은 잠시 전쟁을 중단하는 정전 협정으로 끝났다.

군사 원조 협상

정전 협정 체결 이듬해 전쟁을 이겨낸 사람들은 새 삶을 찾기 위해 안간힘을 썼다. 그러나 이런 국민들의 노력과 달리 이승만은 영구 집권을 꿈꾸었다. 1952년 대통령 중임제 발췌 개헌에 실패했던 그는 제3대 국회 의원 선거에서 개헌 의석을 확보해 헌법을 개정하기로 마음먹었다. 이때 평양 청년회와 서북 청년회 등 반공 청년단에서 활동했던 김성주가 사형 선고도 받지 않고 처형당하는 일이 발생했다.

평북 강계 출신으로 원용덕의 정치 공작을 돕던 그는 유엔군의 평양 수복 때 평남 지사 대리에 임명되었으나 이승만이 다른 이를 임명한 것을 거부해 미움을 샀다. 그 뒤 이승만 정적 장면을 대통령 후보로 추대하려다 실패한 그는 조봉암 선거 사무차장으로 일하며 반공 포로 석방과 휴전 협정 반대를 비판하다 정전 협정 체결 한 달 전 헌병 총사령부 헌병들에게 체포되어 육군 형무소에 수감되었다. 이 사실을 알게 된 손 장관은 민간인인 그를 군법 회의에 회부할 수 없다며 반대했지만 이승만은 반역 사건이라며 강행했다. 손 장관은 그를 일반 법원에 이첩시키려고 김병노 대법원장을 찾아가 설득했지만 소용이 없었다.

헌병 총사령부는 김성주를 포로 석방을 비판한 조병옥과 조봉암 사건과 연계해 구속하려다 실패하자 이듬해 4월 7일 고등 군법 회의에 회부해 국가 보안법과 내란 음모죄로 징역 칠 년을 구형했다. 그러나 김성주가 무죄 판결 가능성이 있다는 원용덕의 보고를 받은 이승만은 영문으로 '반역자', '극형'이라 쓴 쪽지를 건넸다. 쪽지를 받은 원용덕은 김성주를 헌병 총사령관 신당동 관사에서 살해한 뒤 집안 방공호에 묻었다. 결국 5월 6일 열릴 예정이던 결심 공판이 연기된 열사흘 뒤 국방부 보도과는 중앙 고등 군법 회의에서 김성주를 국가 보안법 위반과 내란 음모죄로 사형시켰다고 밝혔다. 그러나 이는 국방 장관도 모르는 일이었다.

자신의 정적과 반대파를 헌병 총사령부를 이용해 제거한 이승만은 소선거구제로 바뀐 총선에 출마한 여당 후보 가운데 개헌에 찬성하는 사람만 공천하도록 했다. 이는 불법 관권 선거였지만 이승만의 공포 정치를 막을 사람은 아무도 없었다. 정부 개입으로 시작된 불법 선거 운동에서 시골 경찰은 야당이 공산당보다 더 나쁘다며 투표를 막았고, 도시에선 야당 후보 등록을 방해했다. 자신의 선거 사무차장이 헌병 총사령부에서 살해된 것을 알지 못한 조봉암은 인천 을 지역에 후보 등록을 하려다 경찰에게 서류를 빼앗겼다. 또한 부산과 서대문 을 지역에서는 선거 관리 위원회의 방해로 등록에 실패했다. 이기붕이 출마한 서대문 을 지역 선거 위원회는 그의 후보 추천서를 확인한다면서 시간을 끌어 접수를 막았다.

정부의 개입 속에 치러진 제3대 국회 의원 선거(총 지역구 203곳)에서 114명의 당선자를 배출한 자유당은 대통령의 삼선 제한을 없애는 2차 헌법 개정안을 국회에 회부했다. 그러나 재적 인원 203명, 재석 인원 202명, 찬성 135표, 반대 60표, 기권 7표로 의결 정족수가 재적 인원 203명의 3분의 2인 136표에 한 표가 부족하자 사회자인 최순주 국회 부의장은 헌법 개정안 부결을 선언했다. 그러나 자유당은 재적 인원 203명의 3분의 2는 135.333……여서 영점 이하 숫자는 인격체로 볼 수 없다며 사사오입하면 의결 정족수가 135명이라 주장해 결국 개헌안을 통과시켰다.

사사오입 개헌으로 장기 집권이 가능해진 이승만은 헌병 총사령부를 이용해 신익희·곽상훈·김상돈·김준연 등 야당 국회 의원 집에 배달된 동아일보에 북한 최고 인민 회의 명의로 된 남북 평화 협상 촉구 호소문을 끼워 보냈다. 이틀 뒤 민주당 김준연 의원이 국회에서 이 사실을 폭로하자 정부는 북한 공작원과 좌익 세력이 개입한 사건이라고 맞섰다. 그러나 이를 이상하게 여긴 손 장관은 이십여 일 동안 사건을 조사한 뒤 기자 회견을 통해 헌병 총사령부가 조작한 사건임을 밝히고 원용덕을 이호 국방부 차관 방으로 불렀다.

"누가 정치 공작을 한 것입니까?"

"국제 정세에 편승한 북한의 평화 협상을 지지하는 세력이 군에 침투해 야당 의원을 포섭할 수 있다고 판단해 헌병총사령부 5부장인 김진호 중령이 사상 검증을 위해 벌인 일입니다."

"국회 의원 사상을 군인이 검증한다는 게 말이 되는 소립니까?"

"본인과 헌병 총사령부는 특수 군인이므로 가능하다고 생각합니다."

원용덕이 야당 의원들에게 불온 문서를 보내게 한 것은 사사오입 개헌에 반발한 야당과 자유당 소장파 의원들의 탈당을 막기 위해 꾸민 일이었다. 원용덕의 정치 공작을 확인한 손 장관은 이승만을 찾아갔다.

"원 사령관의 행위는 군의 정치 중립 위반이니 책임을 물어 해임해야 합니다."

"손 장관, 이번 일은 그냥 눈감아 주게."

"그럴 수 없습니다. 저는 장관에서 물러나겠습니다."

손 장관은 이승만 앞에 사직서를 내놓았다.

"다시는 이런 일이 생기지 않도록 할 것이니 이번 한 번만 없던 일로 하세."

국내 정치인과 미국의 신뢰를 받는 손 장관이 물러나면 문제가 복잡해질 것으로 판단한 이승만은 사과와 함께 사직서를 반려했다. 부정선거와 공작 정치로 사회가 혼란해진 가운데 손 장관은 각 군 참모 총장에게 지휘 업무를 일임하고 원조 문제 해결에 나섰다. 국군이 전쟁 때 사용한 무기는 대부분 고철과 다름없었다. 남북이 정전 협정을 맺어 군 전력 증강과 경제 재건이 시급하다고 판단한 그는 각 군에 인사 위원회를 만들어 지휘권을 확립하고 국방부에 원조 담당 부서를 설치했다. 또한 전쟁 때문에 늘어난 병력을 감축하기 위해 복무 기간을 36개월로 단축하고 청년들의 외국 유학 요건도 완화했다. 정전 직후 한미 상호 방위 조약에 가조인한 미국은 이때 약속한 원조 문제를 해가 바뀌도록 지키지 않았다.

그런데 이때 미국은 남북문제를 논의하기 위해 제네바 회담을 추진했다. 회담 소식을 전해 들은 이승만은 일언지하에 대표 파견을 거부했다.

"필요 없는 곳에 왜 돈을 써. 우리는 회담에 불참하니 그리 알아."

제네바 회담 의제 대부분은 남북이 받아들일 수 없는 것이었다. 이승만이 회담 불참을 선언하자 다급해진 미국은 손 장관에게 중재를 요청했다. 손 장관은 이승만을 찾아갔다.

"우리가 제네바 회담에 불참하면 전쟁 책임은 물론 미국과의 원조 문제도 해결할 수 없을 것입니다."

"……."

이승만은 손 장관의 얼굴을 애써 외면했다.

"그러나 회담을 잘만 이용하면 원조 문제를 해결할 수 있을 것입니다."

원조라는 말을 들에 이승만이 자세를 고쳐 앉았다.

"어떻게 말인가?"

"회담 참가 조건으로 원조를 요구하면 미국은 틀림없이 받아들일 것입니다."

"그게 가능한가?"

"회담이 열리기 전에 아이젠하워에게 원조 요청을 하십시오."

"알았네. 자네 말대로 하겠네."

며칠 뒤 이승만은 손 장관에게 서류 한 장을 보여주었다.

"자네 말대로 미국이 원조 계획서를 보내왔네."

미국이 보낸 원조 계획서에는 육군 20개 사단과 10개 예비 사단 창설에 필요한 무기와 해군 구축함 두 척, 각종 함정 스물아홉 척 그리고 공군 제트기 비행단 창설에 필요한 항공기와 무기를 지원하겠다고 약속했다. 또한 정치적인 문제를 논의하기 위해 이승만을 초청했다.

1954년 7월 25일 변영태 외무 장관과 양유찬 주미 대사를 제네바 회담에 파견한 이승만은 손 장관과 워싱턴으로 갔다. 미국은 이승만의 방문 의제를 군사·민간 경제 원조와 한일 국교 정상화로 정했다. 그러나 한미 정상 회담은 시작부터 한일 국교 정상화 문제로 대립했다.

일제의 강점에서 벗어난 지 얼마 지나지 않은 때여서 국교 정상화는 이승만은 물론 국민도 반대했다. 이때 일본 대표가 일제의 강점으로 한국 사회가 발전했다고 주장해 회담은 시작조차 할 수 없었다. 미국도 이승만이 휴전 회담을 거부한 것을 이유로 고성능 무기 제공을 꺼려 군사 원조 회담도 지체되었다. 회담이 지체되자 이승만을 먼저 귀국시킨 손 장관은 잠시 귀국한 헐 주한 미군 사령관에게 군사 원조에 대한 조언을 요청했다.

"미국이 약속한 군사 원조 가운데 대포를 제외하고 모두 요구하시오."

손 장관은 헐의 조언대로 원조 회담에 참석해 미국이 내건 기본 내용을 모두 관철시켰다. 미국은 국군 칠십이만 명을 유지하는 조건으로 군사 원조 사억 이천만 달러, 경제 원조 이억 팔천만 달러를 지원하겠다고 약속했다.

"우리가 원조 약속을 지킨 것은 손 장관과 대한민국 실무단을 믿기 때문이오."

미국의 원조 회의 대표는 무력 통일을 꿈꾼 이승만보다 평화를 추구한 손 장관을 신뢰한다고 밝혔다. 그러나 이듬해 열린 2차 한미 원조 실무자 회의에서 미국은 원래 약속한 금액에서 군사 원조액 육천만 달러를 줄이겠다고 통보했다. 손 장관은 원조액 삭감 책임을 지고 이승만에게 사직서를 제출했으나 반려되었다. 재신임을 받은 손 장관은 국방 행정을 정비했다. 또한 미국 국방 대학원을 본뜬 전시 연합 대학을 만들어 국군 지휘관의 재교육을 실시하게 했고, 호국 영령 추도 시설 건립에 나섰다. 현충일 제정과 국립묘지 등 호국 영령 추도 계획을 보고 받은 이승만은 헬기를 타고 동작동을 방문해 많은 관심을 기울였다. 손 제독의 노력으로 1956년 4월 19일 대통령령으로 매년 6월 6일을 현충일로 제정했다.

6월 6일을 현충일로 제정한 것은 예전부터 '손' 없는 청명과 한식에 사초와 성묘를 하고 망종에 제사를 지내는 전통을 본뜬 것이다. 현충일이 제정되자 각지에 흩어져 있는 영현을 국립묘지에 안장하고 추념식을 거행한 손 장관은 각 군에 종교 시설도 만들었다. 그러나 해가 바뀌어도 끊이지 않는 군 관련 사건이 그를 괴롭혔다. 마침 군수용 원면 확보 부정 조사 보고서가 국회 국방 위원회에서 발표되어 그를 곤란하게 만들었다.

원면 사건은 손 제독이 장관 취임 첫 해 추진한 장병 월동용 장구에 사용할 원면 확보 사업이었다. 당시 원면이 전쟁 물자로 분류되어 구하기 어렵다고 판단한 그는 이재형 상공부 장관에게 도움을 요청했다. 그러나 정전 협정 발효로 법이 개정되어 시장에서 원면을 구매할 수 있다는 소식을 듣고 국방부 구매 담당자에게 직접 사올 것을 지시했다. 그 뒤 국방부 구매 담당자에게 방적협회가 경제 원조금 오백만 달러로 수입한 일부를 배당받기로 했다고 보고받았다. 그런데 몇 달 뒤 원면 구매 담당자가 부정을 저질렀다는 국회 국방위원장 발표를 들은 손장관은 군법 회의에 넘겨 처리하도록 했다.

삼 년 뒤 밝혀진 내용은 전혀 달랐다. 미국의 원조 자금으로 수입한 민간 소비용 원면을 확보한 구매 담당자가 이를 개인업자에게 맡기고 은행에서 칠천삼백만 환을 대출받았다는 내용이었다.

"저는 이와 관련해 어떤 부정도 저지르지 않았습니다. 행정 책임을 지고 물러날 수 있지만 정치적 누명을 쓰고 물러나는 것은 인정할 수 없습니다."

국회에 참석한 손 장관은 원면 확보 과정을 해명했으나 총선으로 여론이 민감한 때여서 이승만에게 사직서를 제출했다.

"사직서는 없던 일로 하겠네."

"아닙니다. 이제 그만 두겠습니다."

손 장관은 이승만의 손을 뿌리치고 경무대를 나왔다. 경무대를 나선 그는 허탈감이 몰려오는 것을 느꼈다. 그동안 해군 창설과 국방력 강화에 노력한 것이 정치에 이용당한 것 같았기 때문이다. 그는 서운함을 이겨내기 위해 삼 개월 동안 집에 틀어박혀 살았다.

약소국 외교관

국방 장관에서 물러나 집에만 파묻혀서 지난 일들을 정리하던 그는 창밖을 바라보다 가방을 챙기기 시작했다. 아무 잘못도 없이 억울하게 모함을 당한 것이 너무 분해 참을 수 없었기 때문이다. 외국 여행을 결심한 그는 이승만을 찾아갔다.

"당분간 외국에 다녀올까 합니다."

"마침 중동과 아프리카 특사로 보내려던 참인데 뭐 하러 외국에 가나?"

"이런 상태로는 어떤 일도 할 자신이 없습니다."

대통령 관저를 나선 그는 비행기를 타고 세계 곳곳을 돌아다니기 시작했다. 뉴욕 아스토리아 호텔에서 맥아더를 만나 전쟁 때 도움을 준 고마움을 전했다. 맥아더는 인천 상륙 작전 때 공로를 인정해 미국 정부에 은성 무공 훈장을 상신했었다. 그런 인연 때문에 손 제독을 잘 알고 있었던 맥아더는 한국 전쟁의 아픔을 달래주었다. 맥아더와 헤어진 뒤 육 개월 동안 세계 곳곳을 돌아다닌 손 제독은 해군 참모 총장과 국방 장관 시절 도움을 받은 지인들을 만나고 귀국해 이승만을 찾아갔다.

"머리는 잘 식혔나? 원래 정치는 편할 날이 없다는 걸 임자도 잘 알지 않는가? 이제 열심히 도와주게."

"……."

"곧 서독에 공사관을 만들 예정이니 애드미럴 손이 맡아주게."

"이젠 공직을 떠나 조용히 살고 싶습니다."

"애드미럴 손 마음 충분히 이해하네. 그러니까 외국에 가서 몇 년 쉬다 오라는 거야."

이승만의 제안을 승낙한 그는 다시 짐을 쌌다. 중국 원양 항해사 시절 해군 창설의 꿈을 키워준 서독 공사에 부임하게 된 그는 가슴 한편이 설레는 것을 느꼈다.

1957년 여름 서독에 도착한 그는 이내 실망하고 말았다.

"대통령께서 휴가 중이어서 신임장 제정은 한 달 뒤에 가능합니다."

서독 대통령에게 신임장을 제정받지 못한 그는 맥이 풀리고 말았다. 언제든 신임장 제정이 가능하다는 외교부 말을 믿었다가 발이 묶인 것이다. 그렇다고 비싼 호텔에서 생활할 수도 귀국할 수도 없었던 그는 부영사인 박창남과 서독 수도 본 외곽에 공사관을 설치하기로 하고 건물을 수소문했다. 그러나 한국이 전쟁고아 수출국이란 소문이 퍼져 여러 번 퇴짜를 맞은 뒤 이층집 한 채를 빌렸다. 이층집에 어렵게 공사관을 설치한 그는 신임장 제정 준비에 들어갔다. 서독은 각국 대사 신임장을 대통령이 직접 찾아가 받는 전통이 있었다.

한 달 뒤 손 제독은 오토바이 경호를 받으며 나타난 서독 대통령을 맞았다. 본 시가지에서 멀리 떨어진 보잘 것 없는 이층 공사관에서 서독 대통령에게 신임장을 제출한 그는 대사 업무를 시작했다.

그리고 이듬해 서독 공사관은 대사관으로 승격되어 손 공사도 대사가 되었다. 대사 부임 이후 그가 시작한 일은 우리 문화 알리기였다. 하지만 문화관을 만들기에는 대사관이 너무 비좁았다. 결국 그는 서독 외무부 건물 옆에 있는 사 층짜리 건물을 육만 달러에 구입하기로 계약했다. 그런데 이 소식을 들은 이승만은 본이 서독 임시 수도란 이유로 반대했다.

"그렇다면 저는 대사직을 그만두겠습니다."

"알았네. 건물 구입은 손 대사가 알아서 하게."

이승만의 반대를 대사직 사퇴로 맞서 승낙을 받았지만 이 사이 환율이 올라 돈이 부족하자 은행 대출로 해결했다. 서독 외무부 옆에 만든 대사관 한편에 문화원으로 꾸미기 시작한 그는 전시 자료가 부족하자 국내 대학 총장들에게 편지를 써서 해결했다. 대학 총장들이 보낸 자료를 바탕으로 삼 개월 동안 전통 문화원을 꾸미는 데 일손이 부족했다. 그래서 대사관 직원은 물론 독일·프랑스 등에서 공부하는 유학생 도움을 받아 완성했다.

한국 문화원을 개관한 손 대사는 각국 대사들을 모아 놓고 '한국의 밤' 행사를 개최했다. 이때 파리에서 활동한 이응로 화백이 문화원을 찾아와 각국 외교관과 독일 각료 부인들에게 동양화를 가르쳐서 큰 인기를 끌었다. 몇 달 뒤 이응로가 파리로 돌아가자 외교관 부인이 쫓아가서 배워 우리 문화 알리기에 힘을 보탰다.

손 대사는 유럽 내 대사관이 부족해서 서독과 무비자 방문 협상을 마쳤으나 이승만의 반대로 뜻을 이루지 못했다. 유럽과 아프리카에서 열린 회의까지 참석했던 그는 북한의 동독 유학생 네 명이 쾨른 영사관에 망명해 정부 지원을 요청했다. 그러나 이승만이 이들의 지원을 거부해 미국 한미재단에 도움을 요청해 매월 일인당 백 달러씩 받은 돈으로 해결했다. 그런데 얼마 뒤 다시 열여섯 명의 유학생이 망명했다. 손 대사는 정부 지원을 포기하고 대사관 운영비 가운데 일부를 이들에게 지원해 한동안 어려운 생활을 했다.

정부 수립 초기 이승만은 대한민국을 한반도의 유일한 합법 정부로 인정받기 위해 미국·중국(대만)·영국·프랑스·서독 등에 공관을 개설하고 승인 외교를 전개했다. 또한 정부 공관이 설치되지 않은 남미·아프리카·중동·동남아시아 지역 국가에 친선 사절단을 파견했다. 서독 대사인 손제독은 공관이 없는 네덜란드·벨기에·룩셈부르크·오스트리아·스위스 대사를 겸임하며 활발한 외교 활동을 전개했다.

불의와 타협하지 않은 자유인

손 대사가 삼 년 동안 서독에서 외교 활동에 전념하는 사이 국내는 정부통령 선거가 시작되었다. 자유당은 이승만과 이기붕이 출마한 정부통령 선거에서 승리하기 위해 모든 행정력을 동원했다. 이때 민주당 대통령 후보 조병옥이 선거 운동 도중 사망해 이승만의 당선은 확실했지만 부통령 후보에는 많은 이의 지지를 받은 장면이 출마해 이기붕을 긴장시켰다. 정부와 자유당은 이기붕의 당선을 위해 관권 부정 선거에 매달렸다. 마침 장면이 대구 유세에 나서자 학생들의 참가를 막기 위해 영화 관람, 추가 시험 등을 이유로 일요일에도 등교하도록 했다. 이에 반발한 경북고등학교 학생들은 학원 정치 반대를 외치며 시위에 나섰다. 이에 동참한 다른 학교 학생들이 합세해 대구는 혼란에 빠졌다.

이튿날 장면 유세에 참석한 경북고 학생회장 이대우는 국민 권리 보장을 위한 결의문을 낭독하고 정부의 부정 선거를 규탄했다. 이에 당황한 정부는 학생들이 공산당 사주로 시위를 벌인다며 경찰을 동원해 강제 진압에 나섰다. 반발한 학생과 시민들의 시위가 확산되자 정부는 깡패와 용역을 동원해 관제데모로 맞섰다.

관제데모에 맞선 시민과 학생들이 관치 선거 반대를 요구하는 가운데 치러진 정부통령 선거에서 정부는 자유당 후보를 투표용지에 미리 기표하거나 유권자 여러 명을 짝지어 투표하게 한 뒤 기표 내용을 서로 확인하게 했다. 또한 사망자를 선거인 명부에 올려 자유당 후보에게 기표하는가 하면 야당 선거 관리인을 내쫓고 투표함을 바꿔치기했다. 개표 중에는 다른 후보 지지표를 이기붕 표로 집계하거나 다른 후보 기표 뭉치에 이기붕 기표 용지를 위아래만 덮어 집계하기도 했다..

이런 부정을 직접 확인한 민주당 마산 지부는 선거 포기 선언과 함께 부정 선거 규탄 시위를 벌이기 시작했다. 이때 마산 경찰서장이 들고 있던 확성기를 한 고등학생이 빼앗아 "자유"를 외치다 폭행당한 소식이 알려져 시민들이 합세하기 시작했다. 결국 경찰만으론 진압할 수 없다고 판단한 마산 경찰서장은 반공 청년단을 동원해 폭력으로 해산했다. 그러나 저녁때 다시 모인 학생과 시민 만여 명이 마산 시청을 점거하자 진압을 위해 출동한 소방차가 전봇대를 들이받는 정전 사고를 틈탄 경찰의 발포로 여덟 명이 숨졌다. 이튿날 야당 진상조사단이 정부의 강경 진압을 따지자 이승만은 공산당 사주로 둘러댔고 이기붕은 경찰에 총을 지급한 것은 발포하라는 뜻이라고 주장해 국민의 분노를 샀다.

이때 남원 출신 마산상고 일학년인 김주열이 행방불명되어 그의 어머니가 한 달 동안 마산을 돌아다녀 시민들의 관심을 끌었다. 그런데 4월 11일 신포동 부둣가에서 최루탄이 눈에 박혀 사망한 김주열의 시신이 발견되었다. 경찰은 급히 김주열의 시신을 도립병원에 옮겼으나 이를 알게 된 시민들이 병원을 점거해 마산은 사흘 동안 무정부 상태가 되었다. 이때 서울에서 부정 선거 규탄 시위를 마치고 학교로 돌아가던 고려대 학생들이 신도환이 이끈 반공 청년단과 정치 깡패의 습격으로 수십 명이 다치는 일이 발생했다.

이튿날 흥분한 시민과 학생 십만여 명의 시위에 맞선 경찰이 총을 발사해 수백 명의 사상자가 발생했다. 정부는 발포 사실을 정당화하려고 경찰의 발포 시간을 한 시간 소급 적용해 서울 지역에 계엄령을 선포했다. 그러나 서울 지역 계엄 사령관인 조재미 준장은 군인들에게 무단 발포와 민가 침입을 금지시켰다. 또한 그는 늦은 밤 부관 두 명만 데리고 고려대를 찾아가 강당에 안치된 시신에 조의를 표하고 강경 진압 금지를 선언해 시위대를 해산시켰다.

일주일 뒤 학생들의 죽음을 지켜보던 고려대 교수 이백오십팔 명은 봉급날을 기회로 시국 선언문을 발표하고 이승만의 하야를 주장하는 거리 행진을 시작했다. 이 모습을 본 시민과 학생 십만여 명이 동참했다. 시위대에는 "부모형제에게 총부리를 겨누지 말라"는 플래카드를 든 국민학생(초등학생)들도 참석했다. 이들이 시위에 참가한 것은 수송국민학교(현 수송초등학교) 학생이 경찰 총에 사망한 것을 항의하기 위해서였다.

늦은 밤 십만 명의 시위대 앞에는 착검한 군인들이 탱크를 앞세우고 막아섰다. 그런데 이때 한 소년이 탱크에 올라가 "대한민국 국군 만세"를 외치기 시작했다. 소년의 외침에 용기를 얻은 시위대는 일제히 계엄군에게 몰려가 태극기를 흔들어 모두 하나가 되었다.

이튿날 오전 열 시. 라디오 방송에 참석한 송요찬 계엄군 사령관은 시위대의 요구는 정당하다는 성명서를 발표하자 이승만은 급히 하와이로 망명했다. 이때 각국 주재 한국 대사관은 유학생과 교민들의 시위로 몸살을 앓았지만 서독 대사관만은 격려를 받았다.

허정 과도 정부 수반이 윤보선·장면 정부가 들어설 때까지 대사관을 지킨 그는 후임자에게 자리를 물려주고 미국으로 갔다. 그가 미국에 간 것은 그 동안 공부한 것을 마무리하기 위해서였다.

홍은혜와 워싱턴 근교 알렉산드리아에 작은 아파트를 얻은 그는 육개월 예정으로 프레즈노 퍼시픽 대학에서 석사 과정을 시작했다. 그러나 이듬해 5월 부산 군수기지 사령관인 박정희 소장이 쿠데타를 일으켜 계속 미국에 체류했다. 국가 재건 최고 회의 의장에 올라 군정을 실시한 박정희는 1962년 3월 윤보선 대통령이 사임하자 대통령 권한 대행도 함께 맡았다. 쿠데타로 정권을 장악한 박정희는 미국에 머문 손제독에게 귀국하라고 요구하며 만약 듣지 않으면 여권을 회수하겠다고 압박했다. 이 사실을 알게 된 설국환 한국일보 주미 특파원이 미 국무성 과장을 설득해 손 제독에게 이천 달러를 지원하게 하여 논문 작업을 도왔다.

《저개발 국가의 민주주의와 경제 발전》이란 제목의 연구에 몰두한 손 제독은 일 년 만에 오백 쪽짜리 논문을 완성한 뒤 귀국했다. 이때 쿠데타로 집권한 박정희는 악화된 한미 관계 회복에 노력했다. 그러나 손 제독은 각 군 참모 총장(공군 장덕창, 육군 이응준) 출신들과 정권의 평화적 민간 이양을 요구했다. 그가 이러한 요구를 한 것은 군인은 어떤 경우에도 정치에 참여해선 안 된다는 신념 때문이었다. 결국 민정 이양 방침을 세운 박정희는 1963년 자신이 창당한 민주공화당 총재가 된 뒤 그해 치러진 제5대 대통령 선거에서 야당 후보인 윤보선을 15만여 표 차이로 누르고 당선되었다. 이때 허정이 만든 '국민의 당'에 참여해 박정희를 견제하려던 손제독은 뜻을 이루지 못했다.

1966년 재향군인회 자문 위원장이 된 그는 신문에 "집권자에게 통보한다"라는 제목으로 박정희의 대일 정책을 비판했다. 이때 손 제독은 박정희에게 외무부 장관 입각을 제안받았지만 일언지하에 거부했다.

이 년 뒤 손 제독은 자신의 정신적 지주인 박신일의 죽음을 지켜보아야 했다. 목회자로 독립운동에 앞장선 손정도 목사 곁에서 반평생을 지킨 그녀는 일제의 갖은 핍박을 이겨내고 여든여덟 살에 조국 품에 잠들었다. 어머니 박신일을 떠나보낸 뒤 한국홍보협회 회장으로 대한민국 알리기에 앞장섰다. 그러나 그 동안 손 제독을 괴롭혔던 신장병이 악화되어 1980년 2월 15일 오전 9시 20분 가족들이 지켜보는 가운데 조국의 바다에 영원히 잠들었다. 그가 잠든 대한민국 바다에는 충무공의 후예로 흘린 땀과 눈물이 거대한 뿌리가 되어 지금도 일렁이고 있다.

손원일 제독 약력

1909년 5월 5일	손정도 목사의 장남으로 출생
1935년	홍은혜와 결혼
1945년	해사대 결성
1945년	해방병단 창설(11월 11일)
1946년	해방병단 총사령관 겸 해군 병학교 초대 교장
1946년	조선 해안 경비대 총사령관
1948년	초대 해군 총사령관, 해군 최초의 제독으로 승진
1950년	인천 상륙 작전 참가
1953년	해군 예비역 중장으로 예편, 제5대 국방부 장관
1957년	주 서독 대사
1963년	국민의 당 중앙위원회 위원장
1966년	한국 재향군인회 자문위원장
1972년	홍보협회장
1976년	대한석탄공사 이사장
1980년	2월 15일 향년 70세로 영면.

가족 관계

부친 손정도	1882년 7월 26일~1931년 2월 19일. 개신교 목사로 상해 임시 정부 의정원 의장을 지낸 독립운동가
모친 박신일	1880년 4월~1968년 9월 29일 손정도 목사를 도와 독립운동에 기여
아내 홍은혜	1917년 ~ 2017년 4월 19일. 1939년 손원일과 결혼
누이 손진실	평양 애국부인회에서 상해 임시 정부 재정 모금에 기여. 주 영국 공사 윤치창과 결혼
누이 손성실	중국 축구 왕으로 불린 신국권과 결혼.
동생 손원태	2004년 9월 28일 재미 의사
동생 손인실	사회운동가. 대한YWCA연합회, 한국여성단체협의회, 한국여성개발원 등에서 여성운동에 헌신. 대한적십자사 부총재 역임.
큰아들 손명원	1941년 5월 5일~ 현대미포조선 쌍용자동차 사장 역임. 김동조 둘째 딸 김영숙과 결혼. 딸 손정희, 사위 홍정욱(현 헤럴드 경제신문 회장).

애국지사 손정도 목사와
대한민국 해군의 아버지 손원일 제독의

거대한 뿌리

손준영 글
초판 1쇄 2018년 11월 11일
펴낸곳 비씨스쿨/펴낸이 손상열/ 디자인 송인숙
등록번호 제303-2004-36호/등록일자 1992년 2월 18일
주소 서울시 구로구 구로5동 107-8
전화 02) 869-7242/팩스 02) 869-7244
메일 foxshe@hanmail. net   979-89-91714-29-8 03810

「이 도서의 국립중앙도서관 출판도서목록(CIP)은 서지정보유통지
원시스템 홈페이지(http://seoji.nl.go.kr)와 국가자료공동목록시스템
(http://www.nl.go.kr/kolisnet)에서 이용하실 수 있습니다.(CIP제어번호:
CIP2018034160)」